스캔들
1950

1

1

초판 1쇄 인쇄 2014년 9월 5일
초판 1쇄 발행 2014년 9월 19일

지은이 김민주
발행인 오영배
기획 박성인 책임편집 이대용
표지 · 본문 디자인 디자인 공간 · 신경선
제작 김아름

펴낸곳 (주)삼양출판사 · 단글
주소 서울특별시 강북구 솔샘로67길 92
대표 전화 02-980-2112 팩스 / 02-983-0660
블로그 blog.naver.com/dan_gul
출판등록 1999년 3월 11일 제9-00046호

ISBN 979-11-313-0123-4 (04810) / 979-11-313-0122-7 (세트)

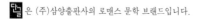 은 (주)삼양출판사의 로맨스 문학 브랜드입니다.

스캔들
1950

김민주 장편소설 · 1

단글

스캔들
1930

| 목 차 |

서장
그해, 첫눈이 내리던 날

한평생을 원 없이 살아도 참된 연을 만나기 어렵다 하는데

그대를 만나 연을 맺어 보았으니 짧은 생이 서러울 것이 하나 없습니다.

진눈깨비가 처량하도록 날리는 검고 시린 밤을

오늘 나는 영원이라 여기고 가슴에 품으니

이승에서 그대를 지키지 못한다 하여 탓하지 마십시오.

넋이 되고 혼이 되어 꽃잎이 흐드러진 시절에도

마른 가지가 헐벗어 담벼락 아래 소담한 눈이 허옇게 쌓이는 때에도.

내세토록, 무희여! 그대 곁에 머물 것입니다.

삼동(三冬). 그믐칠야.

타앙— 총성이 울렸다. 짙은 겨울밤을 관통하는 무시무시한 소음은 도쿄 인근에 위치한 이치카와 대저택에서 흘러나왔다. 서양식 건물로 지어진 저택은 그해, 처음 내린 눈으로 하얗게 물이 들었다. 이날은 도쿄에 첫눈이 내린 날이다. 폭설로 인해 세상이 온통 하얗게 변해 버린, 참으로 꿈같은 백야였다.

본관까지 이어지는 너른 정원은 유럽의 어느 정원을 그대로 옮겨 놓은 듯 정교하고 복잡해 미로 정원이라 불리는 곳이었다. 키 큰 사철나무 숲길은 장대하고 신비로웠으나 싹을 틔우기엔 아직 이른 계절 탓으로, 마른 가지만 내밀고 서 있는 꽃나무들이 을씨년스러웠다. 발목까지 쌓인 눈으로, 정원은 본연의 멋스러움을 뽐내지 못하고 한데 뭉뚱그려서 하나의 눈덩이로밖에 보이지 않았다.

지극한 칠야를 덮어 버린 끝이 보이지 않는 거대한 설국이다. 어지럽게 나 있는 수많은 발자국들이 보는 이의 마음을 더욱 춥게 만들었다.

노란 불빛에 물들어 섬처럼 겨울밤 위를 떠 있는 저택의 본관 앞, 노인 하나가 붉은 장미 밭 쪽을 보았다. 흐트러짐 없이 말쑥한 차림의 노인은 이치카와 가문의 오랜 집사였다. 지팡이에 노구를 의지한 그는 푹푹 꺼지는 눈밭을 헤치며, 사철나무 숲길과

꽃나무 길을 지났다. 길 끝에, '붉은 장미 밭'이라고 이름을 붙인 작은 화원이 모습을 드러냈다. 겨울인 지금이야 초라한 가지들뿐이지만, 제철이 되면 이곳은 온통 장미향으로 황홀해질 터였다.

"이런 무례한 놈들이 있나!"

노인의 말에 무자비한 기운을 뿜어내는 일단의 헌병들이 돌아보았다.

코를 킁킁거리자 짙은 피 냄새가 진동을 했다. 노인이 한숨을 쉬었다. 헌병들에게서 살기가 느껴졌다. 삽시간에 수십 개의 총부리가 노인에게 겨누어졌다. 살 만큼 산 노인은 겁날 것이 없었다. 그는 체머리를 떨며 헌병들 사이를 천천히 걸었다. 지팡이에 의존한 한낱 노인네지만 꼿꼿한 태도에 압도된 헌병들이 하나둘 옆으로 비켜섰다.

드디어 시야가 환해지자 다섯 개의 기둥이 받치고 서 있는 아치형 전각이 드러났다. 그리스 신들이 조각되어 있는 아름답고 섬세한 석조 전각 위로 펑펑 쏟아지던 눈은 어느새 진눈깨비로 변해 있었다.

"아가씨."

노인이 부르자 눈 쌓인 전각 계단에 멍하니 넋을 놓고 앉아있던 여인이 화들짝 놀라서 고개를 들었다. 따뜻해 보이는 외투 위로 강렬한 피 꽃이 스멀스멀 피어나고 있었다. 밤을 삼켜버린 눈보다 더욱 하얗고 창백해진 얼굴 위로 눈물이 소리 없이 흘렀다.

어디론가 여행이라도 떠나려던 참이었는지 여인의 주변에는 반쯤 열려진 슈트케이스가 나뒹굴고 있었다. 차갑게 얼어버린 그녀의 얼굴 위로 제멋대로 헝크러진 머리카락이 북풍에 처량하도록 날리었다.

노인은 자신의 발밑으로 흐르는 강물 같은 핏줄기와 여인, 그리고 그녀가 안고 있는 누군가를 보고 망연자실했다.

"도련님."

그는 들을 수 없는 상대를 불러보았다. 여인은 울지 못하고 꺽꺽 숨넘어가는 소리만 냈다. 생기 없는 눈빛에 슬픈 광기만이 어른거렸다.

노인의 이름은 지로였다. 충직한 하인이었던 그는 공포와 슬픔에 질린 가여운 여인을 안쓰럽게 바라보았다. 금방이라도 한 줌 재가 되어 사라져 버릴 것 같은 그녀의 어깨를 어색한 손길로 다독였다.

"끝났어요. 이제 정말 끝나 버렸어요."

여인이 실소를 터트렸다.

영원한 사랑의 고백도, 평생 지켜 주겠다던 언약도 부질없었다. 허망하고, 속절없었다.

한때 도쿄의 별이라 불리던 여인, 모석정이다. 그녀의 품에서 숨을 거둔 남자는 이치카와 타이요우, 결코 허물어질 것 같지 않았던 성역의 유일한 후계자였다.

"모석정, 천황 폐하 시해 미수 건과 이치카와 요시히로를 살해한 혐의로 체포한다. 연행해!"

체포 명령이 독살스럽다. 멀리서 들려오는 메아리처럼 아득하기만 했다.

이날은 초설이 내린 날이다. 백설 위에 고운 선홍빛 피 꽃이 물든 날이다. 사랑이 허망하고 속절없고 부질없어진 날. 심장이 산산이 부서져 연소되어 버린 잔인한 날이다.

헌병들의 우악스러운 손길에 석정의 몸이 종잇장처럼 짓이겨졌다. 그녀는 곧 지독한 칠야 속에서 체포되어 도쿄 경찰서로 유치되었다. 짐승처럼 끌려가는 그녀의 흔적이 피로 물든 눈밭에 선연하게 남았다.

남겨진 타이요우의 사체가 그녀를 배웅했다.

뼛속까지 냉기가 스며들었다. 석정은 차디찬 유치장 안에 갇힌 신세였다. 피 묻은 옷을 갈아입지 못해 초췌하고 지저분했다. 공기를 누르는 살벌한 분위기의 횅한 유치장 안은 춥고 또 추웠다. 주인을 알 수 없는 비명 소리가 사방에서 끊임없이 들려와 정신을 피폐하게 만들었다.

"당신이 누군지 알아요."

맞은편 유치장에서 누군가가 조선어로 말을 걸었다. 귀찮은 일이다. 지금은 아무것도 들리지 않고, 아무것도 보이지 않았다. 머릿속이 텅 비어서 온통 새하얀 상태였다.

"이봐요."

상대는 끈질기게도 그녀에게 말을 건넸다.

음영이 진 구석에 웅크리고 앉아 있던 석정은 몸을 비척이며 철창 가까이 다가갔다. 성한 곳이라고는 찾아볼 수 없을 정도로 온몸이 피고름인 여인이 철창에 비스듬히 기대어 그녀가 있는 쪽을 보고 있었다.

여인이 창살을 붙들고 자신의 몸을 바짝 들이댔다.

"당신이 춤을 추는 걸 본 적이 있어요. 그리 오래전 일도 아니죠. 도쿄 공회당에서 당신의 데뷔 무대를 보았으니까요."

고문에 혹사당한 몸이 하소연을 하는지 여인은 낯을 찌푸렸다. 그러면서도 억지로 말을 잇는다.

"조선 사람이면서 어떻게 당신을 모를 수 있을까요? 당신과 최승희는 조선 무용사에 선구자적인 사람들인데 말입니다."

그녀는 신음을 삼키며 몸을 움츠렸다.

석정은 경성 공회당에서 우연히 마주친 최승희를 기억했다. 일본에서 유학 중이던 그녀는 잠시 경성에 다니러 왔다가 가스카노 미하로의 공연을 보기 위해 일부러 일정까지 바꿨다면서 매우 즐거워했다. 비록 이시이 바쿠를 사사하는 중이지만, 분명 가스카노 미하로의 예술 세계 역시 독특한 매력이 있으니 기회가 되면 잠깐이라도 사사하고 싶다던 그녀였다. 오빠 모정일의 소개로 짧은 인사를 나눈 것이 고작이지만 소식은 언제나 듣고 있었다.

비록 무용계에 입문한 것은 최승희가 먼저였을지라도, 비슷한 또래로 같은 길을 개척한다는 동지 의식이 늘 석정의 뇌리에 자리 잡고 있었다. 지금에 와 끝내 함께하지 못할 길이라 생각하니 허탈하기만 했다.

"두 분 덕분에 조선의 무용 예술계가 얼마나 술렁거렸는데요. 저는 '설녀'의 초연을 잊을 수가 없답니다. 그런 춤은 여태껏 본 적이 없으니까요."

'설녀'가 초연되었던 그날의 기억이 오래된 과거처럼 느껴졌다. 한 사람이라도 기억을 해 주는 이가 있다는 사실이 석정은 감사하면서도 새삼 낯설었다.

"무슨 이유로 이곳에 계시나요?"

석정이 물었다. 여인은 쉽사리 대답하지 못했다.

"글쎄요. 잘 모르겠어요. 듣지 못하고, 보지 못하고, 말하지 못하는 머저리 같은 세상을 향해 큰소리로 외친 것이 잘못일까요? 도무지 모르겠답니다."

세상이 반편이인지 자신이 반편이인지 모르겠다는 여인을 향해 석정은 이름을 물었다.

"한수린, 나는 한수린이에요."

아! 이 항일 여류 시인의 이름을 어찌 모를 수 있겠는가. 쉼 없이 조국의 산하와 일본 내 조선인 유학생들에게 민족의 자주독립을 외치던 강철 같은 시인을.

그러나 메말라 버린 줄 알았던 석정의 눈물을 핑 돌도록 만든

것은 한수린이 민족 시인이라서가 아니라, 그녀가 사랑을 노래
한 시인이기도 한 탓이었다.

석정은 한수린의 시, 연(戀) 중에서 한 구절을 떠올렸다.

햇살을 받아, 달빛을 받아, 별빛을 버무려 그대께 드립니다.
햇살을 통하여 눈부신 그대의 이상(理想)을 밝히시고
달빛에 안겨 오로지 아늑함을 누리소서.
허면 별빛이 제 수줍은 미소를 담아 당신께 속삭일 것입니다.
햇살도, 달빛도, 별빛도. 기실은 소녀의 지극한 연심(戀心)이
었음을.

뚜벅뚜벅. 군홧발 소리가 위협적으로 들렸다. 석정은 철창을
뚫기라도 할 것처럼 창살에 매달렸다. 그녀는 한수린을 향해 외
쳤다.

"이치카와 타이요우! 당신의 시를 좋아했던 사람의 이름이에
요. 그러니까 기억해 주세요. 그와 저를 기억해 주세요! 잊히는
건 싫어요. 한 사람, 단 한 사람이라도 기억해 준다면 그것으로
족해요. 단 한 사람이라도!"

'철컹' 쇳덩이 부딪치는 소리가 나고 굳게 잠겨 있던 유치장
문이 입을 크게 벌렸다.

"모석정, 나와!"

유치장에서 끌려나오는 석정을 한수린이 외쳤다.

"당신은 최고의 무희예요. 모두가 사랑하는. 그러니 자부심을 가지세요!"

포승줄에 묶여 끌려가던 석정이 미미하게 웃으며 뒤를 돌아보았다.

"물론입니다."

"몸조심하세요. 온전하게 이곳으로 돌아오세요. 내가 당신과 내 시를 좋아했다던 그를 기억할 수 있도록 이곳으로 돌아와 많은 이야기를 들려주세요!"

한수린의 음성이 점점 멀어졌다.

유치장에서 나온 석정은 취조를 받는 대신에 도쿄 경찰서에서 오사카 형무소로 이송되었다. 덜덜거리며 달리던 차가 멈춰서고 쇠창살 문이 '끼익' 소리를 내면서 예민해진 신경을 쫙 긁어 댔다. 끔찍하기만 했던 과거, 이곳에서의 기억들이 하나둘, 떠오르면서 토악질이 나기 시작했다. 차마 말로는 다하지 못할 고문과 온갖 모욕들이었다. 걸음이 앞으로 나가기는커녕 자꾸만 뒤로 물러섰다.

"빨리 가! 빨리 가란 말이다!"

버티고 서 있는 석정에게 답답증을 느낀 간수가 그녀의 등짝을 개머리판으로 치면서 성미 급하게 채근했다.

끝이 날 것 같지 않은 형무소의 긴 복도를 지나는 동안 수족에 채워진 수갑과 족쇄의 덜컹이는 소리가 석정의 뇌를 바늘 끝

처럼 찔러 대며 자극했다. 복도 끝 편에서부터 점점 가까워지는
들것을 본 그녀의 눈동자가 흔들렸다. 바로 옆을 지나는 순간
들것 아래로 검푸른 팔 하나가 툭 떨어졌다. 그것에서 시체 썩
은 냄새가 났다.

죽음의 냄새였다.

간수가 석정을 밀어 넣은 곳은 사방이 밀폐된 취조실이었다.
재판을 받기도 전에 형무소로, 그것도 중범죄자들만 다룬다는
오사카 형무소로 그녀가 이송되었다는 것은 당국이 석정을 호
락호락하게 다룰 생각이 전혀 없음을 뜻했다. 그녀가 그들의 블
랙리스트 제일 첫 번째 부분을 차지한 사람들 중 한 명이라는
명확한 의미였다.

석정은 어깨를 사시나무처럼 떨었다. 형무소의 외벽이 차창
밖으로 보이기 시작한 후부터 그녀를 괴롭히는 지난날의 잔상
들이 계속해서 밀려들었다. 공포와 두려움을 잠재우기 위해 그
녀가 할 수 있는 일은 거의 없었다.

—같이 있을 수밖에 없어요. 버릴 수도 없고, 미워할 수
도 없다는 걸 알 겁니다. 아무런 말도 들리지 않는 사랑에
미쳐 버린 바보니까요. 수도 없이 말했어요. 수도 없이!

타이요우가 했던 말들을 몇 번이고 되뇌었다. 오직 그것만이
안정을 느낄 수 있는 유일한 방법이었다. 실체를 알 수 없는 비

명 소리가 바로 옆 취조실 벽을 타고 들렸다. 숨이 막힐 것 같은 압박감이 음산한 내부를 가득 채웠다. 석정은 애써 무감한 척했다.

"이런, 이런…… 도도하신 숙녀분의 꼴이 말이 아니군."

취조실의 녹슨 철제문이 열리고 위관급으로 보이는 헌병이 들어섰다. 소가죽 채찍을 들고 계단을 내려오는 그의 모습을 확인한 석정의 입술이 비릿하게 뒤틀렸다.

"또 뵙는군요. 소위님. 아, 이제 곧 승진을 하실 테니 대위님이라고 불러드려야 할까요?"

비꼬는 것이 분명한 그녀의 말에 그는 피식 코웃음이다.

"홋. 나야 불러 준다는데 사양할 이유가 있나?"

오하시 데루오 헌병 소위는 머지않아 있을 특진과 포상에 대한 기대로 들뜬 상태였다. 때문에 힘없는 여자의 시답잖은 치기를 너그럽게 보아 넘기는 여유를 부리며 어깨를 으쓱거렸다.

그도 그럴 것이 천황의 시해 미수에 가담했을 뿐만 아니라 천황 부처도 한 손으로 쥐고 휘두른다는 이치카와 요시히로를 살해한 희대의 살인자이자, 열도와 한반도를 매혹시킨 절세무희 모석정을 체포한 공으로 그토록 원하던 출세 길을 보장받게 되었으니 마음 씀씀이가 헤퍼진 것이다.

부관인 소노다가 내민 기록들을 대충 훑어본 그는 매처럼 홉뜬 눈으로 석정을 노려보았다.

제법 큰 키를 가진 그녀는 세련된 미인이라 할 수 있었다. 자태가 가냘프면서도 물결치는 굴곡이 있어 매우 아름답게 보이는 외모였다. 가는 눈초리는 길게 빠졌고, 콧날은 시원하면서도 날씬하게 뻗었으며 입술은 붉고 선명했다.

석정이 풍기는 여성적 매력은 비린내가 진동을 하는 피투성이 옷차림에도, 불빛이라고는 흔들리는 노란 전구밖에 없는 어둡고 습기 찬 지하 취조실 속에서도 아리땁도록 빛을 발했다.

아, 이 도도한 무희를 남모르게 얼마나 사모하였던가!

사내라면 누구든지 그녀에게 매료되었을 것이다. 데루오는 높다란 하늘에서 오만하게 반짝이던 별을 한 손에 움켜쥔 것 같은 착각이 들었다. 잘난 이치카와 타이요우가 아니라 자신이 별을 가졌다는 생각에 그는 만족스러운 미소를 지었다.

"이름?"

"모석정."

"나이?"

"스물"

꽃다운 스물이라니. 저 가년스러운 옷가지를 벗기면 숨겨져 있던 뽀얀 살결들이 얼마나 보드라울까.

잠깐의 상상만으로도 은밀한 황홀경에 빠져들었다. 몸을 부르르 떤 그는 손에 들고 있던 소가죽 채찍을 팽팽하게 잡아당겼다.

"이렇게 하도록 하지. 필요한 것만 제대로 대답해. 이철환, 키무라 가즈에. 그 두 사람 지금 어디에 있나?"

"그들이 누구인지, 그리고 어디에 있는지 제가 어떻게 알겠어요? 저는 아는 것이 아무것도 없습니다."

대답하는 석정의 목소리가 차분했다.

데루오는 자신의 귀를 의심했다. 지난밤에 이치카와 타이요우가 죽었다. 민족도, 가문도, 또한 권력도, 재력도 모두 버리고 오로지 사랑만을 외친 그들의 이야기는 한동안 반도와 열도를 떠들썩하게 만든 가십거리였다.

꿈결처럼 평화롭고 담담한 이 목소리가 진실로 연인을 떠나보낸 여인의 것일까? 의심에 찬 데루오의 채찍이 석정의 목을 지그시 눌렀다.

"생각을 잘 해 보란 말이다. 지금 이대로라면 넌 어차피 사형을 면할 수가 없어. 그러나 만일 내가 원하는 것을 말해 준다면 난 너를 구원해 줄 생각도 있다는 거지. 아직도 공회당 무대에서 춤을 추던 모석정을 기다리는 사람들이 있는데 뭘 망설이는 거야? 이철환, 키무라 가즈에 두 연놈들이 있는 곳만 대!"

석정의 귀에 대고 은밀히 속삭이던 그는 그녀의 목을 애무하듯 문질렀다.

"정말 저를 살려 주실 건가요?"

그녀의 물음에 그는 뱀같이 웃었다.

"물론이지."

"……하하하!"

파안대소를 하는 석정이다.

"설마하니 제가 그런 감언이설을 믿을 정도로 순진해 보이시나요?"

그녀의 눈빛이 서늘한 이채를 띠었다.

당황한 데루오가 그녀의 목을 놓아주고 탁자를 거칠게 내리쳤다.

"모석정! 건방 떨지 마라. 네가 지금도 도쿄의 별인 줄 아나? 여기가 어디라고 생각하는 거야? 이곳은 더러운 조센징 계집, 너 같은 불령선인들을 잡아 족치는 곳이란 말이다!"

그는 수전증 환자처럼 손을 부들거렸다. 금방이라도 석정을 후려칠 것처럼 악다구니를 써 댔다. 석정은 무덤덤하기만 했다.

"너무 흥분하지 마세요. 소위님. 제게 씌워진 혐의가 히로히토 처단 미수와 이치카와 요시히로의 살해 혐의 아니던가요? 이만한 죄목이면 이철환과 키무라 가즈에의 행방을 토설해도 전 이미 죽은 목숨이에요. 헌데 제가 무엇 때문에 말을 하나요. 그들이 어디 있는지 알지도 못하지만 알아도 모른다 하지요."

"바카야로!"

데루오의 입에서 욕설이 거칠게 튀어나왔다. 분노한 그의 손아귀에 석정의 머리카락이 한 줌 가득 잡히고 두피가 잔혹하게 당겨졌다. 그녀의 머리채를 질질 잡아끌고 데루오는 취조실 안을 미친 듯 휘젓고 돌아다녔다.

"내가 만만해? 지난번처럼 누군가가 너를 도와주리라고 생각하는 거야? 이치카와 놈도 뒈져 버리고, 이철환이나 키무라 가즈에도 혼자 살겠다고 도주 중인데 과연 누가 너를 목숨 걸고 구해 준단 말이야, 응?"

이성을 잃은 그의 모습이 흡사 광인(狂人)처럼 보였다.

"잘 들어. 나는 네 예쁜 몸뚱이를 산 채로 관에 처박아 못을 박아 버릴 수도 있고, 거꾸로 매달아 다시는 춤을 출 수 없게 다리병신을 만들어 버릴 수도 있다. 주리를 튼다거나 손가락을 하나씩 분질러 버리는 재미도 꽤 쏠쏠할 거란 말이다!"

일본 헌병의 잔학성과 고문은 널리 퍼져서 모르는 이들이 없을 정도였다. 사지를 틀어 묶고, 배가 임산부의 복부처럼 부풀어 오를 때까지 억지로 물을 먹인다거나, 고춧가루 탄 물을 콧속으로 들이붓는 일도 허다했다.

그들은 군도(軍刀)로 사람의 몸을 무차별적으로 찔렀으며, 소총(小銃)을 머리에 들이대 위협하기도 했다. 그리고 가죽 허리띠를 풀러 사람의 거죽이 너덜너덜해질 때까지 휘둘렀다.

물고문을 위해 항상 준비되어 있는 회색의 욕조로 석정을 끌고 간 데루오는 그녀를 무릎 꿇리고, 욕조에 출렁이는 물을 들여다보도록 했다.

"지옥에 대해서 얼마나 알고 있나? 128개의 부지옥(副地獄)과 8개의 팔한지옥(八寒地獄)중에서도 가장 고통스러운 지옥 중의 지옥이 바로 무간지옥(無間地獄)이다. 원한다면 내가 오늘 그 지옥을 구경시켜 주지."

무간지옥. 처절한 고통 속에서 죽음을 애타게 부르는 노래 소리가 쉼 없이 이어지는 무정의 수레바퀴. 수없이 까무러치나 결코 죽지 못하는 아비규환(阿鼻叫喚)의 공간.

오사카 형무소의 살벌하고 음침한 지하 취조실은 다름 아닌 오하시 데루오의 무간지옥이었다. 그는 이곳에서 만큼은 죄지은 불령선인을 향해 벼락같은 꾸지람을 하는 유일한 권력자, 염라대왕인 것이다.

"말을 해! 이철환, 키무라 가즈에. 그것들 지금 어디에 있나? 이치카와 요시히로가 네년 손에 살해당할 때 정말 너 혼자였느냐 말이다! 그 시간에 저택에서 빠져나가는 키무라를 봤다는 제보가 있어! 너 말곤 아무도 없었다는 게 사실이야? 응?"

"난 몰라요. 나 혼자였어요."

"이치카와 요시히로의 숨겨진 첩년, 키무라 가즈에와 함께 있었잖아! 왜 아니라고 시치미를 떼지? 억울하지도 않아? 무엇을 위해 혼자 덮어쓰려는 거야. 말해. 전부 다! 이철환이 폭발물을 제조했다고 말하란 말이다!"

얼음장처럼 차가운 물속에 머리가 처박혀 숨도 제대로 못 쉬고 허우적거리면서도 석정은 끝내 입을 다물었다.

"지독한 년."

좌아아—

데루오는 욕조를 붙잡고 버티는 그녀를 물속에서 끌어내 딱딱한 시멘트 바닥으로 내동댕이쳤다.

"소노다!"

즉시 달려온 부하를 향해 병든 짐승처럼 늘어진 석정을 일으켜 세울 것을 명령했다. 싸구려 담배를 꺼내 입에 물었다. 분이 풀리지 않아 연신 씨근덕거리면서 불도 붙이지 않은 담배를 자근자근 씹었다.

소노다가 천장에 매달아 놓은 밧줄에 석정의 두 팔목을 단단히 결박하고 물러나는 것을 째진 눈으로 노려보았다. 그는 씹다 만 담배를 바닥에 버리고 군복 상의를 신경질적으로 풀었다. 두어 발자국 뒤로 물러나 숨을 크게 들이쉬었다. 벌써부터 묘한 희열감이 들었다.

데루오의 채찍이 크게 포물선을 그었다.

"흡!"

비명을 참은 석정은 이를 악물었다. 악문 잇새 사이로 미처 삼키지 못한 신음 소리가 흘러나왔다. 그녀는 물기가 뚝뚝 떨어지는 머리를 겨우 들어 올리고 데루오를 쏘아보았다. 몸도 마음도 삭막해진 그녀였다.

아무것도 담기지 않은 동공. 데루오는 그녀의 눈빛이 문득 신경에 거슬렸다. 그는 자신이 처음으로 그녀를 보았을 때를 떠올렸다.

생과 사의 기로에서 처절하게 날갯짓을 하며 죽어 가던 백조. 그러나 포기할 줄 모르고 삶을 뜨겁게 열망하던 강인한 백조를 말이다. 공연을 마친 뒤 관객을 여왕처럼 내려다보던 무대 위의 그녀. 황홀한 불빛 아래에서 그녀는 지금과 같은 서늘한 눈길로 사람들을 보았다. 보는 이로 하여금 어딘지 불편하게 만드는 눈길이고, 감추고 싶었던 비밀을 전부 꺼내어 까발릴 것만 같은 그러한 눈빛이었다.

"더러운 조센징 계집."

데루오의 소가죽 채찍이 또다시 석정의 얼굴을 후려쳤다. 그는 반쯤 미쳐가고 있었다. 석정의 얼굴에 붉은 채찍 자국이 남을수록 그는 더욱더 발광했다.

"너희 조센징들은 바보들이다. 네년이 버틴다고 나 오하시 데루오가 그것들을 못 잡을 것 같나? 감히 대일본 제국 천황 폐하의 군인인 나를 우롱하려 들어? 어디 한번 얼마나 버티나 두고 보자!"

채찍이 비처럼 쏟아졌다. 온몸이 너덜너덜 찢겨져 나갈 것 같은 고통 속에서 이상하리만치 석정은 점점 더 마음이 편안해졌다. 타이요우를 홀로 저 세상으로 보냈다는 죄책감에서 조금은 벗어날 수 있을 것 같았다. 고통이 커지면 커질수록 마음은 평온해졌다.

그때가 언제였을까? 그와의 첫 만남이 기억나지 않는다. 그날이 과연 존재하기는 했었나, 자문해 보지만 혹 오래오래 비몽을 꾸었던 것은 아닐까?

석정은 데루오를 향해 입술을 실그러뜨리며 비소했다. 광포하는 그의 모습이 희미했다.

사랑이, 한여름 열대야처럼 지독하게 뜨거웠던 사랑이 한낱 미몽처럼 모래성과 같이 흩어져 버렸다. 그도, 나도 허무 속에서 잡히지 않은 것을 잡으려 그리도 몸부림 하였으니 이제는 내려놓아도 될 것이다.

　뇌수에 박힌 그 붉은 애(愛)도, 증(憎)도. 모두 비워 텅 빈 공(空)으로 돌아가 태초의 순수함을 다시 맞이한다면 본디 사랑이 가진 그윽한 순백의 향을 또 한 번 느낄 수 있으려나?

　그러면 걸어가야지. 그를 향해 걸어가야지. 미움 따위, 증오 따위 모두 내려놓고 가벼워진 걸음으로, 하늘 위 구름 뒤에 숨어 있을 그에게 사뿐히 걸어가야지.

　도쿄와 마찬가지로 오사카 역시 드물게 눈이 내렸다. 아마도 이번 겨울은 무척이나 추울 모양이었다.

1장
도일(渡日)

1926년 경성, 오전 나절부터 심상치 않던 검은 하늘을 가르고, 천둥 번개가 요란하게 치더니 '우르릉 쾅쾅!' 폭성이다. 급기야 낮은 먹구름이 순식간에 흐트러졌다. 굵은 장대비가 거침없이 경성 공회당을 내리치기 시작했다.

일본인 안무가이자 무용수인 가스카노 미하로의 공연을 보려고 경성 시민들이 공회당 앞에 줄지어 서 있던 참이었다. 순식간에 몰아치는 비를 피하기 위해 사람들이 저마다 우왕좌왕했으나, 사교계의 내로라하는 인사(人士)들은 하인이 받쳐 주는 고급 우산 속에서 느긋하기만 했다.

가스카노 미하로는 이시이 바쿠와 함께 일본이 자랑하는 신무용의 대가로 이번이 조선에서의 첫 공연이었다. 실상 을사늑

약 이후 점진적으로 침탈해 들어와 조선 강토를 수탈해 가는 일본인들의 핍박으로 입에 풀칠하기도 힘든 각박한 시대였다. 그러할진대 과연 신무용이라는 것에 대해 잘 아는 조선인이 얼마나 있을까?

기껏해야 친일 사업가나 한다하는 가문의 사람 혹은 먹물 좀 먹은 유학생 같은 소수의 엘리트들만이 가스카노 미하로나 이시이 바쿠의 이름을 겨우 들어보았을 뿐이다.

"가스카노 상의 춤은 지금까지 우리가 본 것과 판이하게 다르다면서요?"

"그렇다네요. 그녀의 춤은 아주 특별하다더군요."

"내지에 있는 사촌이 공연을 보았는데 무척 획기적이래요. 벌써부터 마음이 설레고 있어요."

빳빳하게 풀칠한 모시 한복을 차려입은 양반 댁 마나님이나 신흥 세력으로 떠오르는 재벌 집 부인들은 내리는 빗줄기 속에서도 고상함을 잃지 않고, 그들이 보고자 하는 인기 무용수에 관해 점잖은 척 속닥거렸다.

"특별할 수밖에요. 그녀는 구라파에서 유학을 하는 동안 고전발레와 신무용을 배웠다더군요. 왜 몇 달 전에 이곳에서 무용 발표회를 갖은 이시이 바쿠 상 하고도 꽤나 경쟁적이란 소리가 있지 않겠어요? 두 사람이야말로 내지의 신무용 개척자인거죠. 듣기로는 다카라즈카 소녀 가극단에서도 서양무용 교사로 오라는 걸 단칼에 거절했다는데 이유가 자신의 무용 연구소 때문이라고 하더군요. 내지에서의 위신이 높은 모양이에요."

"다카라즈카 소녀 가극단이라면 이시이 바쿠 상이 얼마간 교사로 있던 곳이 아닌가요?"

"그렇답니다. 이시이 바쿠 상이 구라파로 유학을 떠나기 전에 교사 생활을 좀 한 모양이에요. 아무튼, 경력으로 보나 행보로 보나 여러모로 비슷해서 내지에서도 그들의 관계를 제법 흥미롭게 보는 것 같더군요."

"그렇군요. 아 참. 이시이 바쿠 상이 이곳에서 발표회를 가지면서 조선인 제자 한 명을 데리고 간 걸 아세요? 얼마나 성장할지는 모르지만 대단히 애지중지 여기는가 봐요."

"그래요? 조선인 최초의 신무용수를 볼 날이 조만간 오겠네요."

"어쩌면 그럴지도 모르죠."

지나가는 소낙비였나 보다. 세상 무서울 것 없이 후두두 내리치던 빗줄기가 어느새 약해졌다. 흠뻑 젖어 버린 옷에 투덜거리던 사람들도, 여유를 부리며 한담을 나누던 귀부인들도 공연장 안으로 입장하고 나자 공회당 앞은 그새 한산해졌다.

한 소녀가 자못 진지한 시선으로 공회당 벽에 붙어 있는 가스카노 미하로의 선전용 화보를 뚫어질 듯 바라보고 있었다.

옆에 있던 하녀가 우산을 접으며 고개를 갸웃거렸다. 임박한 공연 시간에 화보만 보는 주인 아기씨가 이해되지 않은 탓이었다. 가스카노 미하로가 누군지, 신무용이 무엇인지 제대로 알리 없는 무지한 하녀는 아기씨가 화보 속 여인을 빠질 듯 바라 보는 이유를 알지 못했다.

몸매가 고스란히 드러나는 홑겹의 천 한 장만을 두르고, 호소 하며 울부짖는 흑백 화보 속 여인은 기묘함과 함께 소녀의 눈길 을 사로잡았다.

『제국이 낳은 세계적인 신무용가,
가스카노 미하로. 그녀의 첫 번째 경성 공연!』

총독부 중추원 참의 댁 영애, 모석정은 화보 속의 글자를 낮 은 소리로 읽어 내려가다 말고 미간을 찌푸렸다. 무용이란 술자 리 기생들이나 추는 것이 아니던가.

그런 것을 경성 최고의 무대인 공회당에서 올린다고?

가스카노 미하로의 무대를 아직 보지 못한 석정의 입술에 비 웃음이 그어졌다. 반라 따위의 차림으로 스스로 사람들의 구경 거리가 되려는 까닭을 이해하지 못했다. 이런 천박한 무대를 굳 이 함께 보자는 오라버니의 뜻도 알 수가 없었다.

"이미 시작해 버렸나?"

인력거가 공회당 건물 앞에 서자 모정일이 미심쩍게 중얼거 렸다. 바쁜 마음에 공회당 계단을 두 계단씩 성큼 뛰어올랐다. 그러다 시선을 끄는 소녀를 발견하고 만면에 미소가 번졌다.

연분홍 원피스에 흰색의 장식용 굵은 허리띠를 한 소녀는, 찰랑이는 생머리를 허리께까지 늘어트리고, 리본으로 반 묶음을 한 차림이었다. 손가방을 든 손에는 레이스 달린 실크장갑이 끼여져 있었다. 무릎과 발목 중간 길이쯤 내려오는 원피스 밑단 아래로, 공단 구두를 신은 가는 발목이 눈에 띄었다.

요란하게 치장한 다른 귀부인들에 비해 수수한 편이지만 애써 꾸미지 않더라도 소녀에게는 선천적으로 풍겨져 나오는 귀족적인 우아함이 있었다. 태생적인 이유와 후천적으로 얻어진 훈련의 효과도 있겠으나, 다른 고위층 영양들의 계산적인 우아함과는 미묘한 차이가 있었다.

"흠흠. 먼저 들어가지 않고?"

"도련님 오셨어요?"

헛기침을 한 정일이 다가가자 하녀 순옥이 반색하며 얼굴을 붉혔다.

"그래. 순옥이가 같이 왔구나?"

멀끔하니 뽀얀 도련님만 보면 순옥은 고무신 속의 발가락을 꼼지락거리면서 주춤주춤 물러서기 바빴다. 지금처럼 친절하게 대꾸라도 한마디 해 줄라치면, 꼭 술을 말로 받아 마신 것처럼 머릿속이 빙글빙글 도는 것 같아서 지은 죄도 없이 고개를 푹 숙였다.

"바쁘신 모양이에요? 약속 시간을 다 늦으시고."

화보에서 눈을 떼지 못하던 석정이 오라비인 정일의 팔에 자신의 팔을 자연스럽게 휘감았다.

"이번에 새로운 문예지를 발간하기로 했거든. 숙녀를 기다리게 했으니 이 일을 어쩐다?"

미안해하는 정일을 안심시키기 위해 석정이 고개를 가로저었다.

"지금 들어가도 그렇게 많이 늦지는 않았을 거예요. 그것보다 문예지 창간은 카프(KAPF, Korea Artista Proleta Federatio)에서 하는 건가요?"

"무사히 창간이 될 수 있을는지 모르겠다. 총독부 감시도 있고."

"쉽지 않겠군요. 프로문학은 총독부가 그다지 좋아할 만한 문화 활동이 아니니까요."

"문화란 시대를 앞서가야 하는 것이지, 문화가 시대에 순응한다는 건 상상할 수가 없구나."

정일과 함께 나란히 공회당 안으로 들어가면서 석정은 그의 말에 숨겨진 반항을 읽어 냈다.

객석은 만석이었다. 꽉 들어찬 사람들의 열기와 기대가 한꺼번에 달려들었다. 정일은 자신의 이름으로 예약이 된 귀빈석으로 석정을 이끌었다. 아직 무대는 고요했다.

"가스카노 미하로라는 무용수가 퍽 대단한 모양이에요. 경성 사교계의 인물들이 전부 모인 걸 보니."

석정이 귀에 대고 속살거리자 정일이 빙그레 웃음을 띠었다.

누이를 바라보는 그의 눈길에 자상함이 비쳤다.

"글쎄. 나도 명성만 들어서 말이야. 하지만 제대(동경 제국 대학)에 다닐 때 이시이 바쿠의 무대를 딱 한 번 본 적이 있는데 굉장한 경험이었지. 가스카노 미하로는 구라파에서 돌아온 지 얼마 되지 않았지만 벌써부터 이시이 바쿠와 쌍벽을 이루는 명성을 얻은 걸 보면 아마 볼만한 공연이 될 것 같구 뭐냐."

"무용이라면 기생들이나 하는 것 아닌가요? 오라버니도 기생집에서 많이 보셨지요?"

누이의 말에 정일은 짐짓 억울하다는 반응을 보였다.

"기생집은 무슨!"

"아니란 말씀이세요?"

"아니라고 하면 믿을 테냐?"

"아니라고 하시면 믿어드려야죠."

석정이 새침하게 대꾸했다.

"그것 참, 고맙구나. 헌데 기생이라고 무턱대고 무시할 일이 아니야. 그들이야말로 진정 예인 중에 예인이거든. 조선의 시서화나 가무 중에 그들의 영향이 미치지 않은 영역이 과연 있기는 할까? 그만한 재주를 가지고도 남에게 웃음을 팔아야 하는 그들의 사정이 딱하지 않니."

"신분제도가 폐지된 것이 벌써 언제 적 일인데요. 누가 보면 사람들이 기생들을 억지로 권번에 눌러 앉힌 줄 알겠습니다. 스스로들 찾아간걸요."

입술을 뿌루퉁하니 내민 석정은 불만을 굳이 숨기려 들지 않았다.

"세상의 모든 사람들이 너와 나처럼 풍요로운 것만은 아니란 걸 알아야 해. 각자의 사연들이 있으니 우리가 무슨 자격으로 그들을 비웃겠니? 다 같은 인간, 다 같이 살아가는 세상이건만 가진 것의 차이는 하늘과 땅처럼 크단다. 그러니 함께 일하고 똑같이 나누는 공평한 세상이 오기를 바라는 거지."

"오라버니도. 말씀만 들어서는 제가 프롤레타리아들을 박대하는 악덕 부르주아인 줄 알겠어요. 그런 말씀은 그만 들을래요."

"그런 뜻이 아니란 걸 알잖니."

"칫. 오라버니는 저라고 매양 편안한 줄 아시나 봐요. 어머니와 저도, 아버지와 오라버니 사이에서 나름의 고충이 있다고요. 집안 남자들이 허구한 날 대립만 하니 가슴이 콩닥거려서 원."

"어느새 조막만 하던 꼬맹이가 오라비를 가르칠 나이가 된 모양이구나."

"오라버니께서 아버지께 져드리면 안 되겠어요? 원체 그리 사신 분이잖아요. 자식이 부모에게 져드리는 것이야 무슨 흠이 될 거라고 그리도 강경하세요?"

"넌 아주 고지식한 여자애가 아니냐? 명색이 여학교를 나온 아이가 말이야. 부모에게 효를 행하는 것과 자신의 신념을 지키는 문제는 서로 다른 성질의 것이라고 보는데 말이다. 진취적이고 자주적인 모습이 네게는 훨씬 잘 어울릴 게다."

말은 그렇게 했지만, 석정이 답답하기 만한 꽉 막인 여인이 아니란 사실을 정일은 누구보다 잘 알고 있었다. 단지 아버지가 따로 살림을 차린 식도원의 초옥 때문에 불편한 심정이 든 것뿐이다.

초옥을 생각하자 정일의 가슴 한구석이 묵직해졌다.

식도원은 황실의 수라간 상궁이었던 이가 차린 요릿집이었다. 주로 일본인 고위 관료나 총독부 사람들, 친일 관료들이 드나드는 곳이었다.

몇 해 전에 석정과 정일의 부친인 모구연 백작이 총독부 관료 몇 명을 초대해 식도원에서 연회를 열었는데 마침 전통무로 유명한 기생 초옥이 그의 눈에 띈 것이다. 그녀의 존재로 백작 부인이자 남매의 모친인 이 여사의 낯이 항상 우울할 수밖에 없었다.

그러니 아직은 신무용이라는 것을 제대로 접해 보지 못한 석정이, 가스카노 미하로가 선보이려는 무대를 초옥의 춤사위와 동일시하며 투덜대는 것은 어찌 보면 당연한 반응이었다.

석정이 정일을 향해 밉지 않게 눈을 흘겨 떴다.

"제가 고지식하다고요? 그건 저를 너무 모르시고 하시는 말씀이네요."

정일은 미미하게 웃고 말았다.

석정은 어린 소녀에 불과하지만 진취적이고 열정적인 여인으로 자랄 것이다. 그녀는, 그녀가 간혹 내보이는 오만함마저 매력으로 승화시킬 수 있는 여인이었다. '3.1 운동' 이후 여성들의 사회적 각성이 차츰 이루어지고 있었다. 자신들도 사회의 일원임을 깨달아 누구라도 필요한 목소리를 낼 수 있다는 자신감이 점차 광범위하게 퍼지고 있는 상황이었다.

정일은 하나뿐인 누이동생이 사회의 일원으로서 단지 좋은 집안에 시집을 가는 일 말고 무엇을 할 수 있을까 생각해 보았다. 그는 현대에 일어나는 모든 일들을 될 수 있으면 석정에게 보여주고 싶었다. 터울이 많은 동생이기에 더욱 애착이 갔다.

그녀는 소학교를 조기 졸업할 정도로 머리가 좋고, 시비가 붙으면 남녀 가릴 것 없이 상대를 몰아붙이는 대담함이 있었다. 지나치게 좋은 머리, 지나치게 강한 성격은 그녀를 얌전한 양갓집 규수로만 두지 않을 터였다. 비록 본인은 아직 모를지라도.

무대의 막이 서서히 오르고 있었다. 정일은 석정의 손을 포개잡으며 화해를 청했다. 막연한 바람이지만 가스카노 미하로의 무대가 석정에게 새로운 세계로 나갈 수 있는 기회를 줄지도 모르는 일이었다.

드디어 무대에 조명이 켜졌다. 첫 순서인 독무를 위해 얇은 천처럼 보이는 의상을 두르고 쓰러진 모습으로 가스카노 미하로가 등장했다.

음악이 흐르기 시작했다. 무대의 변방, 눈에 띄지 않는 곳에 자리한 그랜드피아노가 들려주는 선율은 단숨에 관객들의 귀를 사로잡았다. 조금씩 꿈틀거리며 일어나 손끝에서 발끝까지 물결치듯 몸의 흐름을 보여주는 그녀의 움직임은 관객 전원의 숨소리를 빼앗아 버렸다.

석정은 무대에서 시선을 떼지 못했다. 미지의 춤이었다. 뜨겁고 활발했다. 쉴 틈 없이 몸을 움직이는 춤이었다. 넓은 무대를 좁다하고 가볍게 날아다니는 춤사위가 결코 지루할 새 없이 석정을 충격으로 몰아넣었다. 그동안 알아왔던 춤과 확연히 달랐다. 다양한 감정이 화산처럼 분출되는 아름다운 몸의 놀림이었다.

일단의 무용수들이 우르르 나와 화려한 군무를 펼쳤다. 그녀들에게 에워싸인 가스카노 미하로는 자유를 갈망하듯 허공을 붙들고 매달렸다.

그녀가 보여주는 미지의 세계에 이유 모를 눈물이 흘렀다. 넋을 놓고 바라보던 석정은, 사람들이 기립박수를 치는 소리에 춤이 끝난 사실을 깨달았다. 자리에서 일어난 그녀가 비틀거렸다. 정일의 손이 다가와 그녀의 몸을 지탱해 주었다.

"오라버니. 저요, 신무용이란 것이 해 보고 싶어졌어요."

무용수들이 머무는 대기실은 무대 뒤편에 있었다. 객석에서 나와 대기실로 이어지는 복도를 지나면서 석정은 흥분된 마음을 쉽게 가라앉히지 못했다. 덩달아 걸음이 빨라졌다. 따라오는 정일의 부름도 귀에 들리지 않았다. 복도 끝 대기실 앞에 당도한 그녀는 가스카노 미하로를 조금이라도 빨리 만나고 싶은 마음에 호흡을 고를 새도 없이 문을 벌컥 열었다.

"아얏!"

"어맛!"

대기실에서 나오는 사람을 보지 못하고 부딪힌 석정이 반동으로 밀려났다. 정일이 재빨리 다가와 붙잡아 주었다.

"이를 어쩌. 괜찮으세요? 죄송해요. 들어오시는 걸 보지 못했어요."

"너, 승희가 아니냐?"

석정이 상대의 말에 대답하기도 전에 정일의 목소리가 먼저 끼어들었다.

"어? 누구신가 했더니 정일 오라버니 아니세요? 그동안 잘 지내셨어요?"

석정과 부딪힌 이마를 손바닥으로 문지르던 상대방이 정일을 알아보고 반갑게 인사를 건넸다.

"나야 잘 지냈지. 이런 곳에서 너를 보는구나. 일본으로 갔다더니 아주 돌아온 게야?"

"아니요. 잠깐 다니러 왔다가 가스카노 상의 공연이 있다는 소식을 들었어요. 이시이 선생님이 가스카노 상은 정말 멋진 무용수라면서 공연을 봐 두라고 하셨거든요."

"오늘 공연은 정말 대단하더구나."

"이시이 선생님과는 또 다르더라고요. 같은 신무용을 하시는데도 이렇게 다를 수가 있다니 참말 신기하지 뭐예요. 단순히 남녀의 성 차이가 아니에요. 기회가 된다면 가스카노 상에게도 신무용을 사사하고 싶어요. 지금 막 인사드리고 나오는 참이에요."

열예닐곱 즈음 되었을까, 석정과 비슷한 또래로 보이는 소녀는, 단발머리에 눈썹을 완만한 산등선처럼 길게 그린 도회적인 모습으로 무척이나 생기발랄했다. 명석해 보이는 검은 눈동자가 석정을 보는가 싶더니 활짝 미소 지었다.

"어디 다치진 않으셨어요? 곧 기차를 타야 해서 서두르다 실수하게 됐네요. 죄송해서 어쩌죠?"

거침없는 말투에 괜히 당황한 석정이 정일을 보았다.

"카프에서 나와 함께 활동 중인 최승일 알지? 그 친구 누이 되는 승희다. 언젠가 내가 말했잖니? 이시이 바쿠 상에게 신무용을 사사하기 위해 일본으로 유학을 간 네 또래의 친구 누이가 있다고 말이다."

"아!"

승희를 보는 석정의 눈길이 새삼스러웠다.

"살짝 부딪혔을 뿐이에요. 오히려 급한 마음에 주의하지 못한 제 잘못인걸요. 모석정이라고 합니다."

"모석정이라면…… 정일 오라버니 누이동생 되시나 봐요?"

"네. 말씀 많이 들었어요. 일본에 계신다고요?"

"아휴, 말도 마세요. 이렇게 힘들고 고된 생활인 줄 알았으면 무용이고 뭐고 아예 꿈도 꾸지 않았을 텐데 말이죠."

그러나 승희의 표정은 매우 즐거워 보였다.

"춤을 춘다는 것은 어떤 느낌인가요?"

뜬금없이 묻는 석정의 말에 승희가 입가에 잔잔한 미소를 지었다.

"직접 경험해 보지 않으면 모르는 거죠. 사실 누가 알겠어요? 영혼이 자유로워지는 벅찬 쾌감을요."

그러다 '아차' 하며 회중시계를 꺼내 시간을 확인한 그녀의 얼굴이 확 일그러졌다.

"아이, 참! 기차 시간에 늦겠네. 정일 오라버니, 저 먼저 가 봐야겠어요. 이 기차를 타야지만 늦지 않게 관부연락선에 오를 수 있거든요. 그리고 석정 씨!"

승희의 대답을 곱씹어 되뇌던 석정은 그녀의 부름에 멍하니 고개를 들었다.

"정일 오라버니의 동생 분이라니 만나서 반가웠어요."

"네. 저도 반가웠습니다."

"하나 더요."

검지를 세우며 강조하는 승희다.

"호기심이 생겼다면 뭐든 직접 경험해 보는 것이 좋지 않을까요? 그것이 가장 정확한 답이 될 테니까요."

그녀는 익살스럽게 콧등을 찡그렸다.

"이제 진짜 가야겠어요. 기차는 원래 우리를 기다려 주지 않잖아요. 그럼 저는 이만, 안녕히!"

상대방이 인사를 받는지 어쩌는지 상관하지 않고 빠른 말투로 작별을 건넨 승희는 커다란 동작으로 손을 열렬하게 흔들며 복도를 달려 나갔다. 나풀거리며 다리 사이로 휘감기는 치맛자락이 그녀의 넘치는 힘과 재기 발랄함을 말해 주는 듯했다.

"하하. 밝고 명랑한 아이가 아니니? 최고가 될 게다. 그만한 패기도 인내도 있는 아이거든."

정일의 입에서 승희에 대한 칭찬이 나오자 시샘이 났다. 대꾸하는 석정의 목소리가 무뚝뚝했다.

"발랄해서 인상이 좋기는 하네요. 오라버니는 여기 계세요. 가스카노라는 사람을 직접 봐야겠어요."

문밖에 정일을 남겨두고 대기실 안으로 들어가자 사방에서 일본 말로 떠드는 소리들이 들렸다. 무대용 화장을 지우지도 않고, 속옷 바람으로 이리저리 돌아다니는 무용수들의 모습에 석정은 적잖이 당황해서 자기도 모르게 고개를 돌렸다. 무용단의 허드렛일을 하는 사람들이 어질러진 옷가지며 소품들을 챙기기 위해 바삐 움직이는 것이 보였다.

개중에는 남자들도 있었는데 빠른 걸음으로 대기실 안을 돌아다니며 잡다한 일들을 처리했다. 반쯤 벗고 다니는 여자 무용수들의 모습을 봐도 늘 있는 일이라는 것처럼 별다른 감흥 없이 무감해 보였다. 처음 접하는 생소한 광경에 어찌할 바를 모르고

서 있는 석정에게 누군가 말을 걸어왔다.

"함부로 대기실에 들어오시면 안 됩니다. 나가주세요."

무용단원으로 보이는 여자는 석정을 문밖으로 밀어냈다.

"가스카노 미하로 상을 만나러 왔습니다."

석정이 찾아온 목적을 이야기하자 여자가 대기실 안쪽 주렴이 주렁주렁 달린 밀실을 머뭇거리며 돌아보았다. 그녀는 고개를 좌우로 흔들었다.

"미리 약속을 하지 않으면 선생님을 뵐 수 없습니다."

"잠깐이면 됩니다. 가스카노 상을 꼭 만나 뵙고 싶습니다."

"선생님께서 아무도 들이지 말라고 하셨어요. 계속 고집을 부리신다면 사람을 부르는 수밖에 없습니다."

여자는 석정을 위아래로 훑어보았다. 반듯해 보이는 행동거지나 입성에서 귀티가 흐르는 모습에 과연 그냥 쫓아내도 될 것인가 고민하는 눈치였다.

석정이 한발 물러서서 다시 청했다.

"죄송합니다. 무작정 밀고 들어오다니 예의가 아니었습니다. 저는 모석정이라고 합니다. 조선총독부 중추원 참의이신 모구연 백작께서 제 아버지가 되십니다. 부디 가스카노 미하로 상께 제가 잠시라도 뵐 수 있는지 여쭤어 주시겠습니까?"

중추원 참의인 백작이라니!

일본 여인의 얼굴이 낭패감으로 일그러졌다.

중추원은 친일 유지나 양반들을 회유할 목적으로 만들어진 총독부 자문부였다. 자문이라고 해 봐야 정치적 사항과는 거리가 먼 자질구레한 것들이 대부분이었다.

더구나 의결권조차 없어서 기실 유명무실한 직책이지만 조선인으로서 오를 수 있는 최고의 자리였기 때문에 친일 인사들에게는 선망의 대상이었다. 중추원 자체로는 정치적 영향력이 없을지라도 총독부 자문부라는 후광 덕택에 사회적 영향력이 적지 않았다.

오늘 밤에 있을 뒤풀이 파티는 총독을 위시한 중추원 사람들과 경성의 사교계 인사들이 모두 참석하는 가스카노 무용 연구소를 위한 후원 파티였다. 그런데 자신이 참의 댁 딸을 문전박대한 것이 알려진다면 중요한 후원자 한 사람을 잃을지도 모르는 일이었다.

"기다려 주십시오. 선생님께 여쭤 보겠습니다."

짧은 사이 여자의 말투는 정중해졌다. 그녀는 석정에게 고개를 숙이고 가스카노 미하로가 쉬고 있는 밀실로 물러났다.

미하로는 무대용 분장을 지우고 있었다. 어깨 밑으로 속옷이 흘러내렸지만 의식하지 않았다. 묵묵히 세안을 한 후 파티를 위한 까만 드레스를 입으면서 종종 황금빛 양주를 홀짝거렸다. 말간 맨 얼굴에 화장을 꼼꼼히 한 그녀는 깃털 장식이 달린 헤어밴드를 머리에 썼다. 거울에 비친 자신의 모습을 이리저리 살펴보던 그녀의 눈길이 조용히 서 있는 석정을 향했다. 소녀다운 분홍색 원피스는 화사하지만 촘촘히 달려 있는 단추가 금욕적으로 보였다. 길게 반 묶음 한 머리는 개성 없이 밋밋하기만 해서 그다지 흥미가 생기지 않았다.

"아가씨가 중추원 참의 어르신의 따님이라죠?"

"모석정이라고 합니다. 갑작스레 찾아뵙는 무례를 부디 용서해 주세요."

미하로의 고개가 옆으로 기울었다.

"그런데 나를 왜 보자고 했을까?"

성숙한 여인의 관능이 묻어나는 목소리다.

"오늘 보여주신 공연이요. 처음 접하는 것이어서 잘 모르지만 깊은 감명을 받았습니다. 해서 인사를 꼭 드리고 싶었습니다."

"감명이라…… 어떻게요?"

화장대를 삐딱하게 짚고 선 미하로가 대뜸 물었다.

"한번 말해 봐요. 내 춤을 어떻게 보았지요?"

난감한 문제에 봉착이라도 한 것처럼 석정의 미간에 주름이 잡혔다. 공연 내내 느꼈던 황홀한 기분을 무엇으로 표현할까. 아직도 진정되지 않은 가슴의 떨림을 어떻게 설명해야 하나.

겨우 생각을 정리한 석정이 대답했다.

"욕망이요. 그리고 탐미."

그녀의 대답에 미하로가 피식 웃음을 터트렸다.

"재미있는 해석이네요. 화족 출신의 어리고 정숙한 아가씨에게 어울릴 법한 말이 아닌걸요? 세상에! 욕망과 탐미라니!"

"저를 놀리시는군요. 숨겨져 있다고, 욕망을 분출하는 법을 모른다고 욕망이 없는 것은 아닙니다."

석정이 발끈해서 반박했다. 미하로의 표정이 진지해졌다.

"보기에는 그저 아무것도 모르는 순진한 아가씨인데 말이죠. 놀려서 미안해요. 내가 표현해 내는 욕망과 탐미가 무엇인지, 그것도 말해 줄 수 있나요?"

"규율이 아닐까 합니다. 우리의 삶을 옥죄는 단호하고도 엄격한 규율의 해체요. 오늘 처음으로 삶에 관한 자유로운 몸짓을 봤습니다. 인생의 희로애락이죠. 기쁨일 수도, 슬픔일 수도, 남녀 간의 애정 지사일 수도 있는. 무용수는 그것을 무대 위에서 탐미하고 관객은 그런 무용수를 탐미합니다. 우아하게요."

"우아한 탐미라, 아가씨가 훨씬 낫군요."

미하로의 말뜻을 얼른 이해하지 못한 석정이 눈썹을 찌푸렸다. 그녀를 살피는 미하로의 눈길이 더욱 내밀해졌다

"대단히 창의적이고 예술적인 평이에요. 진실로 꾸밈없이 직설적인."

명성만 듣고 찾아와 춤이 무엇인지, 예술이 무엇인지도 모르면서 허세만 떠는 인간들에 비하면 석정의 솔직한 감성이 훨씬 나았다.

"만나서 반가웠어요, 석정 양. 인연이 있다면 다시 볼 수 있겠지요."

"드리고 싶은 말씀이 있어요!"

미하로가 대화의 끝을 알리자 석정이 다급하게 외쳤다.

"아쉽지만 파티가 있답니다. 아가씨의 아버님도 뵐 수 있겠네요. 총독부 분들이 많이 오실 테니까요."

"가르쳐 주세요! 가스카노 상의 무용을요. 직접 사사하고 싶습니다."

아치형 입구에 달린 주렴을 들추다 말고 미하로가 석정을 미심쩍게 돌아보았다. 그녀가 추는 신무용은 현재 본국에서도 유행중인 예술 분야의 하나로, 많은 화족과 정치가들이 너도나도 후원을 하고 있지만 내용을 들여다보면 실상은 달랐다. 예술이란, 자신의 교양을 뽐내는 도구인 반면에 천한 신분의 사람들이나 하는 것이라는 편견이 여전히 사회 전반에 뿌리 깊게 자리잡고 있었던 것이다. 조선의 깊은 유교적 관념은 일본보다 더했으면 했지 결코 못하지 않기 때문에 미하로는 석정의 말을 새로운 문화에 혹한 철없는 아가씨의 치기로 치부했다.

"아가씨가 하실 만한 것이 아니에요."

화장대가 있는 곳으로 되돌아와 파이프 담배에 담뱃잎을 채우며 입가에 비소를 지었다.

"무용이란 건 아가씨가 말한 우리의 희로애락을 온몸으로 표현하는 것이죠. 내가 느끼는 가장 원초적인 감정을 내 몸이 선을 긋고, 원을 그리고, 그곳에 사랑을 칠하고, 슬픔을 칠하고, 기쁨을 칠하고. 그렇게 덧칠하고 또 덧칠한답니다. 소위 예술이라 불리는 이러한 행위를 하는데 있어서 가장 중요한 도구는 아가씨의 몸이에요. 당신의 금욕적인 옷 속에 감추어진."

파이프 담배 특유의 독특한 향을 맡으며 깊게 빨아들였다가 내뱉은 미하로는 석정의 몸을 노골적으로 쳐다보았다. '이봐요, 아가씨. 얌전히 신부 수업이나 받다가 좋은 집안에 시집이나 가요.' 라는 뜻이 명백하게 담긴 시선이었다.

가만히 미하로의 말을 듣고 있던 석정은 손가방을 내려놓고 허리띠를 풀었다. 목에서부터 촘촘히 잠긴 단추를 푸는 사이 긴장과 수치스러움이 몰려들었지만 도중에 멈추거나 회피하지 않았다. 미하로는 놀란 표정이다가 이내 흥미로운 눈길로 석정의 행동을 지켜보았다.

마지막 단추를 풀었다. 원피스가 발밑으로 스르륵 흘러내렸다. 몸을 감싸고 있던 옷이 벗겨지자 한결 자유로워진 육체에 서늘함이 몰려들었다. 다가오는 미하로의 구두 소리가 석정의 귀에 유난히 크게 들렸다.

긴 목이 낭창한 선을 이루었다. 속옷이 아슬아슬하게 걸쳐져 있는 가슴, 끊어질듯 가늘어 보이는 허리와 길고 곧게 뻗은 다리.

미하로는 진열장 속의 상품을 평가하듯 석정의 모든 것을 세밀하게 살펴보았다. 자신의 몸을 관찰하는 집요한 눈길에 석정의 얼굴이 달아올랐다.

"다리가 아주 멋져요. 좀 더 성숙한 뒤에 풍만함이 더해지겠지요. 좋은 몸을 가졌습니다. 아가씨는."

"이 정도면 무용을 하기에 좋은 도구가 되지 않겠습니까?"

미하로는 순진하게만 생각했던 양갓집 규수의 도발에 재미있다는 듯이 웃음을 크게 터트렸다. 눈물까지 찔끔 찍어 내는 그녀의 박장대소에 석정은 어쩔 줄 몰라 했다. 부끄러움에 온몸이 달아올랐어도 꼿꼿이 서 있는 소녀의 기백이 미하로는 마음에 들었다.

웃음을 멈춘 그녀는 담배 연기를 뻐끔거리며 오래도록 이마를 찌푸렸다 펴기를 반복했다. 그녀는 심각해진 얼굴로 파이프 안의 담뱃재를 털었다.

"왜 하려는 거지요? 무용이요."

"그건……."

"하고 싶은 이유를 말해 봐요."

머뭇거리는 석정을 독려했다.

"어서요."

"무대 위에서라면 누구라도 자유로울 수 있을 것 같아 보였습니다."

"일상의 규율에서 해방되고 싶으시다?"

"누군가 말하길, 경험해 보지 않으면 모를 거라고 했습니다. 영혼이 자유로워지는 쾌감을요. 그래서 직접 경험해 보고 싶어졌습니다."

석정의 대답을 듣고도 미하로는 한동안 말이 없었다. 고민스러운듯 이마를 꾹꾹 눌렀다.

"올해 나이가 어떻게 되지요? 열여섯? 일곱?"

"열여섯입니다."

"가스카노 무용 연구소에 들어오려면 연습생 신분으로 기숙사에서 삼 년을 지내야 합니다."

"그렇게 하겠습니다."

"조선인에 대한 차별이 무용단 내에 없을 거라는 장담은 못 하겠군요. 단원들 사이의 일을 일일이 나서서 조율할 수는 없을 테니 내게 기대거나 도움 받을 생각은 아예 하지 않는 것이 좋아요."

"알겠습니다."

"무엇보다 힘들고 고된 훈련들이 끊임없이 이어질 텐데 이겨낼 수 있을지 말하면서도 의문이 드네요. 어때요? 할 수 있으려나?"

설렘으로 온몸이 떨렸다. 석정이 고개를 열렬히 끄덕거렸다.

"물론입니다, 선생님! 정말 열심히 하겠어요. 실망시켜 드리지 않겠습니다."

결심을 굳힌 미하로가 최종 확답을 주었다.

"무용단은 사흘 후에 떠납니다. 그전에 내지로 떠날 준비를 하도록 하세요."

"네, 선생님. 차질이 없도록 하겠습니다."

똑똑.

그들을 방해하는 소리가 들렸다. 석정은 반사적으로 고개를 돌려 소리가 난 쪽을 보았다. 어지럽게 흔들리는 주렴을 사이에 두고 연미복을 갖춰 입은 남자가 벽을 두드리고 있었다.

자신이 반라의 차림이라는 사실을 자각하지 못한 석정은 흔들리는 주렴 사이로 보이는 남자의 깊은 갈색 동공과 금실처럼 빛나는 노란 머리카락을 뚫어질듯 보았다.

"미안. 내가 너무 늦은 모양이군요."

"남자를 기다리게 하는 건 미인의 특권이니까요."

농을 치는 남자의 음성에서 조용한 힘이 느껴졌다.

"쯧쯧. 귀여운 꼬마가 갈수록 능글맞아지는군요."

꼬마라고? 저 남자가? 아니야. 절대로 꼬마일 수 없는 남자야. 저렇게 크고 단단하게 생겼는걸!

석정은 미하로의 말을 마음속으로 강하게 부정했다. 이상하도록 입안이 바짝 말랐다.

"모두들 기다릴 겁니다. 미하로."

입으로는 미하로를 재촉하면서 남자의 시선은 석정에게 박혀 있었다.

"성급하기는. 재촉하지 말아요. 미인이나 주인공은 본래 늦게 등장하는 법이니까요."

어느새 석정이 있다는 사실을 까맣게 잊어버리기라도 한 듯 미하로는 남자의 어깨를 장난스럽게 쓸며 밖으로 나가 버렸다. 둘이서만 남게 되자 남자가 어지럽게 흔들리던 주렴을 옆으로 밀었다.

시야를 가리던 것이 사라지고 비로소 남자의 모습을 온전히 확인한 석정은 낮은 한숨을 쉬었다. 남자는 정말로 꽤나 큰 키였다. 여자처럼 희고 부드러운 피부와 화사하게 빛나는 짧은 금발을 그녀는 황홀하게 바라보았다. 남자의 갈색 눈이 나른하게 감겼다가 금세 다시 떠졌다.

"이치카와 타이요우"

환청?

몽롱해진 석정의 시선이 남자의 입술에 닿았다. 붓으로 그려 놓은 것처럼 자연스레 휘어졌으나 약간의 고집스러움이 묻어나는 입술이었다.

"이치카와 타이요우. 제 이름입니다."

주렴이 그의 손에서 빠져나와 후두두 흘러내렸다. 구슬들이 서로 부딪치는 소리를 내며 이리저리 흔들렸다. 그들은 한동안 말이 없었다. 서로가 누구인지 구태여 알리려 하지 않았다. 기묘한 기분에 사로잡혀서 숨을 멈췄다. 반쯤 넋이 나간 상태가 지속되었다.

석정이 정신을 차렸을 때 주렴 밖의 남자는 더 이상 존재하지 않았다.

"뭐였지?"

홀로 중얼거리며 화장대 거울을 무심코 보았다.

"흡!"

흠칫 놀라며 뒤로 물러선 그녀는 거울에 비친 자신의 반라를 경악한 눈길로 노려보았다.

*　　　*　　　*

전통적인 한옥에서 누마루는 주로 집안의 주인이 기거하는 사랑채에 설치하는 일이 많았다. 대청이나 방보다 훨씬 높게 만들어 가장(家長)의 권위를 높이고 보통은 주인이 학문을 하거나 손님 접대를 하는 장소로 쓰이기도 했다. 누마루를 안채에 설치하는 일은 없었으며 자녀들이 기거하는 별당 역시 마찬가지였다.

귀한 객들이 머무는 외별당의 경우 간혹 누마루를 설치하기도 했지만 안채의 별당은 그런 경우가 거의 없어, 모구연 백작이 집을 증축하면서 석정이 머무는 별당에 누마루를 지어주마했을 때 모두들 의아하게 여겼다.

누마루는 석정이 열 살이 되던 해. 생일 선물이었다. 여름날이면 초록이 동하는 세상을 시원한 처마 밑 누마루 바닥에 앉아 구경하고, 겨울이 될 것 같으면 화톳불 하나 옆에 두어 두툼한 누비옷 껴입고 앉아 눈 구경을 하라던 모 백작의 배려였다. 그만큼 하나뿐인 딸을 금지옥엽으로 대하며 누구보다도 귀애(貴愛)한 그였다.

그래서인지 별당의 누마루는 석정이 집 안에서 가장 좋아하는 장소였다. 그곳에 앉아 독서를 즐기고 유성기에서 흘러나오는 유행가에 심취했다. 찾아오는 동무들과 주전부리 하면서 수다를 떨기도 했다.

그러나 오늘은 보던 책을 몇 장 넘기지도 못하고 옆에 내려놓고 말았다. 순옥이 석정의 눈치를 봐 가며 어쩐지 심각해 보이는 그녀의 기분을 풀어주기 위해 유성기를 틀었지만 심드렁하기는 마찬가지였다.

오히려 유성기에서 흘러나오는 앵앵거리는 유행가 가사가 정신을 사납게 만든다는 이유로 아예 눈에 보이지 않는 곳에 치워 버리라며 애먼 순옥에게 신경질을 부렸다.

"참말 이상하시네. 하루라도 유성기 없으면 못 살 것처럼 온종일 끼고 사시더니 오늘은 왜 심술이시래요?"

유성기 바늘을 내려놓은 순옥이 입술을 삐죽거렸다. 곁눈으로 흘긋 쳐다본 석정이 고개를 돌려 무심히 마당을 보았다.

누마루 아래로 두발을 늘어트린 석정은 솔솔 불어오는 마파람에도 우울한 표정이었다. 순옥이 화과자와 차를 내왔지만 도통 입맛이 당기지 않았다.

우뭇가사리가 주원료인 한천으로 과자를 빚게 되면 투명하고 시원한 질감을 살릴 수 있었다. 보고만 있어도 더위가 한풀 꺾이는 기분에, 한천으로 만든 화과자는 특히 여름에 많이들 찾았다. 뜻대로 일이 풀리지 않자 석정은 입맛마저 사라져 버린 듯했다. 좋아하던 화과자도 눈에 들어오지 않았다.

"아기씨, 그러지 마시고 조금만 드셔 보시라니까요? 계속 빈

속 이시잖아요."

"생각 없다는데도."

"정말로 무슨 일 있으신 건 아니고요?"

순옥의 걱정에 별일 아니라며 고개를 가로저었지만 모 백작과 나눈 대화가 떠오르면서 가슴이 답답했다.

전날 저녁에 공회당에서 돌아온 석정은 곧장 사랑채로 달려갔다. 출타를 하려고 모 백작이 대청으로 나오던 차였다.

"네 오라비와 신무용을 보러 간다 하지 않았어?"

수발드는 하녀가 내미는 지팡이와 모자를 받아 쓴 그가 석정을 보고 물었다.

"공회당 무대에 올려진 가스카노 미하로 상의 공연이었어요."

"애비도 들어 본 적이 있는 이름이지. 그렇지 않아도 총독부에 들렀다가 그이의 후원 파티에 참석하기 위해 나가려던 참이다. 그래, 공연은 좋았고?"

"예. 아버지."

마침 뒤따라 들어온 정일이 모 백작을 보고 고개를 숙였다.

요즘 들어 부쩍 카프니 뭐니 하는 나부랭이들을 쫓아다니며 일이나 저지르고 다니는 아들이 마땅치 않았다.

모 백작은 정일의 인사를 받지 않고 홱 돌아섰다. 그는 당혹해하는 정일을 아예 자리에 없는 것처럼 취급했다. 곰살갑게 안

겨드는 석정의 어깨를 다독거렸다.

"총독부가 비상이다. 얼마 전에 불순분자들의 난동이 있었지
않니."

"얼마 전이라면 6월 10일에 있었던 만세 사건을 말씀하시나
요?"

"감히 천황 폐하와 제국에 반하는 것들이다. 황국신민으로서
결코 두고 봐서는 안 될 존재들이지. 뿌리를 뽑아야 할 것들이
야."

자신을 무시하는 아버지의 태도에 몸 둘 바를 몰라 하며 죄인
처럼 서 있던 정일의 몸이 경직되었다. 마르크스와 사회주의 사
상의 신봉자였던 그는 히로히토의 신민이기를 자처하는 부친
의 발언이 못마땅한 것을 넘어서 수치스럽기까지 했다.

모 백작은 모 백작대로 아들이 못마땅하기는 매한가지였다.
어려서는 신동으로 이름을 날렸고 수석으로 동경제대에 입학
을 할 때만 해도 집안의 기대를 한 몸에 받는 자식이었다. 장차
중추원에 이름을 올리고 일본의 명망 있는 화족 영애와 결혼을
시킬 계획이었다. 원한다면 권력과 명예를 한 손에 주무를 수도
있었다.

하지만 일본의 조선인 유학생들과 어울린 아들은 그의 바람
대로 따라주지 않았다. 방에는 마르크스의 자본론이나 레닌, 엥
겔스의 저서 등 사회주의 관련 책들이 가득 쌓였고, 불순분자들
과 어울려 각종 크고 작은 사상 범죄에 연루되어 경찰에 붙잡혀

들어간 일도 한두 번이 아니었다. 그나마 아직까지 헌병대에 붙잡히지 않은 것이 다행이었다.

3.1 운동 이후 악명 높은 헌병 경찰 제도는 폐지되었지만, 독립운동이나 사상운동을 하는 자들을 잡아다 고문하고 그들을 시신으로 내보내는 데는 아직까지도 헌병이 전문이었기 때문이다.

대대로 양반 소릴 듣는 집안이기는 했어도 목구멍이 포도청일 만큼 가난하고 별 볼일 없던 집안을 일으키기 위해 안 해 본 일이 없을 정도였다.

그나마 운이 좋아 천황 폐하의 은덕으로 이만큼 번듯해질 수 있었건만 하나밖에 없는 아들이란 놈이 집안 생각은 하지 않고 위험한 짓만 골라 하는 것이 더욱 불안하고 노여웠다.

그러던 아들은 일 년 전, 제대를 졸업하자마자 제 뜻에 동조하는 녀석들을 모아 카프니 뭐니 하는 것을 만들어 밖으로만 나돌았다. 모 백작 입장에서 보면 아들의 사상은 가문의 영달을 방해할 뿐만 아니라 그동안 그가 이루어 놓았던 모든 부귀영화를 한순간에 무너트릴 수 있는 골칫거리였던 것이다.

석정이 분위기를 쇄신시키기 위해 모 백작을 향해 방긋 웃어 보였다.

"드릴 말씀이 있어요. 아버지."

"급하지 않으면 다음에 하자구나. 전국에서 천여 명이 넘는 수가 이번 난동으로 수감되었다는데 이참에 총독에서 식민정책의 방향을 새로이 하려는 모양이다. 그 일로 중추원 참의들의 긴급 회합이 있어. 그리고 나면 가스카노 미하로의 후원 파티에 가야 하니 오늘은 정말 시간이 없구나."

"아버지 그러지 마시고요. 잠시면 돼요. 네?"

지체했다가는 회합에 늦을 것이라며 서두르는 모 백작의 앞을 석정이 막아섰다. 사흘 후에 일본으로 떠날 채비를 하려면 그녀도 시간이 부족했기 때문에 다짜고짜 모 백작을 붙잡고 놔주지 않았다.

"무슨 중요한 말이라도 하려는 게야?"

"아버지 저 신무용가가 될래요. 가스카노 선생님께서 제자로 받아주신다고 하셨어요."

석정의 얼굴을 가만히 들여다보던 모 백작의 얼굴이 일그러지는가 싶더니 이내 고개를 가로저었다.

"네 할 일이 아니다. 어디서 못된 것을 보고 왔구나. 다시는 신무용인지 뭔지 하는 공연을 보지 말거라."

"못된 것이 아니에요, 아버지. 예술이에요!"

"어허! 사람은 제각기 할 일이 따로 있는 게다. 이 모구연의 딸이 무엇을 해? 네 오라비가 너도 물들였나 보구나. 다른 말 말고 신부 수업이나 받아. 얌전히 있으면 네게 맞는 좋은 짝을 찾아 줄 것이야."

노기를 띤 모 백작의 음성이 높아졌다. 무섭게 굳어진 표정이 무슨 말로도 설득되지 않을 것처럼 보였다. 석정은 입술만 깨물고 멀어져 가는 모 백작의 단호해 보이는 등을 아망스레 노려보았다.

정일이 차에 올라타는 모 백작을 간신히 붙잡았다.

"아버님!"

자신을 부르는 소리에 모 백작이 차에 타다 말고 돌아보았다.

"석정인, 저 아이는 집안의 화초가 될 수 없습니다."

"무슨 말을 하는 거냐?"

"불같은 아입니다. 뜨거운 열정을 품고 사는 아이가 과연 어머님처럼 집안에 갇혀서 살 수 있겠습니까?"

"하고 싶은 말이 뭔지 똑바로 말하거라."

"기회를 주십시오. 석정이가 제 운명대로, 원대로 훨훨 날 수 있도록, 불타오를 수 있도록 놓아 주십시오."

"네가 부르짖는 뜨거운 열정이라는 것이 무엇이란 말이냐? 다른 집안의 아이들은 다들 부모 말에 순종하며 주어진 것에 감사하여 사는데 왜 네 녀석은 그것이 안 되는 것이냐. 그것도 모자라 이제는 석정이까지 네놈의 못된 사상에 물을 들이려는 것이야!"

모 백작의 호통이 대문 밖, 계동을 쩌렁쩌렁하게 울렸다.

"이 땅, 조선 민중 대부분은 착취를 당하는 자들입니다. 셀 수 없이 많은 그들이 단 얼마의 특권 계층을 위해 부당한 대우를 받고 짐승처럼 일하며 하루하루 말라비틀어져 갑니다. 헌데 아버님은 스스로 일제의 앞잡이가 되어 권좌에 앉아 민중을 착취

하고 계십니다. 왜놈들이 이 땅에 들어와 민중을 박해하고 모든 것을 수탈해 갈 때 그에 대한 죄의식도 없고, 자기반성 역시 없습니다. 그것이 제가 아버님께 순종하지 못하는 첫 번째 이유입니다."

조용하지만 단호한 힐난에 모 백작은 잠시 할 말을 잃었다.

"석정인 제 사상과 무관합니다. 세상 모든 것으로부터 영혼이 자유로운 아입니다. 태생이 그러한데 억지로 붙잡아 두려고만 하면 이내 시들기밖에 더하겠습니까?"

"아니, 이놈이!"

"시대가 바뀌었습니다. 아버님! 이제는 여자들도 밖으로 나가 제 능력껏 이상을 펼치고 사는 시대입니다. 영미로, 불란서로 유학을 다녀오는 여자들이 있습니다. 여자가 의사도 하고, 교사도 하는 시대입니다. 대감댁 딸들이 성악을 하네, 피아노를 하네 하면서 개인 공연도 갖는 시대입니다. 아무도 그런 것을 딴따라라며 비하하지 않습니다. 예술이라고 하지요. 석정이도 충분히 그럴 수 있는 아입니다. 그 어떤 여자들보다도, 사내들보다도 더 빛날 수 있는 그런 아입니다."

"네놈이 그것을 어찌 아누!"

"석정의 눈빛을 보셨습니까? 아버님께서 데리고 계시는 식도원의 초옥도 예전에는 그러한 눈빛이었습니다. 지금이야 형형하고 아름답던 눈빛이 시들어 버렸지만 말입니다."

초옥의 이름이 나오자 부자 사이에 무거운 정적이 흘렀다. 그녀는 그들에게 있어서 똑같이 가슴에 맺힌 체증 같은 존재였다. 그녀의 이름을 올리는 것은 암묵적으로 지켜온 금기였기에 순간적으로 튀어나온 정일의 말에 두 사람 모두 짧은 순간 충격에 휩싸였다.

"각하께서 오셨다니까요!"

연신 한숨을 쉬며 생각에 빠져 있는 석정의 어깨를 순옥이 흔들었다. 벌써 모 백작과 모친인 이 여사가 중문을 들어서고 있었다.

"안으로 들어오려무나."

묵묵히 마루 위로 올라서는 남편을 뒤따르며 이 여사가 석정에게 말했다. 딸을 바라보는 그녀의 눈에는 언제나 그렇듯이 인자한 빛이 흘렀다.

북촌 계동에 있는 모구연 백작의 저택은 겉모양은 전통 양식이지만 내부는 서양식으로 꾸며져 전통과 신식 문화가 혼재된 다소 정체불명의 저택이었다.

석정이 머무는 별당도 물 건너 들여온 호사스러운 가구들로 가득 채워져 있는데 영국제 괘종시계며, 서양식 침대와 화장대, 혹은 문갑 같은 가구들이 비싼 몸값을 자랑하면서 한자리씩 차지하고 있었다.

불란서제 실크 레이스로 만든 가구 덮개들, 누마루와 이어지는 전통 양식의 살문에 덧대진 투명한 유리와 역시 불란서에서 들여온 하얀 레이스 커튼이 모구연 백작가의 부의 상징처럼 반짝거렸다.

금색 실로 자수가 새겨진 폭신한 소파에 먼저 자리를 잡고 앉은 모 백작이 눈을 가늘게 뜨고, 누마루에서 건너오는 석정을 관찰했다. 그의 눈길을 의식한 석정의 표정에 기운이 없었다.

"아무것도 먹지 않는다고?"

어제 이후로 내리 굶고 있다는 순옥의 보고를 떠올린 이 여사가 걱정이 되어 물었다. 석정은 눈만 다소곳하게 내리깔 뿐 아무런 말도 하지 않았다. 일부러 부모님 걱정하시라고 굶은 것이 아니었다. 다만 뜻대로 되지 않음에 물 한 모금도 제대로 넘길 수 없었다.

"기어이 신무용이라는 것을 할 생각이야?"

한 번 안 된다 한 일은 하늘이 두 쪽으로 갈라져도 번복하거나 재차 입에 올리는 법이 없는 모 백작이다. 그가 먼저 그 일을 물어 오자 맥없던 석정의 표정이 기대심으로 생기가 어렸다. 그녀는 기회를 놓칠세라 모 백작을 향해 호소했다.

"아버지, 저는 여학교를 졸업하고 나서 할 일이 아무것도 없었어요. 전문학교에 들어가 학문을 계속 하려고도 해 봤지만 반드시 해야 한다는 열정이 생기지 않았는걸요. 무언가를 해 보고 싶지만 무얼 하고 싶은 건지 도통 몰랐단 말이에요."

"꼭 무언가를 할 필요가 없지 않니? 어차피 얼마 뒤면 혼처가 정해질 게다."

"제가 얼마나 우울하고 불행했는지 아버지는 모르세요. 아무도 모를 거라고요. 아버지께서 정해 주시는 대로 얼굴 한 번 보지 못한 남자에게 시집갈 생각은 더더욱 없어요. 처음으로 하고 싶은 일이 생긴 거라고요! 그러니까 아버지께서 허락해 주세요. 네?"

문물이 개방되면서 조선 사회에 나타난 가장 큰 변화는 신여성, 소위 모던걸이라 불리는 여성들의 존재였다. 신식교육을 받고 직업을 가진 그녀들은 주체적인 사회 활동을 하면서 남존여비 사상에 찌들어 있는 촌스러운 사내들을 스스럼없이 비난했다.

중매혼을 거부하고 걸핏 하면 연애 사건을 일으켜 모던걸을 성토하는 기사가 신문지상에 연이어 나지만 억압되어 있던 여성들은 스스로 모던이 되기를 바랐다.

하지만 자유연애를 하고 결혼에 성공한 고학력의 모던걸들도 결국 얌전히 중매결혼을 한 규중처녀와 다를 바가 없었다. 육아와 살림은 자연히 여성들만의 몫이었다. 남은 것이라고는 여인의 이름이 아닌 엄마, 혹은 아내라는 명사밖에 없었다.

석정은 여인의 자아를 잃어버리고 시집 귀신이 될 생각이 전혀 없었다. 자신의 인생이 이 여사처럼 안채에 갇혀 수나 놓아야 한다면 차라리 살지 않는 편이 나을 것이라 여겼다. 누군가에게 귀속되어 의탁하는 삶보다 스스로 주체가 되어 열정적으로 인생을 펼쳐 보이고 싶었다.

신무용은 그녀의 뜻대로 인생을 꾸려 나가기에 더없이 훌륭해 보였다. 무대 위의 한정 없는 자유로움이 그녀를 강하게 이끌었다.

"얌전히 있다 좋은 사내 만나 시집이나 가면 좋으련만."

이 여사가 한숨 섞인 소리로 말하자 석정이 고개를 저었다.

"하게 해 주세요. 도전할 수 있도록 허락해 주세요. 부모님께 자랑스러운 딸이 되어 보이겠습니다. 정말이에요. 잘 할 수 있어요."

모 백작의 표정이 근심스러웠다. 자식이라곤 더도 덜도 없이 딱 남녀아이 둘인데 어찌 이리도 하나같이 부모의 뜻에 반대하는지.

"가스카노 미하로의 연습생이 되려면 일본에서 기숙 생활을 삼 년간 해야 한다고 들었다. 너에게 삼 년을 주마. 삼 년 안에 가스카노 상의 무대에서 주인공이 되어야 한다. 만일 기한이 되도록 주인공이 되지 못한다면 지체 말고 돌아와야 할 것이고. 그리 할 것 같으면 준비해 떠나든지……."

기어코 야반도주라도 할 참이었던 석정은 뜻밖에도 쉽게 허락을 내린 모 백작을 멍하니 바라보았다. 혹여 그냥 해 보는 말이 아닐까 확인 차 이 여사를 돌아본 그녀는 고개를 끄덕이는 모친을 보고서야 비로소 입가에 미소를 띠었다.

"믿으세요. 아버지. 저는 반드시 도쿄의 주인공이 될 테니까요."

석정은 자신감에 차서 선언했다.

생각 같아서는 삭발이라도 시켜서 붙잡아 앉히고 싶은 것이 모 백작의 솔직한 심정이었다. 정일의 말이 자꾸만 걸려 못 이기는 척 허락을 했지만 입안이 썼다. 재기 발랄하던 초옥을 불행하게 만들었다는 자책감이 그를 에워쌌다. 어지간한 일에는 꿈쩍도 하지 않는 그지만 초옥이만은 예외였다. 딸의 얼굴 위로 초옥의 우울한 얼굴이 겹쳐보였다.

*　　　*　　　*

미쓰코시 백화점 경성점은 본정 1정목에 있었다. 정식 명칭은 미쓰코시 출장 대기소로 옷감과 의류, 장신구 등을 파는 오복점이었다. 미쓰이 그룹이 오사카에 세운 동양 최초의 서양식 백화점을 1906년 경성에 개점한 것으로 엄밀히 따져 정식 지점은 아니었다. 하지만 부유층이나 엘리트층의 소비문화를 감당할 장소가 그리 많지 않은 탓에 항상 손님들로 붐비는 곳이었다.

때를 같이해 조선총독부의 문화 통치가 시작된 후로 조선인도 손쉽게 회사를 설립할 수 있게 되면서 경성에 상업주의가 본격적으로 대두되었다. 거기에 맞물려 일본의 자본이 이제 막 조선에 각종 회사와 지점을 세우면서 막대한 투자를 하던 시점이었다. 이는 새로운 직업군인 사무원을 파생시키는 결과를 낳았다. 전통적인 소비계층이 아닌 전혀 다른 중간계층의 등장이었다.

그들은 일본을 거쳐 조선으로 건너오는 갖가지 유행문화를 선도했으며 백화점, 카페, 극장 등을 성장시키는 원동력이 되었다. 이러한 것은 메이지 유신을 거치면서 일본의 상류층만이 누리던 고급 양풍(洋風)을 다이쇼에 들어서 대중화한 문화 상품들이었다. 상류층만이 향유할 수 있는 특별한 것으로 여겨지던 구조에서 소비를 하지 못하던 자들이 소비력을 갖추었을 때 저토록 다양하게 대중화된 문화들이 얼마나 자극적이었을지 불을 보듯 훤한 일이었다.

그들이 분출하는 허영과 사치는 본래의 부르주아 계층과 함께 미쓰코시 출장 대기소를 나날이 번창시키고 있었다.

석정은 길 건너 미쓰코시 오복점이 보이는 커피숍 노천 테이블에서 커피를 마시며 여유롭게 앉아 있었다. 높아진 습도로 끈적거리는 날씨와 텁텁한 공기에 여느 때라면 집 밖에 나오지도 않았을 테지만 도항증을 발급받고 일본에서 쓸 물품과 옷가지를 사기 위해 나온 길이었다.

가만히 앉아만 있어도 짜증이 치솟는 무더위 속에 돌아다녔다면 피곤하고 지칠 만도 한데 일본으로 건너가기 위한 준비라고 생각하니 오히려 설렐 뿐이지 귀찮다거나 힘들지 않았다.

끊임없이 오복점 안으로 들어가고 나오는 여자들과 그들의 머리 위에 놓인 모자들을 보면서 석정은 모자를 몇 개 사야겠다고 생각했다. 그렇지 않으면 미용원에 들려 단순히 길게 기르기만 한 머리카락을 유행처럼 잘라 버리거나 돌돌 말아도 좋지 않을까 고민했다.

어쨌든 오후의 한낮이었다. 오복점의 폐점시간까지 아직 멀었기 때문에 그녀는 서두르지 않았다. 설탕을 넣어 달콤 쌉쌀한 냉커피는 시원했다. 거리를 향해 넓게 퍼진 차양이 잠시간이라도 무더위를 피할 수 있도록 그늘을 만들어 주었다. 결로현상으로 축축해진 커피 잔을 들어 입가에 가져다 댔을 때였다.

"잠시, 실례!"

누군가 다가와 허락도 없이 비어 있는 의자에 털썩 앉았다. 맥고모자를 깊게 눌러쓴 남자는 급하게 뛴 모양인지 숨을 헐떡이며 오만상을 찌푸렸다. 땀으로 흥건하게 젖은 셔츠는 등에 찰싹 달라붙었고 넥타이는 느슨하게 풀려서 목에 대롱대롱 달려 있는 것이 단정치 못 해 보였다. 결정적으로 의자를 끌어당겨 앉은 그와 석정의 거리가 지나치게 가까웠다.

"지금 뭐하시는 겁니까?"

당황한 석정의 목소리가 날카롭게 째졌다.

"쉿!"

조용히 하라며 남자의 얼굴이 위압적으로 굳어졌다. 주객이 전도되었다. 석정이 불쾌해서 말을 잊은 사이 남자는 예리한 눈길로 주변을 살폈다. 그러더니 아무 거리낌 없이 그녀의 어깨 위로 자신의 팔을 두르고 얼굴을 가까이 들어 밀었다.

소스라치게 놀란 석정이 고개를 뒤로 뺐지만 그녀의 목을 감싸 쥔 남자의 손이 그것을 허락하지 않았다. 지나는 사람들이 보면 영락없이 연인의 모습이었다.

"오래 걸리지 않을 거요. 잠시면 되니 부탁 좀 합시다."

누가 봐도 쫓기는 자의 모습이었고 정중한 말투였다.

"누구세요? 대체 무슨 일이죠?"

한풀 누그러진 목소리로 석정이 소곤거리며 물었지만 돌아오는 대답은 없었다. 남자는 다정한 연인처럼 그녀의 어깨를 감쌌다. 흔들리는 시선으로 정면만 주시했다.

석정의 시야에 멀리 씩씩거리는 두 남자가 보였다. 그들은 뭐에 잔뜩 화가 났는지 붉게 달아오른 얼굴로 주변을 두리번거렸다. 홀로 지나가는 양복 차림에 맥고모자를 쓴 남자들을 일일이 붙잡아 얼굴을 확인하면서 찾는 자가 아니란 것을 확인할 때마다 욕을 질펀하게 쏟아부었다.

석정은 본능적으로 그들이 찾는 자가 옆에 있는 남자라는 것을 알아차렸다. 그들이 점점 가까이 다가오자 그녀는 재빨리 고개를 돌려 남자를 살펴보았다. 모자로 얼굴을 절반이나 가렸지만 각진 턱과 일직선으로 굳게 닫힌 입술은 이 남자의 본래 성미가 고집스러우면서 단호할 것임을 보여주고 있었다.

땀이 한 방울, 남자의 얼굴을 타고 내려와 셔츠의 칼라를 적셨다. 마치 그의 심장이 긴장으로 인해 '쿵' 내려앉은 것처럼 보였다.

이 사람, 오라버니 같아.

툭하면 일본 경찰을 피해 도망 다니던 정일을 떠올린 석정은 남자에게 측은지심이 일었다. 그녀가 그의 어깨에 얼굴을 기대자 남자의 몸이 순간 딱딱하게 굳어졌다. 이내 그의 몸 역시 석정에게로 기울어졌다.

"이 새끼 어디로 샌 거야?"

"쥐새끼 같은 새끼가 또 어디로 숨어든 거지. 자네는 저쪽으로 가 봐. 나는 이쪽으로 가 볼 테니까!"

테이블 바로 뒤까지 다가와 악에 받쳐 투덜거리던 남자들의 시선이 무심코 그들을 살피는가 싶더니 곧 다른 곳으로 사라졌다. 안도의 한숨을 쉰 맥고모자의 낯선 남자는 석정의 어깨에서 자신의 팔을 거둬들였다. 그는 긴장했던 탓에 목이 탄 모양이었다. 석정이 남긴 냉커피를 주저 없이 벌컥벌컥 들이키더니 얼음까지 깨물어 먹었다. 그러고 나서야 자신이 무례한 행동을 했다는 것을 깨닫고 민망해하며 석정의 눈치를 살폈다.

"이런, 미안합니다. 목이 말라서 그만……."

"괜찮습니다. 저도 이제 막 일어나려던 참인걸요."

손사래를 친 석정이 상대를 안도시켰다.

"고맙습니다. 덕분에 위험을 피할 수 있었습니다."

"별것 아니에요. 제게도 오라버니가 계시거든요."

"저들은 고등경찰과 소속의 조선인 형사들로 붙잡히면 죽거나 반병신이 되는데 누가 선뜻 도움을 주겠습니까? 정말 감사

합니다. 혹시라도 다시 만날 기회가 있다면 그때는 해방된 조국의 모습이기를 바라겠습니다."

해방된 조국.

오라버니의 머나먼 꿈을 동행하는 또 다른 사람.

"어서 가 보세요. 형사들이 돌아올지 모르니까요."

남자는 탁자 위에 던져 놓았던 양복 상의를 들어 탈탈 털었다. 그런다고 구김이 쉽게 펴질 리 없었다. 그는 구김 자국이 그대로 남은 옷을 펄럭이며 입은 뒤 멀쩡한 맥고모자의 챙을 괜스레 다듬고 돌아섰다.

그러고는, 나타났을 때와 마찬가지로 급작스럽게 사라졌다. 그가 쉼 없이 지나치는 사람들 속에 섞여서 유유자적 걷는지, 쌩쌩 달리는 비크 택시를 잡아탔는지, 인력거 속에 몸을 숨겼는지, 아니면 어느 골목이나 건물 속으로 들어가 버렸는지 알 길이 없었다. 그는 그냥 사라졌고 그것은 마치 그의 삶처럼 보였다.

커피숍에서 나온 석정은 미쓰코시 오복점으로 가기 위해 길을 건넜다. 출장 기생을 태운 인력거 하나가 쌩하니 앞을 스치고 지나가자 화들짝 놀라서 몸을 뒤뚱거렸다. 때마침 날아든 단단한 팔이 그녀의 허리를 가볍게 낚아채 다행히 길 한가운데 넘어지는 추태를 면할 수 있었다.

"감사합……니다."

그 남자다!

분명히 그였다. 맥고모자를 쓴 탓에 금실 같은 머리카락을 온전히 확인하지 못해서 순간 아쉬웠지만 창백할 정도로 하얀 피부와 장승처럼 큰 키가 틀림없이 경성 공회당 가스카노 미하로의 대기실에서 보았던 남자임이 확실했다.

이름이 아마 이치카와 타이요우랬지.

"맥고모자가 요즘 남자들 사이에선 유행인 모양이죠?"

입술을 깨물며 석정은 자신의 말을 후회했다. 다시 만나면 그의 비신사적인 행동에 대해 뺨을 한 대 때려 주리라 다짐했는데 기껏 한다는 소리가 맥고모자에 대한 소회라니 얼마나 바보 같은지.

그녀의 말을 들었는지 못 들었는지 타이요우는 동문서답이다.

"미쓰코시 오복점으로 가시는 거라면 잘 됐군요. 나도 마침 커프스단추를 사기 위해 가는 중이었습니다. 어디선가 잃어버렸거든요."

눈길이 자연히 남자의 소매를 찾았다. 고급스러운 금장 커프스단추가 눈처럼 하얀 소매에 무사히 달려 있는 것이 보였다. 짧게 혀를 차고 그의 팔을 뿌리쳤다. 그러자 한결 다정해진 목소리가 되돌아왔다.

"그냥 다정한 연인처럼 걷는 편이 좋을 것 같은데요?"

그러면서 그가 허리에 팔을 두르자 짜증이 난 석정이 소리를 팩 질렀다.

"아, 정말! 대체 왜 이러시……."

"뒤쪽을 봐요."

사뭇 심각해진 타이요우가 뒤를 가리키며 고갯짓을 했다. 말을 잘 듣는 아이처럼 뒤를 돌아본 석정이 숨을 혹 들이켰다. 좀 전의 조선인 형사들이 어슬렁거리며 그녀를 따라오고 있었다.

"사실은 나도 저 커피숍에 있었습니다. 혹시 보셨는지 모르겠지만요."

"글쎄요, 주변에 관심이 없어서."

도둑이 제 발이 저린 것처럼 불안해져서 더욱 퉁명스러운 목소리가 나왔다.

"나타샤라는 여자를 만났어요. 경성에서 꽤 유명한 기생이라던데 혹시 아시는지 모르겠습니다. 기명이 월향이라고 했던가요? 라디오에도 나왔고 잡지에도 실렸었다고 하는데 어쨌거나 그녀는 나타샤라는 이름이 좋다고 앞으로는 자신을 그렇게 불러 달라고 하더군요. 경성 제대에 다닌다는 손님이 와서 러시아의 유명한 소설 이야기를 해 줬는데 거기에 나오는 여자 중 한 명의 이름이 나타샤였다고 말이죠."

"전쟁과 평화."

석정이 중얼거리듯 소설의 제목을 말하자,

"톨스토이!"

타이요우가 작가의 이름을 맞받아쳤다. 그가 이끄는 대로 따라 걷던 석정이 걸음을 멈췄다. 어느새 미쓰코시 오복점 앞이었고 바쁘게 드나드는 사람들 속에 서서 그녀는 타이요우를 노려보았다.

"같이 들어가시려고요?"

"그래야 할 것 같은데요? 커프스단추가…….."

"지금 그쪽 소매에 잘 있잖아요. 커프스단추."

자신의 소매를 흘깃 본 타이요우가 어깨를 으쓱거렸다.

"본의 아니게 다 보고 말았습니다. 사냥감을 놓친 사냥개가 잔뜩 독이 올라서 되돌아오지 뭡니까? 사냥개는 촉이 발달했지요. 사냥감이 남겨 놓고 간 냄새는 귀신같이 찾아내니까요."

"제가 그 냄새란 말인가요?"

"조금 전까지만 해도 다정한 연인과 살갑게 있던 아가씨가 순식간에 혼자가 되었으니 충분히 의심을 살 수 있는 상황이죠. 독이 오른 사냥개가 주인에게 그냥 돌아갈 것 같습니까? 버려진 고기라도 물고 가야죠. 그중에서도 저들은 하이에납니다. 썩은 고기, 버려진 고기, 훔친 고기 가리지 않고 아무거나 물어대니 이쪽에서 조심할 수밖에요."

어느새 석정은 타이요우를 따라 미쓰코시 오복점 안으로 들어가고 있었다. 허리에 둘러진 그의 팔이 신경 쓰였지만 그보다 쫓아오는 형사들이 더 신경 쓰였다.

"그 사람이 무슨 일을 하는지 몰라요. 누군지도 모르는걸요."

"그러게 모르는 사람을 덥석 도와주지 말라는 겁니다. 가련한 희생양이 되기 싫으면요."

"그쪽도 절 모르긴 마찬가지죠."

모자들을 전시해 놓은 진열장 앞에서 석정이 톡 쏘아붙였다. 그녀는 허리를 숙여 진열장 속에서 얌전히 주인을 기다리는 실크터번을 유심히 들여다보았다. 색만 요란하게 화려했지 어떻게 보면 밭일을 하는 아낙들이 머리에 둘러쓴 보자기 같기도 한 것이 영 별로였다.

'역시 클로슈 모자나 토크 모자가 나으려나……'

다른 상품을 보는 척 시선을 돌리자 여전히 그들 뒤에서 서성이는 형사들이 보였다. 한숨을 푹 내쉬고 그녀가 물었다.

"저 사냥개들을 어떻게 하면 쫓아낼 수 있죠?"

석정의 말이 끝나기도 전에 타이요우가 그녀의 손을 와락 잡았다. 그는 사람들을 헤치고 오복점 안을 가로질러 달리기 시작했다.

그가 얼레라면 그에게 매달린 석정은 연이었다. 바람일까? 시원함이 볼에 닿았다. 이마 위로 흘러내린 잔머리가 피부를 간질이며 살랑였고, 가쁜 숨을 내쉬자 바람이 훅하니 들어왔다. 이 여름에 거짓말처럼 시원한 바람이.

뒷문을 통해 밖으로 나온 타이요우는 석정을 벽면으로 밀쳤다. 자신과 벽 사이에 그녀를 가두었다.

제멋대로 날뛰는 심장이 과연 뜀박질을 한 탓인지 다른 무엇때문인지 알 수가 없었다. 석정은 전신으로 거칠고 깊은 숨을 토해 냈다. 토해 내진 숨이 다시 치고 들어와 호흡이 막혔다. 화끈거리는 볼에 손등을 대자 불길 같은 뜨거움이 올라왔다. 바짝 말라 버린 입술을 혀끝으로 적시며 두 눈을 감았다.

불빛은 본래 역동적이고 어둠은 차분했다. 심장박동이 어둠 속에서 정상적으로 되돌아왔다. 천천히 눈을 떴다. 그녀는 타이요우의 시선이 자신의 입술에 닿아 있음을 깨달았다. 굳게 다물려 있던 입술이 불 위에 던져진 조개처럼 슬그머니 벌어졌다. 심장박동이 다시 빨라졌다.

"여름엔 맥고모자가 최고죠. 남자들 양복이야 여자들과 달라서 얼핏 보면 거기서 거기고, 너도나도 다 맥고모자를 쓰고 다니면 멀리서 볼 때 그이가 그이 같고, 저이가 저이 같으니까요."

그놈의 맥고모자!

상황과 전혀 어울리지 않는 말이었다. 맥고모자에 대한 별 볼 일 없고 우스운 토론은 적어도 십 몇 분 전에, 그러니까 멀쩡한 커프스단추를 잃어버렸다고 거짓말 하거나 톨스토이의 전쟁과 평화 속 나타샤가 어떤 모습으로 경성 시내에 나타나게 되었는지에 대한 시답잖은 말들을 지껄이기 이전에 끝냈어야 할 내용이었다.

석정은 싱긋 웃음 짓는 타이요우의 입술을 째려보았다. 뜨거움은 다만 그녀의 몫이라는 듯 그의 미소는 청량감마저 들었다. 이토록 끈적이는 습도 높은 날에, 떫은 감을 씹은 것처럼 텁텁하기 짝이 없는 공기 속에서 그는 혼자서만 싱그러웠다.

그들이 빠져나올 때처럼 조선인 형사들이 뒷문을 발칵 열고 뛰어나왔다. 그와 동시에 타이요우의 얼굴이 석정의 입술을 향해 내려왔다. 그의 입술이 닿을 듯 말 듯 그녀의 입술을 희롱하자 망둥이처럼 뛰어대던 숨이 아예 멈춰버렸다.

'이 남자 때문에 죽어 버릴 것 같아!'

속셈이 빤히 보이는데도 관심 없는 척 석정과 타이요우의 모습을 이리저리 곁눈질로 살펴보다가 괜스레 헛기침을 해 대는 모습이 형사들을 바보스러운 만담 커플처럼 보이도록 했다. 의심스러운 듯 자기들끼리 속닥거리며 고개를 갸웃거리더니 얼굴이 낭패감으로 잔뜩 일그러졌다.

"오늘은 틀린 모양이야. 눈앞에서 놓쳤으니 이젠 목이라도 내 놓으라 할 판일세!"

"그놈이 경성 시내로 들어온 건 상부에서 직접 내려온 정보인데 이렇게 놓쳤으니 이것 참 곤란하이."

"그런데 저놈이 아까 커피숍에 그놈이 맞아? 우리가 커피숍 근처로 다시 돌아왔을 땐 분명히 혼자였잖아? 아무래도 딴 놈 같은데…… 맞아! 아까 그놈은 양키가 아니었다고! 저 자식 모자 좀 벗겨 봐. 양키야, 양키 저거! 우리 속이려고 다른 놈이 붙은 거 아냐?"

한 명이 의혹을 풀지 못하고 말하자 다른 한 명이 고개를 설레설레 흔들었다.

"내버려 둬. 차림새들 보면 몰라? 어이쿠야, 옷만 봐도 내 한

달 급여는 되겠네. 괜히 건드렸다가 낭패 보지 말자고. 요즘 있는 것들은 형사 나리 알기를 뭣 같이 보니까 말이야."

"그래도……."

"더군다나 자네 말대로 저 허여멀끔한 놈이 양키가 맞으면 더 곤란한 일 아냐? 잘못하다간 외교 문제가 일어난단 말이지."

석정과 타이요우에게 접근하기를 포기한 형사의 얼굴이 더욱 험악해졌다.

"에잇! 저것들은 왜 대낮부터 난리야? 풍기문란으로 콱, 처박아 버릴까보다. 캬악!"

화풀이처럼 가래침을 내뱉은 형사들이 오복점 안으로 사라지자 상황 종료를 알리 듯 타이요우의 입술도 석정의 입술에서 멀어졌다. 그는 맥고모자를 벗어 부채처럼 펄럭이며 바람을 일으켰다. 혼자만 싱그러웠던 그도 뙤약볕이 내리쬐는 무더위가 별 수 없이 지긋지긋한 모양이었다.

모자에 눌린 머리카락을 대충 털어 내며 그가 실없이 웃었다. 작열하는 태양 아래에서 그의 머리카락이 찬란한 황금빛으로 반짝거렸다.

"가세요."

그에게서 고개를 돌린 석정이 뜬금없이 말했다.

"나타샤요. 기다리지 않겠어요?"

"아, 나타샤!"

타이요우는 잊고 있었다는 듯 탄식하며 모자를 다시 눌러썼

다. 그는,

"그 여자는 아마 지금쯤……."

이라며 말끝을 흐렸다.

"나를 잊었을 겁니다. 내가 사라진 지 얼마 안 돼서 분명 그녀의 주위로 꿀벌 같은 남자들이 하나둘 몰려들었을 테니까요. 그들과 시시덕거리면서 빙수를 먹고 있겠죠."

냉소적인 반응에 석정이 그의 얼굴을 돌아보았다.

"그녀는 빙수가 먹고 싶다고 했어요. 이렇게 더운 날에는 노천 테이블에 앉아서 먹는 시원한 빙수가 최고라고 했죠. 그러니 그걸 먹고 있을 겁니다. 그래요. 그녀의 목적은 내가 아닌 빙수거든요. 돈이야 주변에 몰려든 꿀벌들이 얼마든지 내줄 테지요."

"그쪽 역시 그런 수많은 꿀벌 중 하나 아닌가요?"

"소설 속에 나타샤는 아름답죠. 예술적이고."

그의 말에 화답하듯 석정의 말이 이어졌다.

"실수투성이에 충동적이고 제멋대로예요. 무식한 데다 변덕스럽죠. 한마디로 자가당착적입니다."

"예쁘고 히스테릭한 여자가 동서고금을 막론하고 남자의 정복욕을 자극하는 거야 누구나 아는 이치 아닙니까? 그런 여자가 풍기는 자극이 제일 달콤하거든요. 그러니 꿀벌이 날아들 수밖에요. 그녀가 소설을 읽었을 것 같진 않지만 적어도 소설 속 나타샤와 비슷한 점은 있죠."

그 말을 듣고 석정이 비웃음을 흘렸다.

"성숙하고 진지한 교제를 하실 생각이 없는 분이시군요. 부러 꿀벌을 자청하시니 말이에요."

"그게 편한 겁니다. 사랑은 사람을 미치광이나 바보처럼 만들어 버리죠. 그냥 서로 간에 적당히 좋아할 수 있고 집착하지 않을 정도의 가벼움이 가장 좋아요. 그 정도라면 제정신은 유지할 수 있거든요."

타이요우가 대답하자 석정이 그의 얼굴을 빤히 들여다보았다.

"생각 있는 여자들이라면 제일 먼저 피해야 할 분이시네요, 이치카와 상께서는."

"기억하고 있었군요."

"네?"

"이름이요. 내 이름."

"아!"

그녀는 한참만에야 입을 열었다.

"경성 시내에 돌아다니는 서양인들 중에서도 그쪽처럼 밝은 금발을 가지고 있는 사람은 드무니까요. 거기다……."

거기까지 말하다 말고 석정은 입을 다물었다. 그녀가 하려던 말이 무엇인지 타이요우는 굳이 알아내려 하지 않았다.

연분홍 실크슬립만 걸친 반라의 차림으로 서 있던 그녀. 그녀의 눈동자.

그는 그녀에게서 몸을 돌렸다.

"감사 인사는 받은 것으로 하고. 그럼, 저는 이만. 빙수의 여신이자 꿀벌들의 여왕이 혹시라도 기다리고 있을지 모르니까요."

시나브로 멀어지는 그다. 멀어지다가 점이 되어 사라지는 동안 석정은 그 자리에 망부석처럼 서 있었다.

*　　　*　　　*

부산을 떠난 거대한 관부연락선 '고려환'이 대마도를 거쳐 시모노세키 항에 도착하자 부두에 나와 있던 시민들 사이에서 환호성이 울렸다. 석정은 흔들리는 갑판 위로 나와 인산인해를 이루는 시민들과 바쁘게 움직이는 항구의 모습을 바라보았다.

1905년 관부연락선을 개통한 시모노세키 항은 넘치는 사람들로 항상 번잡한 곳이었다. 이곳에 사람이 많은 이유는 이 관부연락선이 경성에서 도쿄까지 잇는 직항로였기 때문이다.

경성에서 표를 한 장 사서 부산까지 기차를 타고 오면 따로 배표를 살 필요 없이 시모노세키 항으로 가는 연락선을 타게 되는데, 연락선이 시모노세키 항에 도착하면 역시 도쿄까지 기차가 자동으로 연결되게 되어 있었다. 하지만 아직 이 호화 연락선을 이용하는 승객은 대부분 일본인으로서 조선을 지배 혹은 수탈할 목적으로 가는 사람들과, 순진한 조선인들을 등쳐먹으며 떼돈을 벌어 볼 수작으로 가는 사람들이 많았다.

반면에 경성에서 도쿄로 오는 승객들은 조선인 유학생이 태반이었다. 실제로 석정이 몸을 싣고 있는 고려환 1등실에는 일본 제국대학 등에 입학하기 위해 도일하는 부유한 조선인 유학생들이 많았다. 석정 역시 그들 중 한 명이었다.

19세기가 지나면서 도쿄는 동아시아 각국의 젊은 지식인들을 위한 일대 교류의 장이라 볼 수 있었다. 1904년부터 1905년까지 1년간의 러일전쟁에서 일본이 대승하자 제국주의 국가들에 의한 식민정책의 희생자였던 동아시아 국가들이 일본이라는 나라에 기대와 환상을 가지기 시작한 것이다. 가까운 청나라에서도 와세다 대학으로 1만 명에 가까운 젊은이들을 유학 보낼 정도였으니 그 규모가 어느 정도인지 충분히 짐작하고도 남았다.

일본을 바라보는 타국의 시선이 그렇듯 참으로 순진했던 것이다. 백인 제국인 러시아를 쓰러트린 신흥강국 일본을 한 점의 의심도 없이 동아시아의 독립과 해방의 상징으로 받아들였으니 말이다. 허울 좋은 일본의 사탕발림에 넘어간 자들의 주장은 일본의 지원을 받고 일본을 본받아서 자국의 독립과 변혁을 꾀한다는 것이었다. 그러나 그들이 그토록 일본을 우상시하는 동안 일본은 제국주의 국가로의 계단을 차근차근 밟아나가고 있었다.

"아! 일본, 일본, 일본! 빌어먹을 천황 폐하의 나라!"

이 남자, 이치카와 타이요우!

항해 내내 옆에서 귀찮게 굴던 그를 석정은 싸한 표정으로 돌아보았다. 배에 오르기 전까지 그가 가스카노 미하로와 함께 부산항에 나타날 줄도, 또한 함께 승선할 줄도 몰랐다.

—타이는 내 오랜 친구랍니다. 이번 경성 공회당 공연도 이 남자의 에스코트를 받았지요. 내지 최고의 가문인 이치카와 가문의 후계자니까 잘 보여야 할 거예요. 하하. 이렇게 높으신 분이 내 벗이라니 나도 꽤나 출세했다지요.

하고 가스카노 미하로가 소개한 것을 떠올리며 석정은 갈매기 같은 눈썹을 찌푸렸다. 그녀는 대화를 거부하듯 휑하니 돌아섰다. 비록 그는 말이 많은 편은 아니지만 한마디씩 던질 때마다 상대를 약 오르게 만드는 무언가가 있었다.

예를 들어 석정의 토크 모자에 달린 깃털 장식을 보고 늙은 공작새의 깃털 같다고 하거나 목 부위까지 올라오는 수많은 단추들을 꽁꽁 잠가놓은 그녀의 드레스를 보더니 차라리 수도원이니 절간으로 들어가는 건 어떠냐는 식이었다.

"드디어 시모노세키에 도착했군요. 부디 목적지까지 안녕히 가세요. 이치카와 타이요우 상."

"타이라고 불러요."

"괜찮습니다."

"친한 이들은 모두 그렇게 부르니까요."

몸을 비틀어 타이요우를 향해 시선을 고정시킨 석정이 싱긋 웃었다. 무시하고 싶었지만 가만히 듣고만 있기에는 공연히 속이 부글부글 끓어올라 한마디도 지기 싫었다.

"배에서 내리면 우리가 다시 보게 될 일은 없을 텐데요."

"정말 그렇게 생각합니까?"

"그럼요."

거리낌 없이 확고한 대답이 돌아오자 타이요우는 갑판 너머 물비린내가 물씬 풍기는 부둣가 저 멀리까지 바라보았다. 그동안 장난기 그득하던 껄렁한 시선과 사뭇 다른 시선이었다.

석정은 고개를 갸웃거렸다.

그의 시선이 닿은 곳은 어디일까?

그녀는 알고 싶어졌다. 그의 시선을 따라가 보지만 모를 일이다.

항구는 떠나거나 보내는 사람들로 붐볐다. 부둣가 일꾼들은 사람들을 뚫고 바쁘게 떠돌았다. 그들은 한껏 목청을 돋우어 무엇인가 소리를 지르기 일쑤였다. 크고 작은 공사가 곳곳에서 한창이었다. 손님을 기다리는 택시와 인력거가 즐비하게 늘어서 있고, 호객꾼들은 사람들의 가방을 낚아챘다. 가방을 빼앗긴 사람들을 호객꾼들이 여관과 요리점에 강제적으로 인도하는 일이 심심치 않게 일어났다.

어디에도 타이요우의 시선이 닿는 곳은 없어보였다.

그는 어디를 보는 걸까?

저 멀리 희미하게 보이는 산등성이를 보는 것도 아니요, 그곳에 걸친 흐릿한 구름을 보는 것도 아니었다. 그의 시선은 갈 곳도 없고, 닿을 곳도 없어 보였다. 정처 없는 시선이 한편으로는 쓸쓸해 보이기도 했다.

그 탓일까? 석정은 그동안 그에게 보였던 자신의 태도에 약간의 죄의식을 느꼈다. 그렇게까지 차게 굴 필요가 없었을지도 모른다. 민망한 첫 만남이 꼭 그의 잘못만도 아니었고, 그가 툭툭 내뱉는 말들이 종종 심정을 상하게 만들지만 딱히 크게 화를 낼 만한 일들도 아니었다. 나름 분위기를 풀어 보고자 했던 그만의 농이었을지도 모른다. 농을 농으로 받아들이지 못하는 자신이 오히려 촌스럽고 못된 것만 같았다.

목적 없이 먼 공기 속을 헤맨 타이요우의 시선이 석정에게로 돌아왔다. 그의 미소가 놀리듯 다정했다. 혹은 다정한듯 비웃거나.

"세상은 알 수 없는 일들로 가득하지 않습니까? 계획대로 되는 일 따윈 없죠. 그러니 너무 확신하지도 단언하지도 말아요. 정숙한 숙녀인 석정 양이 혼례도 올리기 전에 외간 남자에게 벌거벗은 몸을 보이게 되리라 누가 생각이나 했겠습니까?"

부드럽게 포물선을 그었던 석정의 아미(蛾眉)가 확 치켜 올라갔다.

맙소사! 이 남자는 부끄러움이 뭔지도 모르는 남자다! 신사의 도리도 모르고 예의범절도 모르는 무지한 남자! 상대에 대한 배려가 무슨 말인지도 또 무슨 뜻인지도 모르는 틀림없는 무뢰한이다.

잠시나마 갈 곳을 모르고 헤매던 시선이 쓸쓸해 보여 안쓰러워 한 것이 분했다. 어떻게 그 일을 입에 담을 수 있는지 도저히 모를 일이다. 제대로 된 신사라면 숙녀의 평판을 보호해야 하고 상대의 수치스러움을 당연히 덮어주어야 했다.

치켜 올라간 아미 끝이 꿈틀거리며 잔뜩 심화가 난 석정을 대변해 주었다.

"글쎄요, 흔한 일은 아닙니다만 그렇다고 뇌리에 남겨 놓고 두고두고 곱씹어 볼만큼 대단한 일도 아닌걸요. 이제 그만 잊어버리셔도 무방한 일이 아닌가요? 여인의 벗은 몸을 그날 처음 본 것이 아니라면요. 물론 그래 보이진 않습니다만!"

열여섯 소녀의 언변 치고는 제법 과감하고 자극적이었다. 하지만 거세게 쏟아부은 비난과 조롱에도 타이요우의 표정은 변함이 없었다. 약이 더 올랐다. 별일 아닌 척 대수롭지 않게 굴어 봤자 순진한 처녀 아이의 허세일 뿐이었다. 그걸 타이요우가 알아챈 것만 같아 석정은 그가 얄미웠다. 아찔할 정도로 잘생긴 저 면상을 한번쯤 혹 긁어 주면 속이 시원할 것 같았다.

"꽃이라고 다 같은 꽃이 아니지 않습니까? 쉽게 잊어지는 향기가 있는가 하면 절대 잊어질 것 같지 않은 향기도 있기 마련이지요. 잊고 싶어서 잊고, 간직하고 싶어 간직하는 것이 아니라는 거죠. 그냥 그렇게 각인되어지는 것. 꽃의 향기나 여인의 향기나 마찬가지입니다."

그는 청산유수처럼 말을 잘했다. 그의 말을 가만히 듣고 있으려니 하도 기가 막혀 석정은 벌린 입을 다물지 못했다. 그는 정말로 이상한 남자고 대단히 기분이 나쁜 남자로밖에 생각되지 않았다. 환하게 빛나는 황금빛 머리카락이 무색할 만큼.

석정은 불쾌한 기색으로 아무 죄 없는 부두만 노려보았다.

벌거벗은 몸이 아니라 '반라'였다고 주장하고 싶지만 왠지 우스운 모양새가 될 것 같았다. 타이요우에게는 그녀가 알몸이었든 반라였든 큰 문제가 아닐 테니 말이다. 그에겐 그저 그녀를 놀릴 만한 핑곗거리가 필요한 것처럼 보였다.

분노로 거친 숨을 내쉬자 그녀의 가슴이 들썩거렸다. 그러자 별로 불편함을 느끼지 못하던 수많은 단추들이 갑자기 갑갑하게 느껴지기 시작했다. 미쓰코시 오복점에 들렀을 때 새로운 옷을 맞추지 않은 것이 후회될 정도였다.

"빌어먹을."

욕지거리가 자연스럽게 흘러나왔다. 다른 음전한 소녀들이라면 고상하지 못하다고 질색할 소리를 석정은 아무렇지도 않게 뱉어 냈다.

"헤어져야 할 시간이군요. 불한당 같은 저는 그만 물러가야겠군요."

배가 닻을 내리고 항구에 정박하자 타이요우가 작별 인사를 건넸다. 석정은 눈썹만 신경질적으로 들썩일 뿐 아무 소리도 들리지 않는 것처럼 그의 인사를 무시했다.

"지긋지긋하게도 매력적인 이곳에서 자유를 즐기시길."

"이치카와 상!"

신사답게 허리를 굽혀 인사를 하고 돌아서는 타이요우를 석정이 무슨 생각인지 불러 세웠다. 멀어지다 말고 돌아보는 그를 향해 그녀가 모호한 표정을 지었다.

"일본을, 당신이 태어나고 자란 나라를 싫어하시는군요."

타이요우의 고개가 모로 기울어졌다.

"……과연 제가 이곳에서 진정한 자유를 즐길 수 있을까요?"

그는 갈색으로 빛나는 눈을 반짝이며 석정의 물음에 흥미를 보였다.

"일본은 대동아의 해방을 부르짖고 있지만 사실 동아시아의 배신자가 아닌가요? 러일전쟁 중에 일본은 미국과 가쓰라 태프트 협정을 맺고 영국과도 '제2차 동맹조약'을 맺었어요. 서로 식민지 지배를 눈감아 주기로 한 협정이죠. 불란서와도 그와 같은 맥락의 협정을 맺었다고 들었습니다. 도대체 동아시아의 해방을 주장하는 일본이 왜 열강들과 그런 협정을 맺은 거죠? 그들은 그 협정들을 발판으로 조선의 식민지화를 진행시켰고 아마 동아시아 전체를 식민지화하겠지요. 이런 나라, 그래요. 이런 나라가 과연 조선인인 제게도 진정한 자유를 줄까요? 정말로 그쪽이 말한 것처럼 그렇게 매력적일까요?"

"세계정세에 그토록 관심이 많으신 줄 미처 몰랐습니다."

타이요우의 고급 수제 구두가 리듬감 있는 소리를 내며 도로 석정에게 다가왔다. 그가 몸을 숙여 그녀의 귀에 대고 속삭였다.

"이봐요, 석정 양. 난 당신이 무슨 생각을 하는지 상관없지만 그것이 무엇이든 간에 조심하는 것이 좋을 겁니다. 저 뒤에서 무시무시한 헌병들이 노려보고 있으니까요. 그들은 경찰권을 가지고 있지 않지만 여전히 무서운 존재들입니다. 체제에 반하는 자들을 모조리 잡아 씹어 먹는 도사견들이지요."

갑판 계단 밑에서 승객들의 도항증을 검사 중인 검시원을 본 석정이 비소를 지었다. 바닷바람을 만끽하듯 두 눈을 감았다가 떴다.

"확실히 이곳 시모노세키항의 선착장만 봐도 조선과는 무척이나 달라요. 멋진 건물들과 멋쟁이 시민들. 겉으로 보이는 모든 것들이 매력 있어요. 그리고 이 모든 것들은 순진한 동아시아인들을 속이고 밟아선 결과물이죠. 아무런 문제도 아무런 죄의식도 없이 시대를 사는 사람들은 이곳에서 나름의 자유와 매력을 만끽하며 살아가겠지요."

"석정 양도 그렇지 않습니까? 낡은 관습에서 벗어나 새로운 것을 배우기 위해 이곳에 발을 내디뎠잖아요. 저들 역시 당신을 그렇게 볼 겁니다. 곧 이곳에 적응하겠지요. 일본의 건물. 일본의 거리."

"맞는 말씀이세요. 이미 태어나기 전부터 적응이 되어 있었다고 봐야 옳겠지요. 아버지께서 일본의 작위를 받으셨고 일본을 위한 일을 하시니까요. 저는 일본 과자를 무척이나 좋아해요. 저야말로 어쩌면 이곳에서 가장 자유로울 수 있는 조선인 중의 한 명일 겁니다."

"그럼에도 불구하고 드는 일본에 대한 적대감이라…… 모순인 거 아십니까?"

"굳이 주어진 기회와 호사를 거부할 만큼 모든 사람들이 대단히 양심적이거나 정의롭진 않으니까요. 가진 것을 전부 버리는 열혈 분자가 있다면 저같이 적당히 세상을 비꼬면서 주어진 것을 누리며 사는 자들도 있겠지요."

"우린 매우 닮은 데가 있어요."

"우리가 말인가요?"

"손에 쥔 황금을 버릴 용기도 없으면서 노다지를 열망하는 황금광들을 향해 속물적이다, 황금만능주의다 비난하는 일 말입니다. 우린 그런 사람들이에요. 비겁한……."

타이요우의 말이 충격적으로 석정의 심장을 찔렀다.

틀린 말은 아니었다. 어차피 자신은 태생적으로 정일처럼 이상을 가지고 모든 것을 버릴 만큼 희생적이거나 의로운 사람이 아님을 잘 알고 있었다. 그냥 가진 것에 적당히 감사하며 누리고, 개인적인 꿈을 위해 최선을 다하면 그다지 나쁘지 않은 삶이라 생각했다. 타이요우의 발언은 그런 그녀를 추잡한 속물처럼 느끼도록 만들었다.

석정과 타이요우는 서로를 꿰뚫을 것처럼 바라보았다.

—우린 매우 닮은 데가 있어요.

정말 닮았을지도 모른다.

나와 닮은 남자.

석정은 그의 속을 실오라기 하나 남기지 않고 발가벗기고 싶었다. 그가 정말로 그녀와 동류라면, 그건 그거대로 나쁘지 않을 것 같았다.

때마침 선실에 있던 미하로가 갑판 위로 나오면서 그들을 향해 손을 흔들었다. 그에 답하듯 타이요우가 붉은 드레스를 입은 그녀를 향해 매력적인 미소를 보냈다. 그러더니 거부할 새도 없이 하얀 장갑을 낀 석정의 손을 들어 입을 맞추었다. 그는 긴 속눈썹을 들어 올렸다.

"그럼, 이만…… 호시."

호시, 호시, 호시.

혀끝에 스며드는…….

"왜 호시인 거죠?"

"곧 도쿄의 별이 될 테니까요. 오만과 부도덕이 판치는 이 모순의 나라에서 가장 매력적인!"

길쭉한 몸을 반듯하게 편 그는 입고 있던 옷의 매무새를 다듬었다. 돌아서는 그의 모습을 무표정하게 바라보던 석정에게 가까이 다가온 미하로가 무어라 말하는 듯했지만 아무런 소리도 들리지 않았다. 질서정연하게 하선하는 선객들 사이를 그녀의 시선이 비집어 누군가를 찾았다. 마침내 찾고 있던 이의 넓은 등판이 시야에 잡히자 굳게 다물려 있던 그녀의 입술이 슬그머니 비어졌다.

호시. 도쿄의 별.

문득 빙수의 여신 나타샤가 떠올랐다. 그날 타이요우와 나타샤는 빙수를 함께 먹었을까? 차양이 길게 드리워진 노천의 커피숍에서 그들의 빙수는 얼마나 달콤했을지. 석정은 궁금해졌다. 그에게 나타샤는 몇 명이고 호시는 과연 몇 명일까?

2장
교토로

    도쿄, 히비야 주변의 황거(皇居) 남쪽으로 서양식 공원인 히비야 공원에서 아카사카에 이르는 지역은 에도시대 다이묘들의 저택이 즐비하게 들어서 있는 고풍스러운 곳이지만 딱히 새로울 것도 특별할 것도 없었다. 도쿄의 다른 거리보다 조용하고 차분하다는 것이 특색이라면 특색이었다.

    볼 것이라고는 골목, 골목 자리하고 있는 신사나 불각 정도가 전부인 조용하고 지루한 거리에서 유일하게 활기찬 곳은 가스카노 무용 연구소로 제법 커다란 서양식 건물에 입주해 있었다. 아치형 대문 옆에는 가스카노 무용 연구소라고 새겨진 목재 간판이 걸려 있고, 젊은 여인들의 웃음소리와 함께 피아노 소리가 종종 건물 밖으로 새어 나오는 그런 곳이었다.

화족들을 태우고 지나가던 차나 인력거도, 소곤거리며 인근 공원으로 산책을 나서던 양가집 규수들도 모두들 무용 연구소 건물 앞을 지날 때면 호기심 가득한 얼굴로 가던 길을 멈춰 서기가 일쑤였다.

그들은 서양관에서 흘러나오는 음악 소리에 귀를 기울이며 시간 가는 줄 몰랐다. 그들이 생각하기에 가스카노 무용 연구소는 이 근방에서 가장 매력적인 명소임이 분명했다.

1928년 10월 중순. 석정이 도쿄로 유학 온 지 벌써 두 해째이고, 히로히토의 등극이 얼마 남지 않은 때였다.

"자자, 집중! 발레에는 기본적인 발의 위치를 나타내는 다섯 가지의 자세가 있어요. 나나, 앞으로 나와 볼래?"

이제 막 무용을 배우기 시작한 예닐곱 살 먹은 어린 여자아이들을 둘러보며 석정이 집중을 요하는 의미로 손뼉을 쳤다. 그녀의 부름에 열두 살 난 나나가 사뿐거리며 앞으로 걸어 나왔다. 그녀는 선배로서 아무것도 모르는 꼬마 후배들에게 시범을 보일 수 있다는 사실에 상당히 고무되었다.

"첫 번째 자세는 두 발의 뒤꿈치 부분을 꼭 모아서 일직선상으로 벌리고 선 자세를 말합니다. 여기 나나의 시범을 한번 볼까요? 나나!"

"예, 선배님."

나나는 석정의 설명대로 두 발의 뒤꿈치를 모아서 일직선상으로 벌리고 섰다. 그녀가 잡은 자세와 따라서 해 보는 어린 연습생들을 살펴보는 석정의 눈길이 엄격했다. 짧은 지휘봉으로 손바닥을 톡톡 두드리며 박자를 맞추었다.

"다들 순서에 맞춰서 하나, 둘, 셋, 넷. 둘 둘, 셋, 넷! 좋아요. 다들 잘했어요. 다음 두 번째 자세는 일직선상에 두 발을 다리 하나의 간격으로 벌리고 선 자세로 공중으로 뛰는데 이때 한쪽 발이 측면으로 올라가 있어야 합니다."

가스카노 무용 연구소의 건물은 기역자 모양으로 지어졌는데 총 네 개의 무용실과 연습생들의 실력을 검증하기 위해 정기적으로 공연을 하는 소극장 하나, 미하로가 작품을 구상하는 서재가 정면 건물에 있고, 측면에 지어진 건물은 연습생과 무용수들의 숙소와 미하로의 침실, 차를 마시며 대화를 나눌 수 있는 살롱이나 식당으로 구성되어 있었다.

연습생들 중 가장 선배 축에 끼는 석정은 초급반 아이들에게 고전 발레를 가르치는 일도 함께 하고 있었다.

"……그럼 나나, 다섯 번째 자세를 한번 취해 볼까? 좀 전에 말한 대로 이 자세는 두 번째 자세의 변형이라고 말할 수 있겠죠. 두 발을 발끝만 남기고 완전하게 겹친 채 똑바로 선 자세입니다. 설명 기억나죠? 다들 나나가 하는 모습을 보고 그대로 따라해 보도록 하세요."

아이들은 키득거리면서도 곧잘 흉내 냈다.

똑똑.

수업을 방해하는 노크 소리가 들렸다. 순식간에 분위기가 흐트러졌다. 연습실 문이 드르륵 열렸다. 미닫이문 사이로 얼굴을 들이민 사람은 석정과 같은 연습생 신분인 시노자키 히토미였다. 무용실을 한 바퀴 훑어본 그녀는 석정을 보고 표정을 새침하게 굳혔다.

"가스카노 선생님께서 너와 함께 서재로 건너오라고 하셨어."

"지금?"

"아니면 내가 뭐 하러 여기까지 왔겠니?"

앵돌아진 목소리로 대답한 히토미는 제 할 말을 다 했다는 듯 휑하니 가 버렸다. 아이들이 서로 눈치를 살피며 숨을 죽였다. 좋았던 연습 분위기가 히토미로 인해 경직되자 석정은 낮은 한숨을 쉬었다.

연습생 기간이 1년쯤 남은 이즈음에 석정과 히토미는 같은 시기에 입소한 연습생들 중 단연 돋보이는 존재들이었다. 그들은 가스카노 무용 연구소의 무용단 소속이 된 정식 무용수들보다도 한 단계 높은 수준의 실력을 자랑하고 있었다.

그뿐만 아니라 내년에 미하로가 도쿄 공회당에 올릴 새로운 창작 공연이 석정과 히토미의 데뷔 무대가 될 것은 물론 둘 중 하나에게 주인공 자리가 돌아가지 않을까 하는 것이 연습생들의 중론이었다.

석정은 연구소 내의 유일한 조선인이었고 대부분의 일본인들이 그렇듯이 연구소 사람들도 미개한 식민지 땅에 세련된 예술 문화가 존재하리라 생각하지 못했다. 때문에 그런 그녀와 경쟁을 해야 한다는 사실이 스스로를 자랑스러운 황국신민이라 여기는 히토미로서는 자존심이 보통 상하는 일이 아니었다.

거센 질시와 배타적인 분위기는 석정이 독하게 노력하는 원동력이었다. 데뷔 무대와 주인공의 자리를 두고 히토미와의 신경전이 날이 갈수록 팽팽할 수밖에 없었다.

노크를 하고 잠시 기다리자 '들어오세요.' 라며 예의 무미건조한 목소리가 안에서부터 들려왔다. 방문을 열고 들어가자 먼저 와 있던 히토미가 째려보더니 고개를 쌩, 돌렸다. 이런 식의 냉대는 이골이 난 터라 석정은 무감각했다. 그녀는 히토미 옆에 나란히 서서 미하로의 말을 기다렸다.

창밖을 내다보며 차를 마시던 미하로가 석정과 히토미를 돌아보았다. 짧은 단발머리가 그녀의 귓가에서 찰랑거렸고 햇빛을 받은 커다란 금색의 링 귀고리가 머리카락 사이로 반짝거렸다.

"어서 오세요. 초급반의 고전발레 시간이던가요?"

"나나에게 잠시 부탁하고 오는 길입니다."

"잘됐군요. 거기 앉으세요. 우리 차나 한잔씩 합시다."

미하로는 막상 어린 연습생들의 수업에 대해서는 별로 관심이 없어 보였다. 석정과 히토미를 향해 소파에 앉을 것을 권한 그녀는 방금 전에 우려 놓은 차를 따라주었다. 사사로이 연습생들을 불러서 차를 권할 만큼 미하로는 여유롭거나 상냥한 성격이 아니었다. 석정은 의아하게 여기면서도 그녀가 내미는 차를 한 모금 삼켰다.

미하로는 담뱃잎을 넣지 않은 빈 파이프를 만지작거렸다. 그녀는 자리에서 일어나 서재 안을 배회하기 시작했다. 그녀가 움직일 때마다 나팔꽃처럼 통 넓은 바짓단이 화려하게 펄럭거렸다.

석정은 찻잔을 내려놓고 미하로의 바짓단을 주시했다. 그녀가 무엇 때문에 자신과 히토미를 불렀을까, 가늠해 보았다.

'어쩌면 내년에 있을 공연에 대해 말씀을 하실지도 몰라.'

조심스레 짐작하면서 옆자리에 앉아 있는 히토미를 흘깃 쳐다보았다. 연습생들이 그녀와 자신을 보고 어떻게 수군거리는지 정도는 석정도 다 알고 있었다. 또한 히토미가 사람들에게 자신을 어떤 식으로 말하고 다니는지도.

그것은 결코 호의적인 내용이 아니었다. 조선에 있는 모 백작이 미하로에게 정기적으로 기부금을 보낸다거나, 그래서 미하로가 좀 더 특별히 그녀를 생각한다는 식의 이야기는 모두 히토미의 입에서 흘러나온 것이 분명했다.

'할 줄 아는 거라곤 뒤에서 남 험담하는 것밖에 없는 모자란 계집애들 같으니.'

코웃음을 치는 석정의 모습이 미하로의 눈에 포착되었다. 곧 시선을 돌린 미하로는 히토미를 보았다. 그녀는 시기와 질투의 시선으로 자꾸만 석정을 흘끔거리고 있었다. 그러다 석정이 자신을 볼 것 같으면 얼른 고개를 돌려 딴청이었다.

조선인인 석정을 연습생들은 경멸하면서도 그녀가 뿜어내는 분위기에 압도되어 저도 모르게 움츠러들었다. 지금 히토미의 모습처럼.

"이번……."

미하로는 말꼬리를 길게 늘여 긴장감을 고조시켰다. 석정과 히토미가 자세를 바로하고 집중하는 것을 보며 만족스럽게 말을 이었다.

"천황 폐하의 즉위식에서 우리 무용단이 공연을 한다는 사실을 알고 있나요?"

"예, 선생님. 무용단 선배님들께서 열심히 연습 중이시던걸요."

히토미의 대답에 고개를 짧게 끄덕인 미하로가 자리로 돌아와 앉았다. 그녀는 파이프 안에 담뱃잎을 쑤셔 넣으며 나머지 말을 했다.

"두 사람은 이번 공연에서 독무를 출 겁니다."

생각지도 못한 말에 석정은 잠시 자신의 귀를 의심했다. 기대감으로 가슴이 세차게 뛰었다.

"데뷔인가요?"

성급한 물음에 미하로가 어깨를 으쓱거리며 애매한 표정을 지었다.

"생각하기 나름일 것 같군요. 일단 청중들 앞에 서니 데뷔일 수도 있겠지만 공식적인 데뷔는 아닙니다."

"무슨 말씀이신지 잘 모르겠습니다. 선생님."

되묻는 히토미의 목소리가 상기되었다.

"즉위식은 소수의 화족과 황족들만이 참관할 겁니다. 굉장히 적은 수지요. 공식적으로 대중에게 보이는 것이 아니라 그야말로 선택받은 이들을 위한 특별 행사란 말입니다. 나는 그 무대에서 두 사람에게 각기 독무를 시킬 계획이에요. 무엇을 추어도 상관하지 않겠어요. 고전발레나 신무용도 괜찮고 창작품도 괜찮습니다. 다만 이번 공연을 어떻게 하느냐에 따라서 내년 봄에 있을 도쿄 공회당 공연의 주인공이 정해질 테니 최선을 다해 기회를 잡아보도록 하세요. 이건, 경연입니다."

즉, 이번 공연은 두 사람을 시험하는 무대란 말이었다.

"하지만 즉위식은 벌써 내달인걸요? 준비할 시간이 부족합니다."

히토미의 말에 미하로가 석정을 돌아보았다.

"어때요, 석정 양? 시노자키 양과 같은 생각인가요?"

미간을 찌푸렸다 핀 석정이 고개를 가로저었다. 시간이 부족한 건 사실이었다. 지금부터 열심히 연습한다 해도 빠듯할 것이 분명했다. 그러나 그렇대도 어찌할 것인가? 가스카노 미하로가 이미 그리 하기로 마음을 먹었고 열악한 상황이라도 기회는 기회였다.

"심사가 어떻게 진행이 되는지 여쭤 봐도 될까요?"

그녀는 궁금한 것을 물었다.

"황후께서 심사를 하실 겁니다. 하지만 그건 어디까지나 천황 폐하 즉위에 대한 경축과 오락을 위한 행사지 내 결정에 절대적인 영향을 미치지는 않을 거예요. 두 사람은 무엇보다도 나를 만족시켜야 합니다."

"어떻게 해야 선생님을 만족시켜 드릴 수 있지요? 말씀해 주세요."

히토미의 질문이 이어졌다.

"그건 스스로 생각할 문제인 것 같군요. 이래 봬도 경연이니까요. 힌트가 있을 리 없죠. 그래서도 안 되고. 충고를 한마디 하자면 세상 모든 관객을 쫓아다니며 어떤 무용을 원하는지 어떤 공연을 보고 싶은지 묻고 다닐 수는 없지 않겠어요? 그냥 추세요. 관객들에게 시각적인 즐거움과 영혼을 위한 아름다움을 제공하세요. 각자 부담할 일이 있는 겁니다. 무용수는 춤을 추고 누구의 것이 마음에 차는지는 오로지 관객의 선택이죠. 예술을 맞춤 주문할 수 있다면 그건 이미 예술이 아니고 상업입니다. 그러니 두 사람은 두 사람이 할 수 있는 것을 하세요. 나 역시 한 사람의 관객…… 나는 그저 무대에 올려진 것만 보고 선택하겠습니다."

가스카노 미하로 그녀는 그랬다. 무엇하나 온전히 손에 쥐어 주는 일이 없었다. 누구든지 홀로 고민하고 연구하며 훈련해야 했다. 또한 그녀의 모든 말들은 언제나 단순하면서도 명료했다. 그녀가 그렇다면 그런 것이고 아니라면 아닌 것이다. 이곳 가스카노 미하로의 연구소 내에서 그녀의 말은 곧 법이요, 진리였다.

미하로는 두 손을 가볍게 들어 대화가 끝났음을 알렸다.

*   *   *

이 세상에는 셀 수 없이 많은 소리와 음들이 존재했다. 그것들은 오선지 위에서 음악으로 탄생되었으며 청각의 즐거움은 곧 시각의 즐거움과 연동되었다. 발레를 위한 수많은 곡들이 있었고 저마다 제각기 아름다웠으며 나름의 스토리가 있었으나 결코 석정의 마음에 흡족할 수는 없었다.

거장의 음악, 거장의 안무들이었지만 이미 대중화가 되어 버린 작품들이었다. 익숙하지 않은 것, 낯선 것이 필요했다. 특별해야 했고 차별되어야 했다.

히로히토의 즉위식까지 창작 무용을 올리기에는 시간이 촉박했다. 뜸조차 들지 않아 설익은 아마추어의 작품을 무대에 올리는 것보다 차라리 기존의 명작을 완벽하게 선보이는 것이 훨씬 이성적이었고 나은 선택이었다.

그러나 세상에 선보여진 명작 중 식상하지 않은 것을 찾기란 생각만큼 쉬운 일이 아니었다. 진정한 명작은 시간이 흐를수록 새롭고 매력적인 법이지만 그것을 제대로 느끼고 즐길 수 있는 사람은 실상 많지 않았다. 대부분의 사람들에게 고전 명작은 그저 구닥다리로 폄훼되기 일쑤였기 때문이다.

며칠간 고민한 석정은 생상스의 곡인 동물사육제 중 백조를 최종적으로 선택했다. 그 곡에 미하일 포킨이 안무를 하고 러시아의 발레리나인 안나 파블로바에게 바친 것이 빈사의 백조였다. 1905년에 만들어져 1907년에 초연 되었으나 그녀만큼 완벽하게 출 발레리나가 나오지 않은 탓에 그리 자주 상연되지 않아 아직까지 신비감이 남아 있는 작품이었다.

일본의 그 어떤 무용수들 역시 이 춤을 추어 본 적이 없음은 당연했다. 그러면서도 가장 위대한 솔로 안무로 칭송되는 걸작이라는 점이 석정을 강하게 끌어당겼다.

무용 연구소의 불들이 하나둘 꺼지고 연습생들이 모두 침대에 누워 있을 시간, 석정은 고적한 연습실에 홀로 있었다. 인위적인 불빛이라고는 전혀 없는 공간에 오직 창가를 통해 들어오는 한 줄기 달빛이 전부였다.

넓고 휑한 연습실은 어둠에 묻혀 있었고 차게 부서지는 달빛은 그러한 연습실을 더욱 음울하게 보이도록 만들었다. 냉기가 스멀스멀 피어오르는 바닥에는 유성기가 돌아가고 믿기지 않을 만큼 아름답고 처연한 음악이 흐르고 있었다.

눈을 감은 석정은 빈사의 백조를 추는 안나 파블로바의 흑백 필름을 떠올렸다. 어렵게 구한 필름이라며 미하로가 연습생과 무용단의 무용수들을 모두 불러 모아 소극장에서 이 필름을 틀어 주었을 때 받았던 충격은 시간이 한참 흐른 뒤에도 여전히 남아 있었다.

프리마돈나를 빛내 주기 위해 장식처럼 존재하던 군무진들도 없었고, 발레의 화려한 기술도 없었으며 웅장하게 울려 퍼지는 음악도 없었다. 오케스트라와 하프의 협연은 잔잔했으며 스텝과 기본적인 동작들로만 구성된 안무는 단순할 정도였다. 하지만 안나 파블로바의 손끝에서 가슴까지 이어지는 선은 유려했고, 유려함이 만들어 내는 백조의 날갯짓은 어떤 화려한 기술보다도 역동적이었다.

호수의 잔물결처럼 흐르는 음악은 역동적인 날갯짓과 섞여들면서 슬픔과 절박함을 만들어 냈다. 단순함과 잔잔함의 미학에서 나오던 격렬함과 절절함을, 떠올리고 또 떠올렸다.

하늘거리는 풀치마를 쥐고 있던 손에 힘이 풀렸다. 눈을 뜬 석정은 자신의 닳아진 토슈즈를 말없이 내려다보았다. 시선을 창밖으로 돌렸다. 어두워진 세상에 아무도 찾지 않은 연습실은 오롯이 그녀만의 것이었다.

꼿꼿이 선 발끝이 움직이기 시작했다. 처량하고 힘겨운 걸음걸음 달빛은 여전히 홀로 밤을 지새우는 석정을 비추고 그녀의 길고 가는 팔은 허공을 향해 우아한 날갯짓을 한다. 애타는 시선은 어느덧 눈앞에 펼쳐진 드넓은 풀숲을 향하고 별빛 총총한 검은 비단 하늘을 우러르고 있었다. 미세한 밤바람의 숨결과 낮은 풀벌레 소리는 그녀의 몸짓을 더욱 슬프게 만들었다.

일어설 힘조차 없으나 비상하기 위해 더욱더 힘찬 날갯짓을 한다. 하지만 그것은 그저 소망일까? 힘없이 쓰러진 몸이 지칠 때까지 아름답도록 애처로운 날갯짓을 멈추지 않았다. 영원히 닿지 않을 하늘을 향해.

어둠에 물든 호수라 생각되었던 곳은 다시 연습실로 돌아와 있었다. 별 박힌 하늘도, 풀냄새 그윽한 숲도, 나지막하던 밤벌레 소리도 사라져 버리고 누군가의 시선이 느껴졌다. 언젠가 아마도 꽤 오래전에 느꼈던 것과 비슷한 종류의 것이었다. 바닥에 쓰러져 있던 석정은 한동안 움직이지 않았다. 천천히 고개를 들어 연습실 입구를 바라보았다.

"카미유 생상스."

실체 없이 공명하는 목소리. 어둠을 방패 삼은 그림자는 쉽사리 자신의 모습을 보여 주지 않았다. 그녀는 그가 누구인지 알 것 같았다. 세상만사 재미없는 듯, 그래서 지루한 듯, 하지만 이처럼 단정하고 정갈한 음성을 가진 사람은 그리 많지 않았다. 적어도 그녀가 아는 이들 중에서는.

춤을 추느라 가빠졌던 호흡을 조정하며 자리에서 일어나 유성기로 다가갔다. 쪽진 머리에서 흘러내린 잔머리를 귀 뒤로 넘기며 기계에서 판을 내려놓았다.

"당신이 제 연습을 방해했어요, 이치카와 상."

어둠 속에 숨어 있던 실체가 한걸음 앞으로 나섰다. 석정이 그가 있는 쪽을 바라보았다.

"오랜만이네요. 우리가 다시 볼 일은 없을 줄 알았는데요."

그녀의 말에 타이요우가 달빛 속으로 완전히 걸어 들어왔다. 한순간 그의 모습이 거짓 없이 드러났다. 해협을 건너올 때 보고 한 번도 보지 못한 타이요우는 달라진 것이 별로 없어 보였다. 갈색의 눈동자가 더욱 깊어졌고 프록코트를 걸친 어깨가 오래전 봤을 때처럼 날씬하면서도 훨씬 단단해져 보일 뿐이었다. 굳이 달라진 것이라면…….

"머리를 길렀군요."

멍하니 중얼거리던 석정은 자신이 너무 노골적으로 상대를 관찰했다는 것을 깨닫고 황망히 고개를 돌렸다. 춤을 출 때는 추운 줄 모르고 오히려 땀을 비처럼 쏟아 내지만 땀이 식고나면 몸이 으슬으슬 추워졌다. 한기가 느껴지자 구석에 떨어트려 놓았던 숄을 찾아 어깨에 둘렀다.

"세상은 알 수 없는 일들로 가득하다고. 계획대로 되는 일 따윈 없다고. 그러니 너무 확신하지도 단언하지도 말라고 그렇게…… 내가 그렇게 말했잖아요."

나지막하게 들리는 그의 말에 공연히 맥이 풀려서 숄을 움켜쥐고 있던 손을 툭 떨어트렸다. 연습실을 가로질러 유유히 창가로 걸어간 타이요우가 한쪽 발을 세운 모습으로 창틀에 걸터앉았다. 그는 프록코트 안주머니에서 휴대용 술병을 꺼내 어색하게 서 있는 석정에게 내밀었다. 은으로 만들어진 위스키 플라스크였다.

"이리 와서 한 모금 마셔 봐요."

"선생님을 찾아오신 거라면 안 됐지만 다음에 오셔야 할 거예요. 지금은 외출 중이세요."

"걱정 말아요. 조금 전에 내가 침실로 바래다주었으니까요. 재즈가 흐르는 술집에서 가볍게 한잔 했거든요."

석정의 말을 중간에서 가로챈 타이요우는 나른한 투로 주절거렸다. 그러곤 한 번 더 그녀에게 위스키를 권했다. 입술을 깨물며 플라스크를 바라보기만 하는 석정의 모습을 보며 한동안 인내심을 발휘하다가 술병을 거뒀다. 그는 피곤한 기색으로 눈을 감았다. 시간이 흘렀다. 이 밤이 검은 강물처럼 출렁이며 시간 속을 헤엄쳤다.

곤하게 잠든 것처럼 보이는 타이요우를 석정은 하릴없이 보고만 있었다. 밤은 계속해서 깊어 가는데 그는 미동조차 하지 않았다. 정말로 잠이 들었을까, 깨워야 하나? 고민스러웠다.

타이요우는 일본의 여성들이라면 모르는 사람이 없을 정도로 가장 인기 있는 남성 중 한 명이었다. 이치카와 후작가는 이번에 즉위식을 치르는 히로히토의 아내 구니노미야 나가코의 친정인 사쓰마 번주 시마즈 공작가의 방계 친척 가문이면서 에도막부 시절, 유력한 무가 중의 하나였을 뿐만 아니라 대정봉환(大政奉還)의 공을 세운 집안이기도 했다. 메이지 유신이 선포된 이후부터는 천황가의 신임을 얻어 정계에서 점차 세력을 넓

히던 중 나가코가 황태자비로 내정되자 한층 더 승승장구 할 수 있게 되었다.

최근에 타이요우의 아버지이자 가문의 수장인 이치카와 요시히로가 추밀원 부의장까지 역임하게 된 것은 명실상부 이치카와 가문이 정치 명문의 길로 들어선 것을 단적으로 보여주는 것이기도 했다. 또한 조부 때부터 운영해 오던 군수사업이 불안한 국제 정세와 국내의 정치 사정과 맞물려 크게 성공하기도 했으니 권력과 재력 어느 것 하나 부족할 것이 없었다. 현재로써는 화족 중에서도 단연코 세력이 가장 큰 가문이었다.

그러한 집안의 유일한 후계자라는 신분과 남보다 조금 더 특별한 외모 때문인지 그의 관해서 들려오는 말들이 제법 많았다. 아무래도 대단한 집안의 후계자이고 유럽 열강을 동경하는 일본인들에게 금발은 더할 수 없는 신비감으로 다가왔을 테니까 말이다.

연구소에서도 그는 물론 화제였다. 귀족 출신인 영국 여인이 그의 어머니이며 최근 영국에서 옥스퍼드를 졸업하고 돌아와 최고의 신부 감을 찾는 중이라는 소문은, 그다지 상관관계가 없는 연구소의 무용수들까지도 설레게 만들었던 것이다.

타이요우의 이마가 미세하게 꿈틀거렸다. 감았던 눈을 느닷없이 뜨고 그가 석정을 올려다보았다. 어느덧 자기도 모르게 가까이 다가가 뚫어질 듯 그의 얼굴을 들여다보던 그녀는 당황하며 황급히 뒤로 물러났다. 가슴이 뛰고 등골은 긴장이 되어 뻣

뻣해졌다. 공연히 기분까지 나빠졌다. 몇 년 만에 불쑥 나타나
서 여유를 부리는 그가 몹시도 껄끄러웠다.

"왜 도망가죠?"

돌아서는 석정의 손목을 붙잡은 타이요우가 불쑥 물었다.

"말도 안 되는 소리 하지도 말아요!"

예기치 못한 손길에 놀란 석정이 날카로운 반응을 보이며 목
소리를 높였다. 그녀는 그에게 잡힌 손목을 빼내기 위해 팔을
비틀었다.

"이곳은 단원들과 연습생들만 드나들 수 있는 곳입니다. 밤
이 늦었으니 그만 돌아가 주세요!"

그에게서 풀려난 손목을 신경질적으로 문질러 대며 석정이
쏘아붙였다. 뜻 모를 웃음이 그의 입가에 걸쳤다.

"마치 내가 잡아먹기라도 할까 봐 잔뜩 긴장해 있군요."

"이것 보세요!"

석정이 비명 같은 소리를 내질렀다. 씨근덕거리는 그녀의 숨
소리는 마치 화가 나서 털을 바짝 세운 고양이 같았다.

"워워. 진정해요. 농담이니까."

잔뜩 부아를 돋워 놓고 심상한 일인 듯 구는 그를 석정은 기
가 막힌 표정으로 노려보았다.

"이치카와 상께서 그렇게 느물거리면서 희롱해 주면 어떤 여
자들은 좋아하는 모양이지만 전 그런 농담 안 좋아해요. 물론
재미도 없고요! 점잖은 신분에 시답잖은 말장난이나 하고 다니

실 입장은 아니실 텐데 대체 무슨 생각이면 이렇게 함부로 구실 수가 있죠?"

타이요우는 화를 내는 석정의 목소리가, 런던에 있는 코벤트 가든의 천장을 뚫어버릴 것처럼 '밤의 여왕의 아리아'를 맹렬하게 불러 대는 소프라노의 그것과 같다고 생각했다. 그는 플라스크 속의 남은 술을 모두 털어 목으로 흘려보낸 뒤에야 창틀에서 내려왔다.

"즉위식 날 경축 공연에서 선보일 독무가 빈사의 백조인 모양이죠?"

출입문으로 걸어가면서 화제를 바꿔 물었다. 그는 문가에 서서 여전히 달빛을 받으며 서 있는 석정을 돌아보았다. 한바탕 분노를 쏟아 놓은 후라 그런지 숄이 반쯤 벗겨진 그녀의 어깨에 약간의 잔떨림이 남아 있었다.

쪽진 머리카락의 대부분이 우수수 흘러내리면서 탄탄하게 마른 어깨 위에서 넘실거렸다. 옅은 회색의 레오타드와 새하얀 풀치마가 그녀의 몸을 더욱 말라보이도록 만들었다. 달빛에 물든 그녀는 한없이 가녀렸다.

'아니야. 밤의 여왕이 아니야.'

오늘 밤, 타이요우가 본 그녀의 춤은 죽어 가던 백조 자체였다. 빈사 상태의 가련한 처지라도 가장 용감했고 때문에 아름다울 수 있었던…….

어쩌면 언젠가는 쇼팽의 소곡에 맞춰 그녀가 레 실피드를 출지도 모른다고 그는 상상했다. 한 점의 무게도 나가지 않을 것처럼 가벼워 보이는 그녀의 몸은 그만큼 백조로도 보이고 요정으로도 보였다. 로맨틱하고 서정적인 모습 어디에도 완고하고 탐욕스러운 밤의 여왕은 보이지 않았다. 잠시라도 그렇게 생각한 것이 죄스러웠다. 만일 정말로 그녀가 레 실피드를 춘다면 시인과 공기 요정의 파드되가 아닌 독무이기를 바랐다. 자신이 그녀의 시인이 될 수 없다면 설혹 무대 위일지라도 누구도 그녀의 시인이 되는 것을 원하지 않았다.

근거도 없고 말도 안 되는 소유욕에, 이유 따윈 상관없었다. 어차피 혼자만이 아는 은밀한 상상 속. 그가 그녀와 파드되를 춘다고, 이를 아는 사람은 아무도 없었다.

"가스카노 선생님께서는 이치카와 상께 모든 것을 말씀하시는 모양이군요."

타이요우의 관념 속으로 석정의 목소리가 끼어들었다. 그녀는 선반 위에 올려놓았던 등잔에 기름을 부으며 말했다. 다시 차분해진 음성이었지만 비꼬는 투였다.

타이요우와 미하로는 서로를 친구라고 말하지만 정말로 그뿐인 걸까, 그녀는 의구심이 들었다. 가스카노 미하로는 사내라면 누구나 감탄을 하는 아름다운 무용수였고, 나이가 좀 들기는 했지만 어디를 가나 성숙한 여인을 좋아하는 남자들은 있기 마련이었다.

"벗이니까요."

"어머나, 정말로요?"

연습실 문을 닫으며 석정은 믿을 수 없다는 듯이 되물었다. 타이요우는 아무런 대답도 하지 않았고 그녀도 굳이 답을 종용하지 않았다. 의도한 바는 아니었지만 기숙사로 건너가기 위해서는 어차피 건물 밖으로 나가야 하기 때문에 그녀는 타이요우와 함께 나란히 복도를 지나 현관으로 걸어갔다. 시커먼 복도에 그녀의 손에 들린 기름 부은 등잔이 노랗게 흔들렸다.

현관에 다다르자 타이요우가 갑자기 그녀를 벽으로 밀어붙였다. 놀라는 그녀를 그가 표정 없이 바라보았다.

"무슨 뜻입니까?"

그의 음성에서 고저가 느껴지지 않았다. 정중하지만 거리감이 느껴지는 말씨였다. 만난 것은 몇 번 되지 않지만 그는 상대를 놀리거나 이죽거리고 비웃을 때도 혹은 그렇지 않아도 말의 내용과 상관없이 어투는 늘 지나치리만치 단정했다. 석정은 그의 그런 점이 상대를 오히려 불편하거나 불만스럽게 만든다고 생각했다.

하지만 그가 길게 휘어진 속눈썹을 은근하게 내리고 마가목 빛깔 같은 눈동자로 상대를 바라본다면 아마도 화를 낼 수 있는 이가 그리 없을 거라는 생각도 함께 들었다.

"내가 마치 미하로와 친구 이상이라도 된다는 말로 들리는데 맞습니까?"

"글쎄요. 제 생각으론 이치카와 상께서 필요 이상으로 민감하게 구시는 것 같군요. 아무런 의미도 없는 말을 가지고."

"의미 없는 말을 너무 자주 하게 되면 언젠간 꼭 실수를 하게 되죠."

타이요우는 입술을 실긋거리며 비아냥거렸다.

"그건 추임새 같은 거예요. 상대의 말에 무의식적으로 고개를 끄덕여 준 것처럼 말이죠. 헌데 의외로 깊이 생각하는 버릇이 있으신 모양이네요. 지나치면 그것도 병이랍니다."

석정이 그와 똑같이 입술을 실긋거리며 비아냥댔다.

"나는 또 석정 양이 나와 미하로의 사이를 질투하는 줄 알았죠. 살짝 설렐 뻔했는데 말입니다."

귓가에 대고 속삭이는 그의 음성과 뜨거운 입김이 석정의 정신을 몽롱하게 만들었다.

나타샤. 예쁘지만 철없이 제멋대로이던 나타샤. 적당히 가벼울 수 있어 좋다던 빙수의 여신. 꿀벌들의 여왕. 불현듯 그녀는 풀리지 않은 궁금증에 대해 묻고 싶었다. 차마 관부연락선 위에서 묻지 못했던. 당신의 나타샤는 대체 몇 명이나 되느냐고. 경성에는 몇 명이고 도쿄에는 몇 명이며 런던에는 몇 명이었느냐고.

"남자 마음 가벼워 그걸 어디다 쓸까요? 안 됐지만 나타샤는 다른 곳에서 찾아봐야 할 것 같네요."

타이요우를 뿌리친 석정은 도망치듯 건물 밖으로 나왔다. 서늘한 밤공기가 몰려들면서 그녀의 주변을 에워쌌다. 새로운 공기가 폐부 깊숙이 유입되면서 몽롱하던 정신이 깨어졌다.

"사람에게는 여러 가지 면이 있어요. 모순투성이의 한없이 가벼운 나타샤가 결국엔 행복할 수 있었던 이유는 그녀 내면에서 단 한 번도 사라진 적이 없는 진실성 때문일 겁니다."

미끄러지듯 옆으로 다가온 타이요우가 말했다.

"안드레이 볼콘스키가 그녀의 숨겨진 진실함을 온전히 드러내게 만드는 촉매제 역할을 한 셈이죠."

그의 말에 석정이 가만히 한숨을 쉬었다.

"안드레이 역시 여러 이면이 있었어요. 사랑하지 않은 여인을 부인으로 맞는 건 본인에게나 상대에게나 비겁하고 비열한 짓이며 정신적 불행을 자초하는 짓이에요. 사랑한다고 믿었던 나타샤에게는 또 어땠나요? 그녀의 아버지 말 한 마디에 결국 그녀의 곁을 떠나버렸죠. 1년의 헤어짐이 짧은 것 같나요? 아니요. 나타샤처럼 가볍고 충동적인 여자에게는 너무도 긴 나날이었겠죠. 안드레이는 인내도, 끈기도, 노력도 모두 부족했어요."

말이 길어졌다. 석정은 조용히 '안드레이 볼콘스키'를 뇌까렸다. 안드레이 볼콘스키. 안드레이 볼콘스키. 안드레이 볼콘스키⋯⋯.

타이요우는 의미 없이 중얼거리는 그녀의 목소리를 듣고만 있었다. 한참 후, 그가 다시 말했다.

"결국엔 전쟁과 부상 앞에서 안드레이는 진정한 자신의 모습이 됐고, 나타샤 또한 본연의 모습을 드러냈지 않습니까? 보이지 않을 뿐 누구에게나 있는……. 전쟁과 부상을 생각해 봐요. 일종의 상징인거죠. 극악한 상황에서 인간은 진실함을 내보일 수밖에 없어요. 그 진실이 선이든 악이든. 다행히 그들의 진실이 선이었고 사랑이었으니 얼마나 좋은 일입니까? 그러니 어떤 여자가 어떤 남자에게 나타샤라고 해서 너무 몰아치지 말아요. 그 남자가 나타샤를 꾀어낸 아나토리일 수도 있지만 안드레이일 수도 있죠. 세상의 모든 나타샤는 안드레이를 찾고 있는 겁니다."

석정은 슬리퍼를 신은 발로 땅바닥을 툭툭 찼다. 시선을 들어 올린 그녀는 타이요우의 얼굴을 살피며 말했다.

"어쩌면 피에르를 찾고 있을지도 모르죠. 결국 '나타샤와 행복하게 잘 살았습니다'로 귀결되는 이야기의 주인공은 피에르니까요. 하지만 피에르면 어떻고 안드레이면 어때요? 이치카와 상은 어떤 여자에게도 진정한 모습의 안드레이가 될 생각이 없어 보이는걸요. 역시 진실한 모습의 나타샤 또한 찾지 않을 거 잖아요? 어쩌면 그쪽은 아나토리로 평생을 살려고 할지 모르겠네요. 그저 팔랑거리는 나비처럼 가볍기 만한 나타샤를 찾으면서요."

알 수 없는 생각과 감정 같은 것들이 그의 얼굴을 스치고 지나갔다.

"이런 말들이 이치카와 상과 제 사이에 무슨 소용이죠? 문학의 밤이나 독서 구락부 같은 곳에서 해야 할 말인걸요. 그러니 이제 그만 가세요. 세상에 뿌려진 수많은 나타샤들을 찾아서."

석정과 타이요우는 더 이상 아무 말도 하지 않았다. 톨스토이. 전쟁과 평화. 나폴레옹. 프랑스. 러시아. 여자. 남자. 사별. 이별. 배신. 그리고 사죄와 사랑과 진실 같은 단어들을 그들은 속으로 곱씹었다. 곱씹으면서도 그러는 이유를 알지 못했다.

침묵이 흐르는 강물과 같은 시간 속을 부유했다.

"잘 자요."

다시금 공명하는 목소리. 흩어지는 목소리만 남겨두고 타이요우는 어둠 속으로 걸어 들어갔다. 정원을 가로지르는 평평한 돌다리를 밟아 저 끝에 솟아난 정문 밖 어딘가로.

"잘 자요."

석정이 그의 말을 따라 나지막이 중얼거렸다. 기숙사 건물로 들어가면서 그녀는 이치카와 타이요우라는 남자에 대해 자신이 가지고 있는 이 생경한 느낌들에 관하여 일종의 분석을 하고 있었다. 근원을 알 수 없는 적개심과 그에 반하는 가슴 깊은 곳 무엇에 대해서.

잘 자요. 잘 자요……

침실로 들어가기 전에 그녀는 허기를 느꼈다. 건물의 제일 아래층에 자리한 식당으로 가면서 저녁에 먹었던 으깬 감자와 커피가 남아 있기를 바랐다. 빠끔하게 열린 식당 문틈 사이로 불빛이 새어 나오고 있었다. 문을 열고 들어가자 몇 개로 나뉜 식탁 중 한곳에서 미하로가 차를 마시고 있었다. 그녀는 석정을 향해 찻잔을 들어 보이는 시늉을 했다.

"타이가 귀국하면서 선물해 준 영국산 홍차예요. 트와이닝스 사에서 제조한 얼그레이랍니다. 마셔 보겠어요? 비스킷을 곁들여 먹으면 풍미가 꽤 괜찮죠."

"아닙니다, 선생님. 커피와 으깬 감자가 있으면 좋겠어요."

덜그럭 소리를 내면서 찬장을 뒤지는 석정의 말에 미하로는 더 이상 권하지 않고 찻잔을 입으로 가져갔다.

"주무시는 줄 알았습니다. 이치카와 상께서 침실까지 모셔다 드렸다고 했거든요."

"어떤 날은 술을 마시면 오히려 정신이 더 맑아지기도 하죠."

으깬 감자와 커피를 들고 식탁으로 온 석정이 맞은편 자리에 앉았다. 한동안 묵묵히 각자 먹는 일에 열중했다. 미하로가 먼저 입을 열었다. 그녀는 막 차를 다 마시고 새로 따른 후였다.

"타이를 봤나요?"

"연습실에서요."

"석정 양은 항상 밤에 홀로 연습한다고 내가 말해 줬어요. 그가 지대한 관심을 가지고 있는 것처럼 보이더군요."

커피를 조금씩 홀짝이던 석정이 잔을 내려놓으며 미하로를 보았다.

"저에게 관심을 가지다니요. 선생님께서 잘못 아신 거예요.

이제 겨우 서너 번 본 것이 전부인걸요."

"그 정도면 충분하지 않겠어요? 사랑은 수많은 군중들 사이에 섞여서 무심하게 지나치다가도 서로를 첫 눈에 알아볼 수 있는 거니까요. 하물며 관심이야 언제라도 누구에게라도 보일 수 있는 거랍니다. 후후."

석정이 고개를 흔들었다.

"그렇지 않아요. 선생님께서 틀리셨어요."

미하로가 먹다 남은 비스킷 조각을 홍차에 담갔다.

"내가 틀리길 바라요."

그녀는 모호해진 시선으로 홍차에 담긴 젖은 비스킷을 보았다. 잠시 시간을 두고 미하로가 석정의 눈을 들여다보면서 말했다.

"피할 수 있다면 타이를…… 그를 피해요. 그렇지 않으면 이 빨간 홍차 속에 담긴 비스킷처럼 허우적거릴 테니까요."

빨간 홍차 속에 담겨 허우적거리는 비스킷이라니! 석정의 시선이 미하로의 찻잔을 향했다. 괜스레 모골이 송연해져서 금방 시선을 모로 돌리고 말았다. 그런 그녀의 반응을 즐기듯 미하로는 유유히 비스킷이 든 홍차를 마셨다.

"하지만 사랑을 해 봐요. 타이가 아니라면 누구든지 열렬히 말입니다."

"이치카와 상이든 누구든 저는 관심이 없어요, 선생님. 지금이 얼마나 중요한 시기인지 잘 아시잖아요?"

'쯧쯧' 한심하다는 듯 혀를 차며 미하로가 이어서 말했다.

"왜 그럴까나? 왜 사랑 한 번 하지 않을 것처럼 굴죠? 나이가 들어 성숙하고 세련되어지고 화려한 원피스와 드레스에 구불거리는 펌에…… . 그것이 다 스스로의 만족만을 위해서일까요? 모습은 바뀌었는데 속은 아직 심통 맞은 애네. 어차피 수컷과 암컷인데 사랑한다고 해서, 연애한다고 해서 누가 욕을 하죠? 하는 사람이 있다면 자연의 이치를 거스르는 아주 무식하고 재미없는 양반일 테지."

"영국의 처녀 여왕인 엘리자베스 1세는 자신의 국가와 결혼했다고 하더군요."

석정의 말에 미하로가 '풋' 웃음을 터트리더니 한참을 깔깔거렸다. 웃음이 가신 그녀가 코웃음을 쳤다.

"그래서 무대와 결혼이라도 하려고 하나요?"

"그만큼 하고 싶은 일이 있다는 거예요. 할 일은 많은데 저는 아직 저 아래에 있으니까요. 사랑이, 연애가 제 노력과 열정을 어쩌면 반 토막 내 버릴지도 모르잖아요."

미하로는 석정을 물끄러미 보다가 다시 입을 열었다.

"어차피 예술도 다 사랑인걸. 지난 19세기는 모다 낭만이잖아요? 랭보도 베를렌도. 차이코프스키의 발레 음악이나 쇼팽과 생상스에 음악도 그렇고. 그들의 음악에 안무를 한 미하일 포킨도 있겠네요. 프랑스나 독일의 낭만파 화가들은 또 어떻고. 하다못해 지긋지긋한 사회주의 예술인들 대부분이 낭만주의자잖아요? 사랑을 해요. 연애를 하라고. 우리가 아는 고전발레가 거의 낭만 발레지 않겠어요? 그 말랑말랑한 로맨틱함을 어떻게 표현하려고? 사랑 한 번 해 보지 못한 건조함으로 말이에요. 신무용도 그래. 세상의 절반이 남자고 여잔데 사랑 없이 어떻게 세상을 사나? 길거리에 나가면 여자 아니면 남자와 부딪치는 세상에서 말이지. 어차피 예술이란 사람 사는 이야기야. 사람은 다 사랑을 하지. 가족 간의 사랑, 친구 간의 사랑. 하지만 그 중에서도 이성을 제일 많이 사랑하죠. 그러니 사랑을 해요. 정사(情死)의 시대잖아요. 자유연애의 시대에서 못 할 게 뭐야. 너도나도 사랑이 아니면 죽음을 달라는 이 뜨거운 세상에서 말이에요."

미하로는 꿈을 꾸는 것처럼 말했다. 평소 연습생들에게 냉정하기만 한 그녀의 모습에 비하면 의외의 모습이었다.

"하지만 사람들은 누군가의 사생활을 궁금해하니까요. 그 대상이 공개된 직업을 가진 여자라면 더더욱요. 세상은 바뀌었지만 또한 바뀌지 않은걸요. 많이 배우고 그만큼 스스로의 가치를 키운 여자는 그만한 대우를 받고 싶어 합니다. 그만한 몫을 하고 싶어 하고요. 그러나 세상은 그런 여자를 구경거리쯤으로 생각하잖아요? 아는 것이 병이라죠. 애초에 몰랐다면 내면의 빈곤과 정신의 불행함을 느끼지 못했을 테지만 아쉽게도 지금을 사는 새로운 여자들은 스스로의 결핍과 불행을 너무나 잘 인지한다는 것이 문제예요. 정사는…… 낭만이 아니라 그냥 죽는 것이라 생각합니다. 이 세상에서, 이 땅에서 살아갈 수가 없어서, 할 수 있는 일이 없어서 그냥 무대 뒤로 숨어 버리는 거죠. 그들이 세상에 남긴 거라고는 가십 잡지 속의 공허와 허무뿐 아닌가요? 그래서 저는 그런 일을 아예 만들고 싶지 않을 뿐입니다. 지금 제게는 오로지 무대만이 연인이고 사랑이어야 해요. 훔쳐보려는 저들의 시선에서 발가벗은 제 진실성을 지키고 저의 재능과 열정이 오롯이 무대 위에서 살아남으려면 말이죠. 네, 맞아요. 이건 살아남는 문제예요."

거기까지 말한 석정은 기진했다. 식탁에 기대어 이마를 짚었다.

"그럼 진실로 처녀 여왕인 엘리자베스 1세를 따라 할 참인가요? 그런데 어쩌나? 법적으로 처녀인 그 여왕님께서도 물리적으론 이미 처녀가 아닌걸."

미하로의 말에 석정은 웃음을 터트리고 말았다. 좀 전의 모골이 송연했던 기분은 감쪽같이 사라져 버렸다.

"그 여잔 여왕이었잖아요. 누가 감히 여왕을 탓하겠어요? 그럼 저도 여왕이 한번 돼 보죠. 저 하늘에 별이 돼서 누구도 딸 수 없지만 만인의 연인이 되어 사랑을 받고 무대 위에서 공평하게 사랑을 나눠 주면 되지 않겠어요?"

"아무려나. 하지만 그건 무희로서의 숙명이고 여자로서는 아니죠."

사랑 타령을 하는 지금의 미하로는 현실에서 동떨어진 것처럼 보였다. 확실히 기이한 사람이었다.

'슬픈 걸까?'

석정은 아무런 근거도 없이 그런 생각이 들었다. 그러고 보니 그녀의 두 눈에 슬픔이 담겨 있는 것처럼 보이기도 했다.

"그런데요, 선생님?"

"말해 봐요."

"이치카와 상은, 그 사람은 왜 안 되나요?"

무방비 상태의 전장에 거대한 포탄이 하나 날아든 것처럼 미하로는 당황한 눈빛이 되었다. 목측하기 어려운 먼 사물을 보듯 석정의 얼굴을 살피는 그녀의 시선이 흐려졌다.

"감당하지 못할 일은 무관심이 최고죠."

미하로는 더 이상 말이 없었다. 석정의 눈에 그녀는 마치 패잔병처럼 보였다. 입으로는 승리를 위해 가열하게 부르짖지만, 한 꺼풀 껍질을 벗으면 그 속엔 힘없이 웅크리고 앉은 나약한 여인이 숨어 있을 것 같았다. 왠지 그런 느낌이 들었다.

"방으로 안 돌아가세요, 선생님?"

"아니, 난 홍차를 좀 더 마셔야겠어요."

미하로는 다시 평소의 냉정한 모습으로 되돌아왔다. 석정은 조용히 식당을 빠져나왔다.

*　　*　　*

부모님 전 상서.

어느덧 오곡이 무르익는 가을 추수기입니다.

아버지, 어머니. 두루두루 평안하시지요?

저도 아픈 곳 없이 무탈하게 잘 지내고 있으니 너무 염려하지 마십시오.

이제나 저제나 언제쯤이면 부모님께 희소식을 전해 드릴까 고민하였는데 내달에 있을 즉위식에서 독무를 추게 되어 이렇듯 소식을 전해 드립니다.

관부연락선을 타고 해협을 건넌 지 두 해째이건만 비로소 기회를 잡게 되어 매우 기쁘면서도 잘해야 한다는 생각에 부담스럽기도 합니다. 하지만 의욕과 생기가 흘러넘치니 잘 할 수 있으리라 그리 믿고 있습니다.

정말 중요한 것은 이번 무대를 훌륭하게 마쳐야지만 내년 봄에 있을 무용 연구소의 신작 발표에서 주연을 딸 수가 있다는 것입니다. 그 공연은 가스카노 선생님께서 새로이 안무하시는 작품으로 제가 만일 주인공이 될 수만 있다면 영광스럽기 한량없을 것 같습니다.

그러니 아버지, 어머니. 제가 실수하지 않고 좋은 공연을 할 수 있도록 용기와 격려를 북돋워 주시기를 바랍니다. 비록 작은 기회라고 하나 드디어 무언가를 할 수 있게 되었다는 생각에 어린아이처럼 설레기만 합니다.

즉위식에 오실 수 있다면 직접 제 모습을 보여드리고 싶지만 조선인들은 교토 궁에 출입할 수 없다고 하니 그저 안타까울 뿐입니다. 언젠가는 무대 위에 서 있는 제 모습을 자랑스럽게 바라봐 주실 날이 오겠지요.

편지를 쓰는 동안에 벌써 연습 시간이 다 되었습니다.

이제 눈 깜짝할 새 겨울이 될 터이니 찬바람에 편찮지 마시고 항상 안팎으로 두루두루 순탄하시길 바랍니다.

석정이 보내온 편지는 해질녘이 되어서야 당도했다. 모 백작은 옆에서 자꾸만 기웃거리는 부인에게 석정의 편지를 건네고 비어 있는 잔에 청주를 따라 훌쩍 삼켰다. 입안이 영 깔깔한지 구운 너비아니 한쪽을 집다 말았다.

"아침에 매일신보에 기사로 나온 것을 보고 안 그래도 전화를 걸어볼까 했는데 석정이가 정말 경축 공연 무대에서 춤을 춘다는 말입니까? 세상에나! 조선인 최초로 천황 폐하의 즉위식에서 춤을 추는 날이 오다니! 이리 영광스러울 때가……. 언젠가는 성공할 줄 알았어요. 아무렴요. 그 아이가 어떤 아인데."

좋아서 호들갑 떠는 부인의 표정이 달갑지 않은지 모 백작이 이맛살을 찌푸렸다. 총독부 내에서 한다하는 조선인 관료들 중에 초대받은 이는 아무도 없었다. 조선인으로서는 석정만이 유일하게 즉위식이 있을 교토 궁에 들어갈 자격을 얻은 것이다.

본인이 좋아하는 것을 천황의 면전에서 할 수 있게 되었으니 분명 축하할 일이기는 했으나 감(感)이 좋지 않았다.

'이 뜻 모를 불안감을 어찌 표현해야 한단 말인가?'

워낙에 야무진 아이라 걱정거리가 없는 자식이지만 부모란 본디 좋은 일이건 나쁜 일이건 걱정이 태산인 법이라고 했다. 하지만 그렇게 스스로를 다독거려 보아도 이유 없이 맴도는 불안함이 모락모락 피어나는 것을 막을 도리가 없었다.

미치노미야 히로히토의 즉위식으로 일본 전체가 들떠 있었다. 각기 다른 두 대의 마차에 나눠 타고 황궁을 떠난 히로히토 부처는 도쿄의 철도역으로 향했다. 닷새 후에 있을 즉위식을 위해 교토로 가기 위함이었다. 길가에는 추운 날씨에도 불구하고 벌써부터 모여든 수많은 인파들이 손을 흔들었고 경찰과 근위대가 그들을 통제했다.

사람들 뒤쪽으로는 초라한 붉은 벽돌 건물들이 늘어서 있는데 히로히토의 호화로운 행차와 상당한 부조화를 이루었다. 철도역으로 이어지는 거리에서 사람들은 끊임없이 '덴노반자이'를 외치고 있었다.

'꼭 원숭이 곡마단을 보는 것 같잖아?'

비웃음을 흘리며 인파에 섞여 있던 석정은 밀려드는 사람들을 피해 인적이 드문 좁은 골목길로 들어왔다.

아침에 심부름을 온 아이가 다이고쿠 호텔에 정일이 머물고 있다는 소식을 전해 주었다. 연락도 없이 조용히 도쿄에 들어와 있는 것이 아무래도 걱정스러웠다. 그가 카프의 동료들과 함께 발간하는 문예지와 칼럼이 문제가 되어 경무국 도서과에 여러 번 소환 조사당했다는 사실은 어머니 이 여사의 서신을 통해 이미 알고 있었기 때문에 마음이 조마거렸다.

3.1 운동 이후 조선의 총독부는 무단통치의 식민정책을 문화통치(文化統治)로 수정해서 대폭 변환했다. 지나친 무단통치는 전 민족적 저항으로 이어져 식민통치의 위기를 초래할 가능성이 매우 크다고 판단했기 때문이다.

정책이 바뀌자 총독부는 기관지인 매일신보 외에도 세 개의 민간 신문을 발행할 수 있도록 허가했다. 그 밖에 문화, 출판 업계의 자유를 어느 정도 허용해 주기도 했다. 그러나 식민 정치의 본질은 그대로 유지하여 대중문화에 대한 총독부의 검열과 탄압은 여전하기만 했다.

한마디로 조선인들에게 미미한 자유를 주어 민족의 저항을 둔화시키면서 한쪽으로는 강압 정책을 펴는 것으로 눈 가리고 아웅 하는 식이었다.

제국주의 일본으로서는 무정부주의나 공산주의 혹은 사회주의니 하는 주의자들이 골칫거리일 수밖에 없었다. 경성 한복판에서, 만주에서, 소련과 도쿄에서까지 그들의 활동은 활발했다. 전 세계적으로 왕정이나 과두정이 무너지는 시대였으며 대중은 특권계급으로부터 박탈당했던 주권을 되찾기 위해 목소리를 높이던 때였다. 개혁의 배후에 각종 이념을 가진 주의자들이 있었음은 물론이었다.

서로 사상은 다르지만 조선의 주의자들에게는 독립이라는 공동의 소명 의식이 있었다. 그들은 무장 운동과 문화 운동, 계몽 활동 등 전 방위로 활약하며 일본을 곤란하게 만들었다. 그중에서도 총독부가 가장 두려워하는 것은 계몽 활동이었다. 무지한 식민지인들은 다루기 쉽지만 머릿속에 든 것이 많은 식민지인들은 아는 만큼 그것을 무기 삼아 압제의 부당함을 토로하고 개선하려 하기 때문이다. 그렇기에 총독부 입장에서는 똑똑해진 식민지인들이 여간 껄끄러운 것이 아니었다.

주의자들은 일본의 감시망을 피해 압제에 속박되어 있는 대중을 계몽하고 그들로부터 심적 지지를 얻으며 제국주의 체제에 대한 부정적 관념을 전파하면서 독립운동의 활로를 적극적으로 만들어 나가고 있었다.

총독부 산하 경무국 부서인 도서과는 잡지, 소설, 영화와 같은 문화 사업 업무를 보는 곳으로 기실 문화 검열을 주로 하는 곳이었다. 대중문화의 검열이란 사람들의 눈을 가리고 귀를 막아 똑똑해질 수 있는 기회, 민족의 현실을 바로 보고 분노할 줄 알며 더 나아가 이런 억압된 현실을 타개하기 위하여 행동하게 되는 계기 마련을 사전에 미리 차단하는 일이었다. 번지르르한 말로 문화 통치니 어쩌니 하지만 사실은 조선 민중의 계몽과 독립에 대한 불씨를 저해하는 것이 총독부의 본 목적이었던 것이다.

사정이 그랬으니 끊임없이 펜을 들고 사상과 민족의 독립을 촉구하는 글을 쓰던 정일과 경무국 도서과의 마찰은 특별한 일도 아니었다. 워낙 자주 있던 일이기도 하고 모 백작의 그늘 덕분에 큰 처벌 없이 풀려났기 때문에 그러려니 하는 마음도 없지 않아 있었다.

　문제는 풍문으로 들은 바, 카프의 노선이 바뀌었다는 점이다. 문예지 발간 정도의 소극적인 문화 운동에서 적극적인 독립운동과 사회주의 운동으로 지향한다는 것이다. 그들의 움직임이 적극적이면 적극적일수록 도서과 뿐만 아니라 보안과의 집요한 수사 대상이 되었고 일단 그들의 블랙리스트에 오르게 되면 아무리 대단한 집안의 그늘이라도 효용이 없었다.

　일본은 식민 정치와 제국주의에 방해되는 모든 요소들의 싹을 잘라 버리기를 원하고 총독부 보안과는 임무를 충실히 해내기 위해 혈안이 되어 있었다.

　이러한 때에 정일이 함부로 운신하기는 힘든 일이었다. 당국의 주시를 받는 그가 남의 눈을 피해 소리 소문 없이 일본에 들어와 있다면 그것은 결코 가벼운 일이 아님을 쉽게 짐작할 수 있었다. 더구나 히로히토의 즉위식이 얼마 남지 않은 때였다. 아무리 생각해도 예사로운 방문이 아니었다.

　'오라버니는 대체 무슨 일을 생각하시는 건지.'

　착잡한 마음에 한숨을 내쉬자 하얀 김이 입 밖으로 새어 나왔다. 대륙에서 불어오는 초겨울 바람이 거리와 사람들을 할퀴고 지나가자 외투 깃이 제멋대로 너풀거렸다. 석정은 외투의 앞섶을 좀 더 단단하게 여미면서 걸음을 재촉했다.

1900년대 초에 지어졌다는 호텔의 제일 아래층에는 유럽식 분위기를 풍기는 멋스러운 찻집이 있었다. 석정은 날이 추워 그런지 문득 뜨거운 차를 한잔 마시고 싶다는 생각을 하며 심부름한 아이가 일러 준 객실을 찾아갔다.

호텔 직원의 안내를 받아 주단이 깔린 복도를 지나면서 마른 침을 몇 번이나 삼켰다. 괜한 우려와 불안감 때문에 입안이 말랐다. 정일이 있다는 객실 앞에 다다르자 호텔 직원이 대신 노크를 해 주고 물러났다. 문 너머로 발걸음 소리가 들렸다.

"누구세요?"

예기치 못한 여자 목소리였다. 객실 번호를 확인해 봤지만 방을 잘못 찾아온 것은 아니었다.

"저⋯⋯."

순간적으로 어떻게 대처해야 할지 몰라 말을 흐리며 머뭇거렸다.

"누구시죠?"

목소리만으로도 문 안의 여자가 긴장한 상태라는 것을 알 수 있었다. 손잡이 위에 난 단추 구멍만 한 작은 구멍 사이로 유심히 살피는 시선이 느껴졌다.

"실례합니다. 이곳에서 사람을 만나기로 했는데 모석정이라고 합니다."

본능적으로 목소리가 잦아들었다. 석정은 정일의 이름을 대기가 조심스러워 자신의 이름만 밝히고 기다렸다. 잠시 후, 문이 빠끔히 열리더니 젊은 여자가 그사이로 얼굴을 내밀었다. 그녀는 빠르게 눈동자를 굴려 주변부터 살폈다. 그녀는 경계하는 표정으로 석정의 얼굴을 한참 동안 들여다보았다.

"모석정 양?"

"네. 제가 모석정입니다만?"

그렇게 한 번 더 확인을 받고서야 여자는 문을 열어주었다.

"혹시 누가 따라온 사람이 있었나요?"

여자의 말이 이상했다. 석정은 문턱을 넘다 말고 그녀를 돌아보았다.

"그냥 좀 세상이 하도 험하니까요. 여기저기 사복 경찰이 판을 쳐서 제대로 다닐 수가 없답니다. 미행하는 사람은 없었나요?"

"없었어요. 저 혼자입니다."

석정의 대답에 여자는 만족했다는 듯이 고개를 끄덕거리며 옆으로 비켜섰다. 석정이 온전히 들어오자 여자는 객실 문을 닫고 잠금장치까지 꼼꼼히 확인했다. 그러고 나서야 그녀는 석정을 인도했다.

"석정 양이 오기를 모두들 기다리고 있었어요."

이상한 말의 연속이었다. 여자뿐만 아니라 다른 사람이 또 있

서른둥 1930

다는 말이었다. 의심쩍은 기색으로 여자를 따라 안으로 들어가자 낯모르는 사내와 심각하게 대화 중인 정일이 보였다. 여자가 헛기침을 하며 그들의 주의를 끌었다. 고개를 돌린 정일이 어색하게 서 있는 석정을 발견하고 기다렸다는 듯이 두 팔을 활짝 벌렸다.

"오라버니!"

자신을 향해 반색하는 정일의 모습에 안심이 된 석정이 활짝 웃으며 안겨들었다.

"아이쿠! 다 큰 애가 웬 어리광이야?"

말은 그렇게 하면서도 정일은 석정을 와락 껴안고 놔주지 않았다. 결국 석정이 호흡곤란을 호소하며 그를 억지로 밀어내야만 했다.

"오라버니, 숨을 못 쉬겠잖아요!"

정일이 씩 웃었다.

"겨우 이 정도로?"

"그보다 연락도 없이 갑작스럽게 어쩐 일이세요?"

"뭐야, 이 오라비가 반갑지 않은 기냐?"

정일이 짐짓 서운한 표정을 지었다. 석정이 두 눈을 새치름하게 떴다.

"기별이 반갑지 않았으면 이른 아침부터 저 인파를 뚫고 벌벌 떨면서 여기까지 왔겠어요? 날이 얼마나 추운데요."

"하하하! 넌 어째 나이가 찰수록 더 새침해지는 거냐?"

그녀의 애교 어린 투정에 실없이 너털웃음을 터트린 정일의 모습이 사람 좋아 보였다. 도통 뭔가를 꾸밀 사람으로는 보이지 않았다. 석정은 자신이 너무 예민했나 싶었다.

"아무튼 정말 놀라긴 했어요."

"사정이 그렇게 됐다. 그나저나 어디 그동안 얼마나 변했는지 한번 볼까?"

마지막으로 보았을 때보다 훨씬 성숙해진 석정의 외모에 그는 이제 시집을 보내도 무방하겠다며 농을 걸었다.

"오라버니가 장가를 안 가고 앞을 딱 가로막고 계시니 제가 어떻게 먼저 시집을 가요?"

"나 같은 위인한테 누가 시집을 온다고 그러니. 처자식이야 배를 곯든지 말든지 저 볼일이나 보고 다닐 텐데."

"오라버니도 참."

웃자고 하는 소리처럼 들리지만 석정은 정일의 말이 그냥 하는 소리가 아님을 알았다. 그녀는 못 말린다는 듯 고개를 흔들었다. 모르긴 몰라도 해방이 되기 전까지 절대 가정을 차릴 사람이 아니었다.

하기야, 혁명을 한답시고 애꿎은 처자식 고생시키느니 혈혈단신으로 사는 것이 보다 나은 선택일지도 몰랐다. 물론 석정으로선 정일이 가정을 꾸려 남들 사는 것처럼 안정된 삶을 살기를 바라지만 어차피 씨도 안 먹힐 소리였다.

"그러는 넌? 연애를 거는 놈이 한 명도 없었다는 말이냐? 이곳에 있는 남자들은 모두 해태 눈인가 보다."

정일이 장난스럽게 화살을 돌리자 석정이 면박을 주었다.

"실없는 소리 그만하세요."

"실없는 소리는. 헌데 정말이지 많이 컸어. 훨씬 어른스러워 지고 말이다."

"저야 언제나 어른스러웠죠. 어쨌든 오라버니를 뵈어서 좋아요."

"그렇게 서 있지만 말고 자리에 앉도록 하세요. 여러분들이 받치고 서 있지 않아도 다이코쿠 호텔은 무너지지 않으니까요."

오랜만에 상봉한 남매의 만남을 옆에서 지켜보던 여자가 자리에 앉을 것을 권했다. 그녀는 석정의 외투를 받아주면서 화려한 문양이 새겨진 마호가니 탁자가 있는 곳으로 사람들을 안내했다.

아름답게 꾸며진 객실 내부를 돌아보던 석정은 실내의 분위기가 역시 심상치 않다고 생각했다. 그녀에게 대접할 다과를 직접 준비하면서도 여전히 경계심을 풀지 않는 여자의 모습, 자못 유쾌해 보이지만 무엇이 그리 즐거울까 도리어 의심스러워지는 정일의 미소, 누군가 자신의 얼굴을 보기라도 할까 봐 중절모를 깊게 눌러쓰고 긴장된 모습으로 서 있는 또 다른 사내.

그들의 모습은 서양 명화(名畵) 속 한 장면처럼 평화로우면서도 비밀을 간직한 것처럼 보였다. 마치 무슨 일이라도 일어날 듯 그 밑바닥은 어딘지 모르게 비장감이 흘렀다.

"이왕이면 연구소로 직접 오시면 좋잖아요. 저 지내는 것도 보시고요. 거리마다 사람들이 쏟아져 나오는 통에 한 걸음씩 옮기는 일이 보통이 아니었어요."

석정은 정일이 드러내 놓고 돌아다닐 만한 입장이 아니란 걸 뻔히 알면서도 괜히 투덜거렸다.

"미치노미야 히로히토가 즉위식을 치르러 교토로 떠나는 날이니 아무래도 많이들 나왔겠죠."

준비한 다과를 탁자 위에 차려 놓으며 여자가 끼어들었다. 그녀는 다소 통통한 외모에 이목구비가 흐릿해 보이는 외향의 소유자로 그다지 미인이라 할 수는 없었다. 대신에 누구에게나 호감을 줄 만한 귀염성이 있었는데, 그녀가 미소를 짓자 얼굴에 활기가 감돌며 순간 매력적으로 돌변했다.

"철환 군. 이쪽으로 오지."

정일이 그때까지도 말없이 서 있던 사내를 불렀다. 그의 이름은 이철환. 카프의 일원이 된 지 얼마 되지 않은 신입이라고 정일은 소개했다. 석정이 고개를 숙이자 철환이 중절모를 들어 보였다.

"그리고 여기 이 숙녀 분은 키무라 가즈에. 토목업을 꽤 크게 하는 키무라 가의……."

"정일 씨에게서 말씀 많이 들었어요. 소문대로 정말 어여쁜 아가씨네요. 만나서 반가워요."

정일의 말을 가로챈 가즈에가 악수를 청했다. 조선말을 능숙

하게 구사해 당연히 조선 여자겠거니 생각했는데 일본인이라
니 의외였다. 석정은 가즈에의 손을 맞잡았다.

"오라버니께서 숙녀분과 함께 있는 모습을 보게 되다니 꿈인
지 생시인지 싶네요."

사적이든 공적이든 여자와 함께 있는 모습을 거의 보지 못한
정일을 빗대어 석정이 우스갯소리를 했다.

"이런, 그간 말재주가 늘었구나?"

"이 정도야 뭐……."

"모정일 동지."

침묵을 지키던 철환이 묵직한 투로 정일을 불렀다. 한가로이
수다만 즐길 것 같던 정일의 표정이 진지해졌다. 철환과 가즈에
도 마찬가지였다.

정일이 하는 일이란 언제나 위험했다. 그와 함께 일을 도모
한다는 이들도 다르지 않았다. 덩달아 석정의 표정 또한 굳어졌
다. 그녀는 자신의 짐작이 맞았다는 것을 깨달았다. 이들이 오
후의 한담이나 즐기자고 이곳에 모이지는 않았을 것이다. 사상
과 이념은 누군가에게 있어서 인생을 전부 내던질 수 있을 만큼
중요한 문제였다.

"실은 네게 긴하게 할 말이 있어서 불렀다."

"말씀하세요, 오라버니."

말문을 열어 놓고 정일이 망설이자 석정이 그를 독려했다. 탁
자 위에 차려진 다과를 물끄러미 바라보던 정일이 과자를 하나

집어 '톡' 부러트렸다. 과자 부스러기가 접시 위에 낭자하게 흩어지는 것을 멀건이 보던 그가 마침내 고개를 들었다.

"이번 즉위식에 네가 참석하는 것, 들어서 알고 있다."

"교토 궁 경축 무대에서 제가 춤을 출 거예요, 오라버니."

"벌써부터 나가코가 누구의 손을 들어줄지, 가스카노 상이 결국 누구를 도쿄 공회당 주인공으로 결정할지 모두들 관심이랍니다. 워낙 가스카노 상이 대단하니까요. 과연 그 수제자들은 어느 정도일까 다들 궁금한 거죠."

가즈에가 아는 척을 했다. 정일은 간결하고 빠르게 말을 이었다.

"우리는 즉위식이 있는 날, 미치노미야 히로히토를 향해 폭탄을 투척할 계획이다. 히로히토 그자를 죽일 거야."

"폭탄이요?"

석정이 되물었다.

미치노미야 히로히토는 천손이었다. 그는 정신이 온전치 못해 친정을 하지 못한다는 아비 다이쇼를 대신해 대리청정을 한 자였다. 먹고살기 힘들어 삶이 팍팍해진 대개의 조선인에게 그는 막연히 침략자이자 수탈자였고, 민족주의 독립 운동가들에게는 철천지원수, 사회주의나 무정부주의 그리고 무슨, 무슨 주의자들에게는 개혁하고 혁명해야 할 대상인 제국주의의 상징이었다.

장막 뒤에 숨어 숨소리 하나로, 손가락 까닥거림 한 번으로,

눈동자를 한 번 굴릴 때마다 일본 전체를 들었다 놨다 하던 신들의 자손, 천손 강림의 미치노미야 히로히토.

그가 대리청정이 아니라 진정한 현인신이 되고자 하고 있었다. 수 겹, 수십 겹, 수백 겹, 수천 겹의 장막 뒤에서 백 명, 천 명, 만 명. 도저히 셀 수 없이 꾸역꾸역 조아려 대는 신민의 머리와 납작 엎드린 등을 밟고서.

대체 누가 무슨 수로 미치노미야 히로히토에게 폭탄을 투척할 수 있다는 말인지 석정은 정일의 말이 실없는 농담처럼만 들렸다.

1924년경에 이미 의열단의 김지섭이라는 인물이 황궁 이중교에 폭탄을 투척하고 체포된 일이 있었다. 거기다 올해 5월에는 나가코의 친정 아비인 구니노미야 구니히코 육군 대장이 대만에서 조명하에 의해 독검에 찔린 터라 즉위식의 경계가 훨씬 더 삼엄할 터였다.

특히 그때 찔린 독검의 후유증으로 육군 대장의 몸이 아직도 몹시 위중한 상태였기 때문에 조선인들에 대한 나가코의 분노가 하늘을 찌르는 중이라는 소문이었다. 이번 즉위식에 조선의 화족들이 아무도 초대를 받지 못한 이유가 바로 그것 때문이라는 소리가 있었다.

무슨 거사를 계획한다 해도 결코 쉽지 않을 일이었다.

"여기 있는 이철환 군이 아무에게도 의심받지 않고 조용히 사제 폭탄을 만들 장소가 필요한데 마땅한 장소를 물색하는 것이 쉽지 않아. 또 그렇게 만들어진 물건을 즉위식 때 맞춰서 교토 궁까지 운반해 줄 사람도 필요하고."

석정은 정일의 모습이 전혀 다른 사람을 보듯 낯설기만 했다.

"모두들 제정신인거 맞아요? 이건 확 트인 세관부두에서 다나카 기이치를 총살하는 것보다 훨씬 어려운 일이라고요. 그때도 실패했잖아요. 오라버니. 이번 일은 훨씬 더 어려운 일이에요. 불가능하다고요. 의열단의 김익상 씨는 출옥하고 나서 일본인 형사에게 암살까지 당했어요. 장담컨대 오라버니 또한 무사하지 못할 거예요. 그러니 하지 마세요. 진정으로 오라버니가 걱정이 된단 말이에요! 구니노미야 나가코가 자기 아버지가 독검에 맞아 죽게 생겼다고 난리도 아니라잖아요. 거사도 좋고 다 좋은데 제발 몸조심 좀 하세요. 부모님 생각도 좀 하시라고요!"

그녀는 섶을 지고 불속으로 뛰어들려는 정일의 무모함에 진저리를 쳤다.

아무리 담담한 성격의 소유자라도 이 말도 안 되는 계획을 듣고서 평정을 유지하기란 어려웠다. 그녀는 회의에 찬 시선으로 정일을 보았다.

해방과 혁명과 투쟁을 부르짖는 사람들. 그들의 일가친척 모두는 궁핍해지고 피폐해지면서 일본 군경의 감시에 시달려야 했다. 그들 자신은 고향땅에 발 한 번 붙여보지도 못하고 외지로 떠돌아 다녔다. 그런 처절한 희생과 노력에도 불구하고 일본의 제국주의를 향한 지독한 열망은 하늘 끝을 모르고 높아져만 가는 것이 현실이었다.

석정은 소용없다 말하고 싶었다. 히로히토를 향해 그것도 즉위식 때 폭탄을 투척하다니, 죽을 땅에 스스로 무덤을 파고들어 가는 꼴이었다.

불현듯 두통이 찾아왔다. 이념이니 사상이니 하는 일 따위 신경 쓰고 싶지 않았다. 단지 춤을 추고 싶을 뿐이다. 처음 경성 공회당에서 보았던 가스카노 미하로의 춤. 그와 같은 황홀한 춤을 꼭 추고 말리라. 그리하여 예술적 환희에 온몸을 부르르 떨고 말리라. 혁명과 투쟁이 정일의 신념이라면 석정의 신념은 춤과 무대였다.

석정은 목이 탔다. 식어 버린 차를 단숨에 들이켰다.

"그래서 제게 뭘 원하시는 거예요?"

정일은 눈가가 뻑뻑한지 자꾸만 문지르며 한숨을 쉬었다.

"철환 군을 너희 연구소에 숨겨줄 수 있겠니?"

"그것뿐이에요?"

"네가 교토 궁까지 폭탄을 운반해 준다면……."

"진심이세요?"

석정은 정일의 말을 자르고 자리에서 일어났다. 그녀는 당혹감을 감추지 못했다. 그곳에 모인 사람들을 돌아보았다.

무모할 정도로 신념을 위해 사는 사람들이었다. 자신들이 아니면 세상을 구제할 사람이 더는 없다 믿는 사람들이었다. 가족도 집안도 버렸다. 일신의 희로애락을 버리고 오로지 해방과 혁명만을 위해 살았다.

그들이 말하는 사상과 이념에 대해서 석정은 무덤덤했다. 자칫 일이 잘못된다면 그토록 바라 왔던 데뷔 무대를 갖기는커녕 온 집안이 쑥대밭이 되고 정일과 자신은 죽은 목숨이었다.

그녀는 고개를 가로저었다. 지켜보던 이들의 눈에서 실망의 기색이 비치는 것을 발견했지만 어쩔 수 없었다.

"죄송하지만 저는 할 수 없어요. 오라버니도 당장 이 계획을 중단하셔야 돼요."

"일단 얘기를 좀 더 들어 보고……."

가즈에가 중간에 끼어들었다. 석정은 손을 들어 그녀의 말을 중지시켰다.

"얼마나 위험한 일인지 모두들 알고 계시잖아요. 한인애국단이나 의열단이나 지금까지 많은 무장투쟁을 해 왔지만 제대로 생환한 분들은 거의 없다고 들었어요. 현장에서 바로 사살되지 않으면 체포되는데 고문을 못 이겨 옥사하시는 분들도 계시다잖아요."

"희생 없이 얻을 수 있는 건 아무것도 없습니다."

여태 조용히 있던 철환이 나서서 한마디 거들었다. 석정이 힐난의 눈빛을 그에게로 돌렸다.

"누구를 위한 희생인가요? 당신들이야 장렬하게 한 목숨 바치면 전장에서 죽은 장군처럼 득의양양하겠죠. 그렇지만 남은 사람들은요? 가족들은? 그들이 일제에 겪을 고초에 대해서 생각이나 해 봤나요? 당신들이 기꺼이 내놓는 목숨이야 스스로의 신념에 따라 아깝지 않겠지만 신념도 뭣도 없이 그저 가족이라는 이유만으로 무의미한 희생을 강요당해야 하는 그 사람들은 뭔가요? 신념이란 믿는 것이죠. 믿는다는 건 본인이 수긍해야만 가능한 거고요. 믿음 없이 누가 무슨 일에 희생을 할까요? 강요된 희생은 희생이 아니라 고통이고 괴로움이며 외부로부터의 폭력 그 이상도 이하도 아닌 겁니다!"

정일은 객실 내부에 비치되어 있는 양주를 따라 벌컥벌컥 들이켰다. 식도를 타고 내려가는 뜨거운 술기운이 석정에게까지 따끔따끔 전해졌다. 그녀는 커튼 사이로 보이는 창밖의 스산한 겨울 풍경을 보았다. 비쩍 마른 나뭇가지가 북풍에 이리저리 흔들렸다. 바삭거리는 메마른 나뭇잎 하나 붙어 있지 않은 쓸쓸한 모습이었다.

석정은 다시 정일을 보았다.

"조선인들은 지위 고하를 막론하고 즉위식에 한 명도 참석 못 해요. 다들 정말이지 머리가 어떻게 된 것이 틀림없네요. 조선 땅에서 일어나는 침략 행위가 설마 히로히토 한 사람의 머리에서만 나왔겠어요? 그를 죽인다고 뭐가 크게 달라질 것 같은가요? 일본의 제국주의가 히로히토가 죽는다고 사그라질 것 같아요? 아니요. 저들은 제2의, 제3의 히로히토를 내세울 겁니다. 오히려 독이 바짝 든 저들이 조선 민중을 더욱 학대하겠죠."

신랄한 비난에도 그들의 표정은 흔들림이 없었다. 무슨 말을 해도 듣지 않을 것을 알고 석정은 당장 이곳을 떠나기로 결정했다.

"전 그만 여기서 나가겠어요. 모두들 죽고 싶어 안달 난 불나방 같다고요. 스스로들 자처하는 희생이야 제가 어쩌겠어요? 그것이 신념인걸. 하지만 전 누구든지 제 꿈과 미래를 망치려 드는 것을 두고 볼 수 없어요. 지난 세월 이 기회를 잡기 위해 제가 얼마나 노력했는지 아신다면 오라버니, 제게 이러실 수 없어요."

"자유가 억압된 사람이 진정한 춤을 출 수 있을까요?"

외투를 아무렇게나 걸치고 객실을 나서는 그녀의 뒤통수에 대고 가즈에가 질문을 던졌다. 석정이 열었던 문을 닫고 다시 천천히 돌아섰다.

"무슨 말이죠?"

"조선이 자유롭지 못하다면 결국 당신도 자유롭지 못하다는 말이에요. 모석정 양, 당신이 아무리 성공한 무용수가 된다 해도 저들 눈에는 결국 식민지 출신일 뿐입니다. 창씨개명을 하고, 일본인 남자와 결혼을 해도 마찬가지죠. 목이 터져라 덴노반자이를 외쳐도 말이에요. 영원히 편견과 차별 속에서 살겠죠. 조센징이라는 수군거림을 들으며. 과연 당신의 영혼이 자유로울 수 있을까요? 식민지인이라는 낙인에서?"

옳은 말이다. 석정은 연구소 내에서 자신을 향해 수군거리는 편견에 가득 찬 일본인들을 떠올렸다. 그들은 앞에서는 상냥한 척 석정의 재능을 칭찬하지만 뒤에서는 그깟 조센징이 가진 하찮은 재주 따위라고 폄하했다. 차라리 드러내 놓고 적의를 표하는 히토미가 진실 되어 보였다.

조선인이라고는 오로지 자신밖에 없는 곳에서 석정은 들어도 못 들은 척, 보아도 못 본 척 바늘처럼 찌르는 편견과 경멸의 시선을 애써 외면하고 있었다. 그러한 분노들이 쌓이게 되면 손가락 하나 발가락 하나 움직일 수가 없었다. 쌓아진 분노의 무게에 짓눌린 탓이었다.

"가스카노 미하로 상이 제 선생님이십니다. 일본인이죠. 비록 여기 계신 분들처럼 고고한 혁명 정신을 가지거나 독립에 모든 것을 바칠 만큼 열렬하진 못해도 저 역시 조선인의 핏줄을 가진 여자예요. 일제의 악행과 부당함에 분노할 줄 안다는 말입니다. 하지만 가스카노 선생님께서 추는 춤에 진심으로 감동을 했고 또한 그분께 신무용을 사사하고 있어요. 평소엔 일본인들이 저를 보고 조센징이라 비웃을지도 모르죠. 그럴 테지만 제 춤을 보고 감히 그렇게 비웃지는 못할 겁니다. 제가 선생님의 춤을 보고 일본인이라며 분노하지 못했듯이 말이에요. 꼭 그렇게 만들 거예요."

석정은 믿고 있었다. 믿을 수밖에 없었다. 진정한 예술이란 통하는 것이라고. 그렇게 믿지 않으면 그녀는 버틸 수가 없었다. 정일과 그의 동지들이 자신들이 추구하는 혁명에 대한 굳건

한 믿음을 가지고 있듯이 그녀 또한 원하는 바를 얻고 그 일에서 도태되지 않기 위해 믿어야만 했다.

"역시 감상적이군요. 석정 양이 빼어난 무용수가 된다면 일본을 빛낸 무용수가 될 것이요. 일본의 자랑이 되겠죠. 그러나 그 자리에 그대의 조국이 낄 자리는 없어요. 그리고 무대 뒤에서는 조센징이라는 이유로 손가락질을 받을 겁니다. 물론 상관하지 않겠지만."

석정은 화가 났다. 맞잡은 두 손에 힘을 꽉 주었다. 그녀는 춤을 추고자 했을 뿐이다. 이번 교토 궁 무대가 얼마나 중요한지 정일도 충분히 알고 있었을 것이다. 그가 야속하기만 했다.

정일이 말했다.

"이건 강요가 아니라 부탁인 거다. 우리의 후손들에게는 이 고난의 시대를 그대로 물려주어서는 안 되는 일이니까. 먼저 이 시대를 살아가는 사람으로서 우리가 후세에게 해 줄 수 있는 일이라고는 투쟁의 기록밖에 없지 않겠니? 어쩌면 백 년, 이백 년이 지나도 무산계급의 해방은커녕 조선의 독립조차 맞이하지 못할 수도 있겠지. 미래를 누가 알겠니? 그렇지만 짐승 같은 일제에게 순순히 복속되었다는 기록보다는 적어도 용감하게 맞서 싸웠다는 기록이 후세들에게 긍지를 심어주는 일이 될 거라고 나는 믿는다. 긍지가 살아 있어야 먼 훗날에라도 혁명의 과업이 이루어질 테니까. 우리가 남긴 투쟁의 기록은 후세의 가슴 깊숙이 새겨져 뜨거운 피를 돌게 만들 것이고, 그것이 곧 무산계급을 위한 혁명과 독립의 씨앗이 될 것이야. 비록 우리 대에서 이루지 못할 일이라 해도 우리가 후세에게 투쟁의 기록을 남겨 주려는 이유가 바로 그것이다."

"오라버니는 저를 이기적인 여자로 만들고 계세요."

당장이라도 목을 베어 버리겠다며 일본도를 가지고 위협하던 모 백작에게 맞서서 자신의 신념을 낱낱이 토해 내던 과거 정일의 모습을 떠올리며 석정이 중얼거렸다. 목적을 위해서라면 무슨 대가를 치르더라도 그가 포기하지 않을 것임을 그녀는 알고 있었다.

"왜 하필 저인가요?"

"설마 경축 무대에서 공연하게 될 가스카노 미하로의 무용 연구소에 히로히토를 죽일 폭탄 제조자가 숨어 있을 거라고 누가 생각이나 하겠어요? 석정 양은 그날 교토 궁에 들어갈 수 있는 유일한 조선인이면서 정일 씨를 배신하지 않을 가장 믿을 만한 사람이기도 하죠. 게다가 철환 씨가 만든 폭탄을 받아서 제게 넘겨줄 수 있는 위치의 사람이 바로 당신이잖아요."

가즈에는 아버지를 따라 자신도 즉위식에 참석하기로 되어 있기 때문에 석정의 일은 며칠만 철환을 연구소에 숨겨 주었다가 그가 만든 폭탄을 교토 궁에서 자신에게 전해 주면 되는 일이라고 했다.

석정은 이해하기 힘들다는 시선으로 가즈에를 보았다.

"키무라 상께서 직접 폭탄을 던지겠다는 건가요? 왜요? 당신은 일본인이잖아요."

"다른 조선인들은 즉위식에 참석하지 못하고 우리가 폭탄을
던질 연회장 안에는 즉위식 참석자들 중에서도 극소수의 유력
가문 사람들만이 들어갈 수 있으니까요. 그런 조건에 해당되는
사람이 우리 중에는 저밖에 없어요. 무엇보다도 일본인이 폭탄
을 던졌을 거라고는 상상도 하지 못할 겁니다. 그러면 저를 통
해 조직이 드러날 위험도 그만큼 줄어들겠지요. 석정 양은 단지
철환 씨를 숨겨 주고 그가 만든 폭탄만 무사히 제게 넘겨주시는
일만 신경 쓰시면 됩니다."

"그런 걸 묻는 것이 아닙니다. 제 말은 키무라 상이 일본인이
라는 거예요. 어떻게 그쪽을 믿지요? 잘못되면 사살 되거나 체
포되는 거잖아요. 천황을 죽이려 했으니 제아무리 대단한 집안
의 사람이라도 살아서 햇빛 보기는 틀린 일인데, 조선인도 아니
고 일본인을 어떻게 믿느냐는 겁니다."

"키무라 상은 우리의 동지다!"

정일의 목소리가 높아졌다. 가즈에가 그의 팔을 잡아당겼다.
그녀는 한숨과 같은 웃음을 흘렸다.

"나프라고 들어 봤나요? 일본 프롤레타리아 예술 동맹이죠.
정치적 투쟁에 있어 조선의 카프가 이쪽의 영향을 받았다고 볼
수 있겠네요. 양쪽의 교류가 꽤 활발하답니다. 날 어떻게 믿느
냐고 물었나요? 기본적으로 나는 민족주의자가 아닙니다. 물
론 제국주의자도 아니죠. 민족주의도 제국주의도 내게 있어선

똑같이 타파해야 할 혁명의 대상들입니다. 두 체제 모두 착취를 하는 자와 착취를 받는 자, 유산계급과 무산계급, 부르주아와 프롤레타리아가 있을 수밖에 없으니까요. 사람들은 우리를 가리켜 프롤레타리아 국제주의자라고 합니다. 카프에서 정치적 노선을 강성으로 바꾼 건 민족주의 때문이 아니에요. 무산계급을 해방시키기 위해 제국주의를 밀어내야 하고 그러려면 먼저 조선이 해방되어야 하거든요. 그런데 우리는 소수죠. 뭉쳐야 하고 서로 협력해야 합니다. 전 세계에 혁명의 깃발을 들어 올리려면 국경을 허물고 각지 각국에 흩어진 프롤레타리아들이 힘을 합쳐야 해요. 그러니 날 믿어요. 나는 단순한 동정론으로 조선을 도우려는 것이 아니에요. 동정은 감정의 일종이죠. 감정은 갈대처럼 가볍고 상황에 따라 얼마든지 흔들리는 겁니다. 하지만 신념은 달라요. 나는 신념대로, 행하는 것입니다. 아시겠어요? 날 믿어도 된다는 걸요."

거기까지 말하고 가즈에는 돌아섰다. 정일이 조심스러워하며 그녀의 어깨를 토닥거렸다. 그의 얼굴이 그녀를 퍽 안쓰러워하는 표정이었다.

석정은 한동인 말이 없었다. 몇 번을 다시 생각해도 붉가능해 보이는 일이었다.

"폭탄이 투척되고 키무라 상이 들키지 않는다면 유일한 조선인인 제가 제일 먼저 체포될 거예요. 그런 날에 폭탄을 던질 이들은 조선 사람밖에 없다고 믿을 테니까요."

"하지만 석정 양은 연회장에 들어갈 수조차 없으니 설혹 연행된다 하더라도 금방 다시 나올 수 있을 겁니다."

철환의 말에 석정은 동의하지 못하겠다는 듯 고개를 저었다.

"어디에서도 증거를 찾을 수 없고 주동자도 찾을 수 없다면 유일하게 잡힌 조선인인 제게 억지로라도 뭔가를 알아내려 할 테지요."

정일의 표정에 어둠이 깊어졌다. 철환과 가즈에의 시선이 그를 향했다. 한참을 갈등하던 그는 석정의 팔을 잡고 둘이서만 조용히 대화할 수 있도록 철환과 가즈에로부터 몇 발자국 떨어졌다.

석정이 정일의 팔을 뿌리쳤다.

"오라버니는 자신의 신념을 위해서라면 누이라도 얼마든지 희생시킬 수 있는 분이세요."

"너는 누구보다 소중한 내 누이야."

"거짓말하지 마세요. 오라버니께서 제게 하시는 말씀은 저더러 폭탄을 들고 들어가 고스란히 죽으란 말씀과도 같단 말이에요. 무엇을 위해서죠? 역사에 나라를 구한 위인으로 이름을 남기라고요? 수탈과 착취를 당해 온 무산계급을 해방시킨 인민의 동지, 혁명가로서 길이길이 칭송받으라고요? 그러면 가문의 영광이겠군요. 제국주의 일본의 등에 업혀 인민의 피고름을 빨아부를 이루신 아버지의 죄를 제가 이렇게 씻으면 되는 거군요."

"흥분만 하지 말고 오라비 말 좀 들어 봐."

"싫어요! 듣지 않겠어요!"

서운한 마음에 그녀는 부러 어깃장을 놓았다. 정일은 피곤해 보였다. 며칠간 잠을 자지 못한 것처럼 붉게 충혈된 눈이 퀭하니 들어갔다. 윤기를 잃은 피부는 푸석푸석해져서 누렇게 뜨기까지 했다. 눈이 마주치면 마음이 약해질까 봐 석정은 그에게서 시선을 돌렸다. 정일의 어깨가 축 늘어졌다. 그가 혼잣말처럼 중얼거렸다.

"제대에 입학하기 전에 시골 동무 집에 잠깐 다니러 갔었다. 여자가 하나 있었는데 동무가 사는 마을 지주의 딸이었어. 아직도 댕기머리를 하고 다니는 고운 아씨였다. 제 손으로 혼수를 준비하기 위해 수를 놓고 고대 유물 같은 내훈을 읽으며 담장 너머 세상을 흘깃흘깃 훔쳐보던 여전히 봉건주의 속 아씨였지. 그런데 말이다. 나는 그녀의 눈빛을 잊을 수가 없어. 앙큼하게 빛나던 말괄량이 검은 눈동자를 말이다. 나는 해질녘 동무의 집에서 나와 좁은 돌담길을 산책하던 중이었다. 그녀는 까치발을 딛고˙서서 담장 너머로 까만 머리통을 들이밀고 있었지. 나와 눈이 마주치던 그녀를 나는 사랑하게 되었다. 앙큼하게 빛나던 말괄량이 검은 눈동자를⋯⋯. 해가 기운 밤이 되어서야 그녀는 담장을 타고 세상 밖으로 나올 수 있었단다. 사랑채의 아비가 잠들고 안채의 어미가 수놓다 곯아떨어지면 그때서야 하녀 모르게 살금살금 나올 수가 있었지."

말을 멈춘 정일은 석정을 지그시 바라보았다. 그녀가 아니라 다른 누군가를 보는 것처럼 아득한 시선이었다. 그는 장구한 말을 다시 이어갔다.

"나는 그녀와 마을이 훤히 내려다보이는 언덕을 거닐었다. 어둠이 깔린 마을은 시커먼 덩어리에 불과했지만 평생토록 그렇게 아름다운 풍광을 본 적이 없어. 습기 찬 공기는 상쾌했고 향기로웠다. 석정아. 그날 이 오라비는 그녀를 안았다. 죽을 때까지 지켜줄 수 있을 줄 알았어. 그래서 열 오른 그녀의 몸을 경배하며 사랑했다. 그때의 그녀는 예뻤지. 너처럼 참말 예뻤어. 그녀를 남겨 놓고 경성으로 가는 기차를 탈 때만 해도, 제대에 입학하기 위해 대한해협을 건널 때만 해도 그녀는 영원히 내 것이라고 믿었다. 기다려 주리라는 자신감에 차 있었어."

밀려드는 감정의 격랑을 이기지 못하겠는지 그는 약쟁이처럼 손바닥을 비벼댔다. 평소 정일의 차분하고 단호한 모습만 봐오던 석정은 그의 모습을 어떻게 받아들여야 할지 혼란스러웠다.

정일은 양복 주머니에서 담배를 꺼내다 말고 담뱃갑을 와락 짓이기며 바닥에 내동댕이쳤다. 그의 목소리가 점점 더 거칠어졌다.

"첫 학기를 마치고 방학 때 해협을 되돌아 건너오면서 오직 그녀만을 생각했다. 어쩔 수 없이 아버님부터 찾아뵈어야 한다는 것이 억울할 만큼 내 마음은 그녀를 보기 위해 조바심이 나 있었다. 경성의 동무들이 환영을 해 준답시고 나를 기생집으로 끌고 갈 때도 그저 이 시간이 지나고 아침 일찍 기차 시간이 오기만을 인내했다. 그곳에서…… 그녀를 보기 전까지만 해도 말이다. 비단 치마저고리를 입고 춤을 추는 그녀를 말이다. 내 아씨가, 혼수로 가져가기 위해 제 손으로 수를 놓던 곱던 아씨가, 그곳에 있었단 말이지. 그녀의 집안은 돈에 눈이 먼 친척 놈이 사기를 쳐서 망했고, 그녀는 망한 집을 건사하기 위해 기생이 되었던 거다. 나는 생각했다, 석정아. 돈, 돈, 돈! 이건, 이 상황은 그녀의 잘못이 아니야. 계급사회가 사람의 욕심을 만들어 내고 욕심이 타인을 짓밟는 거지. 그녀는 피해자일 뿐이야. 그런데 왜 그녀는 자신을 망친 돈에, 계급에 고개를 숙이는 걸까? 처음엔 그녀가 처연했다. 나중엔 원망스러웠어. 이 세상을 뜯어 버리고 싶었다. 뒤집어 버리고 싶었어. 그녀가 아버님의 첩이 되었을 땐 난 정말 죽을 것 같았다. 창피했지. 내가 그녀를 나락으로 떨어트린 이 세상의 부조리에 대해 원망과 한탄만 하고 있을 때 유산계급의 대두인 내 아버님은 돈과 권력으로 그녀를 자신의 성 안에 가두었다."

"초옥 언니."

석정은 멍하니 중얼거렸다. 당시의 그녀는 너무 어렸고 정일은 지금보다 훨씬 젊고 열렬했다. 석정은 새벽녘 툇마루에 걸터앉아 어린아이처럼 엉엉 울던 정일을 떠올렸다. 그에게서 진동하던 술 냄새에 영문을 모르던 어린 그녀는 인상을 찌푸리며 제 오라비를 타박했었다.

초옥아, 초옥아.

정일이 몇 번이고 뇌까리던 그 이름이, 며칠 전 오라비의 손을 잡고 나들이 나가 만났던 예쁜 언니의 이름이라는 것을 알았을 때 어린 석정은 괜스레 슬퍼졌었다. 오라버니가 슬퍼하고 오라버니를 슬프게 한 이름이 초옥이라는 사실에 까닭 모를 미움과 슬픔이 혼재되어 고사리 같은 손으로 정일의 머리를 끌어안고 저가 더 소리 내어 대성통곡을 했었다.

아버지가 살림을 차린 기생이 초옥 언니였던가.

정일의 얼굴 위로 회한이 느껴졌다. 거칠었던 그의 숨소리가 차츰 잦아들었다. 약쟁이처럼 비벼 대던 손도 차분해졌다. 그는 한동안 석정을 말없이 쳐다보았다. 그의 눈이 젖어 있음을 확인한 석정은 기가 막힌 듯 남몰래 한숨을 쉬었다.

"나는 세상을 뜯어고치기로 했다. 그녀를 위해서. 그녀를 망가트린 유산계급을 해체하기로 말이다. 나는 그녀를 통해 세상의 추악한 탐욕을 보았고 그녀의 비극을 통해 무산계급의 비극을 느꼈으며 그녀에 대한 사랑으로 사회주의를 사랑하고 믿게 되었다."

그의 말에 석정은 사회주의 예술인 대부분이 낭만주의자라고 미하로가 말하던 것이 생각났다. 정일은 혁명을 위해서 돈도, 집안도, 권력도, 그리고 여자도 모두 버린 사람이었다. 애초에 수도승이었던 것처럼 그는 인간이 가진 욕구에 대해서 초연했다. 그런데 그 신념의 발로가 사랑이었으며 여전히 그는 사랑

속에서 허우적거리는 인간이었던 것이다.

"믿을지 모르겠지만 네게 이런 부탁은 최후까지 하지 않으려고 했다. 너에게까지 내가 선택하여 진 짐을 억지로 지우고 싶지는 않았어."

누이를 사랑한다면 그녀를 그만 괴롭히라는 소리가 정일의 마음 한구석에서 울렸다. 큰일을 위해서라면 희생이 필요한 법이지만 굳이 석정을 희생시킬 필요가 없다고. 그녀가 안 되면 다른 방법이 있겠지. 방법을 찾지 못하면 후일을 도모하면 된다고 말이다. 옳은 일을 위한 투쟁이라 해도 본인의 자유의지가 필요한 법이었다.

그러나 그는 결국 석정에게 부탁을 해야만 했다. 조선뿐만 아니라 동아시아의 평화를 위해서라도 미치노미야 히로히토는 죽어 없어져야 할 존재였고, 궁 안 깊숙이 들어앉아 있는 그에게 코앞에서 폭탄을 던질 수 있는 기회는 이번 즉위식이 유일하기 때문이었다. 이만한 기회가 다시 찾아오지 않을 것을 알고 있기에 정일은 복잡한 심정으로 석정을 바라보았다.

"사랑했던 여인을 위해 나는 혁명의 길로 들어섰다. 그런데 세상을 보다 보니 그녀는 한 명이 아니었다. 전국 방방곡곡, 전 세계 어디든지 그녀는 존재했다. 짓밟힌 가련한 꽃들이 한번 흐드러져 보지도 못하고 메말라 떨어져 버렸지. 나는 정말이지 세상을 바꾸고 싶다. 나의 그녀를 위해서. 이 세상 어디든지 있을 가련한 그녀들을 위해서 말이다."

"오라버니."

"석정아, 너밖에 없어. 교토 궁에 들어갈 수 있는 사람이 아무리 생각해도 너밖에 없었어. 일단 폭탄을 키무라 상에게 전해 주면 너는 네 선생인 가스카노 상과 동료들 곁으로 가서 폭탄이 터지는 시각까지 어떻게 해서든 함께 있어라. 그러면 조선인이라고 붙잡혀 들어가더라도 네가 사건에 개입이 됐다는 증거를 찾을 수도 없고 또 네가 직접적으로 폭탄을 던지지 않은 것을 가스카노 상이 증명해 줄 테니 곧 풀려날 수 있을 거다."

결국 석정은 마음이 흔들리고 말았다.

어릴 때 자신을 무릎에 앉히고 이야기책을 읽어 주던 정일의 모습이 떠올랐다. 그가 목말을 태워 주던 기억도 뇌리에 스쳤다. 오라비가 되어 위험한 계획에 누이를 동참시키기 위해 얼마나 모진 마음을 먹었을까 생각하니 이젠 그가 원망스럽기보다는 속절없게도 가슴이 아파왔다.

언제 끝날지 모르는 투쟁의 연속인 위험한 삶을 살면서 그는 얼마나 많이 고뇌하고 힘들어했을까?

"제가 잡히면 그들은 금방 오라버니의 존재를 알아챌 거예요. 오라버니는 헌병대나 총독부 보안과 쪽에서도 주시하고 있잖아요."

"내가 네 오라비라고 해서 무조건 너를 이 일의 관계자로 연결시키지 못할 거다. 넌 지금까지 한 번도 이런 일에 관련된 적도 없고 실제로 조직의 계보에 대해 아는 것이 없으니 털어도 먼지 하나 나올 것이 없으니까. 게다 일본에 온 뒤로 쭉 무용 연구소에서만 지내서 특별히 다른 꼬투리 잡힐 일도 없지 않니. 증거도 없는 상태에서 마냥 너를 붙잡아 둘 순 없을 거야."

석정은 손을 뻗어 정일의 굵고 투박한 손을 맞잡았다. 부잣집 도련님 같지 않은 손이었다. 책을 읽고 글을 쓰는 얌전한 손이 아니었다. 그녀는 자신이 모르는 정일의 모습에 대해서 생각했다. 종이와 펜이 아닌 다른 폭력적인 것을 들었을 손. 사랑을 쥐지 못해 혁명과 투쟁을 잡아 버린 손. 그녀는 떨리는 음성으로 말했다.

"제가 조직의 계보에 대해 모른다 해도 모정일, 이철환, 키무라 가즈에. 세 분은 알아요. 저들은 당연히 카프와 나프가 연계된 것도 알겠죠. 저는 저를 믿을 수 없어요. 저들이 주는 잠시의 고통도 이기지 못하고 굴복해 버리면 어쩌란 말이에요?"

물끄러미 자신만 바라보는 정일의 시선에서 그녀는 그 일에 대한 별다른 대책이 없음을 깨달았다.

"그럼 어쩔 수 없는 일이지. 히로히토 하나의 죽음이 우리 세 사람의 목숨을 바칠 만큼의 가치는 있으니까."

따지고 보면 이런 일들에는 언제나 예기치 못한 배신과 발고(發告)가 도사리고 있었다. 그런 것이 무서우면 황국신민으로서 만족하고 사는 도리밖에 없었다. 정일에게는 이런 질문 자체가 우문이었다.

석정은 오랫동안 생각에 잠겼다. 같은 민족을 밟고 올라서서 일본의 앞잡이가 된 아버지와 노동자의 해방을 부르짖는 사회주의자 정일 사이에서 그녀는 어느 쪽에도 뜻을 두지 않고 살아왔다. 하지만 시대는 단 두 가지만을 요구하고 있었다.

혁명가가 되느냐, 방관자가 되느냐 혹은 민족의 배반자가 되느냐, 민족의 투사가 되느냐 하는 문제는 언제나 사람들을 고민하게 만들었다. 무정한 시대는 순박한 사람들을 투사가 아니면 배반자로 만들었다. 아비가 친일 인사고 오라비가 사회주의 독립투사였다. 석정은 자신 역시 둘 중 하나가 될 수밖에 없음을 잘 알고 있었다.

방 안의 사람들은 석정이 사념에서 깨어나기를 기다리고 있었다. 마침내 석정이 철환을 돌아보았다.

"연구소는 히비야 공원에서 아카사카에 이르는 거리에 있어요. 신사나 불각 정도만 있는 조용한 거리입니다. 그나마도 해가 지고 난 후면 사람이 거의 돌아다니지 않으니까 몸을 숨기며 찾아 오시기엔 별 무리가 없을 거예요. 자정이 넘으면 연구소 사람들이 모두 잠들 시각이니 그때쯤 연구소 대문을 열어 놓고 기다리겠어요. 목재 간판이 걸린 아치형 대문과 서양식 건물을 찾으세요. 물론 이미 위치 정도는 아시겠지만요."

빠르게 말하고 그녀가 객실을 나가자 정일이 모자를 눌러쓰고 급히 쫓아 나왔다. 호텔 앞에서 누이의 팔을 겨우 잡아챈 그는 미안하다는 말만 연달아 뇌까렸다. 아직 섭섭한 감정이 남아 있지만 석정은 그의 마음을 편하게 해 주기 위해 누그러진 목소리로 말했다.

"미안해하지 마세요. 오죽하면 제게 이런 부탁을 하셨을까요. 이번 거사가 성공을 한다면 이역만리에서 투쟁하시는 분들의 사기충천에 많은 도움이 되겠지요. 전 세계에 조선이라는 나라가 아직 살아 있고 조선의 혁명가들이 포기하지 않았음을 알리는 중요한 계기가 될 테니까 말이에요. 그런 의미에서 이번 즉위식은 절대 놓칠 수 없는 기회라는 걸 잘 알아요."

"하지만 네가 정히 못 하겠다면 강요하지 않으마. 하지 않아도 된단다."

볼멘소리를 했다가도 이렇게 결국 자신의 마음을 이해해 주는 누이동생의 속 깊은 말을 듣고 보니 더욱 죄스럽기만 해서 정일은 강하게 다잡은 마음을 흐트러트렸다. 한 번 결심을 세우면 절대 되돌리는 법이 없는 석정은 단호했다.

"오라버니 말씀대로 증거가 없으니 저들이 저를 오래 붙잡아 두지는 못하겠지요. 또 키무라 상이 붙잡히는 것 보다는 조직에 대해 아는 것이 없는 제가 붙잡히는 편이 훨씬 나을 거예요."

뿐만 아니라 외부적으로 가해져 오는 모든 압박이나 육체적인 고통에서 그녀의 의지가 얼마나 강한지 실험해 보는 흔치않은 기회가 될 것이다. 평생을 살아도 남들은 경험하기 어려운 극적인 일이 자신에게 일어났다며 농을 한 석정은 정일의 얼굴 위로 드러나는 죄책감을 읽고 도리어 그를 위로해 주었다.

"저는 괜찮을 거예요. 오라버니가 걱정이죠. 거사가 터지면 당장 요주 인물들을 잡아들이려고 할 테니 부디 잘 숨어 계셔야 해요. 아셨죠? 어휴, 제가 오라버니 걱정으로 늙는다니까요. 글쎄."

그녀의 장난스러운 말을 듣고서야 정일의 표정이 조금 풀렸다.

"오라버니는 이제 어쩌실 거죠?"

"내 걱정일랑 말아."

석정이 걱정스러운 듯 정일의 팔을 꽉 붙잡았다.

"제게 중요한 건 사상이나 이념, 투쟁이니 독립이니 하는 것보다 오라버니예요. 오라버니가 그토록 염원하시는 일에 도움을 드리고 싶었을 뿐이라는 걸 아셔야 해요. 그러니 다치지 마세요. 절대 잡히시면 안 돼요. 약속해 주세요."

조심하라며 신신당부하는 석정의 손을 억지로 떼어 놓은 정일이 그녀를 안심시키기 위해 미소를 지었다.

"당연히 약속해야지. 난 괜찮을 거다. 너 역시 괜찮아야 하고. 얼른 가. 히로히토는 진즉 교토로 떠났을 텐데 인파들이 계속해서 쏟아져 나오는 모양이야. 이러다 사람들 발에 치일라."

갈수록 많아지는 인파를 보며 남매는 심란하고 불안한 마음을 애써 서로에게 숨기고 있었다.

*　　　*　　　*

그날 밤, 자정이 한참 지난 거리에는 개미 그림자 하나 보이지 않았다. 철환은 신중하게 주변을 살피며 거리의 담벼락에 바짝 붙어 발길을 재촉했다. 멀리 희끄무레하니 보이는 서양식 건물을 발견하고 그는 중절모를 더욱 깊게 눌러썼다. 외투 깃을 추켜세우고 서둘러 아치형 대문까지 다가가자 벌써부터 기다리고 있었던 듯 석정이 슬그머니 대문을 열고 나왔다.

"늦으셨어요."

"혹시 미행이 붙을지 몰라…… 쉿!"

어디선가 부스럭거리며 낯선 인기척이 들렸다. 철환이 재빨리 석정을 벽으로 밀어붙였다.

"근처에 누가 있는 것 같습니다."

그가 귀에 대고 다급하게 말하자 버둥거리던 석정이 긴장한 듯 숨을 멈췄다. 수 초 후, 더 이상 아무런 기척도 느껴지지 않았다. 석정을 놓아준 철환은 외투 안주머니에 있는 45구경 콜트 권총에 손을 가져다 대고 거리를 매서운 눈길로 보았다. 미심쩍은 듯, 그가 눈 사이를 찌푸렸다.

지나는 사람 하나 없이 거리는 고즈넉하고 미행의 흔적은 찾을 수 없었다. 어둠 곳곳 빈틈없이 노려보던 철환이 안도의 한숨을 내쉬었다.

"들어갑시다."

자신이 지나치게 예민해진 탓이라고 생각하며 그가 대문 안쪽으로 들어가자 석정이 신중한 눈길로 다시 한 번 주변을 돌아

보고 대문을 닫아걸었다.

"소리가 나지 않게 조심하세요."

기숙사가 있는 별관 지하실로 내려가며 석정이 철환에게 주의를 주었다. 낡고 오래된 나무 계단이 조금만 잘못 움직여도 삐걱거리며 기분 나쁜 소음을 내는 탓이었다. 밤늦은 시각에 누군가 건물 안을 돌아다니다가 마주치기라도 하면 어쩌나 싶어 자꾸만 뒤를 흘끔거렸다.

지하실에는 쓰지 않는 오래된 비품들이 있었다. 공연에 쓰였던 소품들이며 못 쓰게 망가져 버린 탁자나 의자, 낡고 구식이된 여러 가지 살림살이들이 아무렇게나 쌓여 있는 곳이었다. 그것들 중 일부를 옆으로 치우자 조그만 쪽문이 하나 보였다.

석정이 문을 열자 좁은 공간이 나타났다. 오랫동안 쌓인 먼지로 인해 색이 바래 버린 야전 침대와 균형이 맞지 않아 한쪽으로 기울어진 탁자만이 덩그렇게 놓여 있었다.

"고물들을 모아 놓은 지하 창고라 사람이 거의 내려오지 않아 지내시기에는 별반 무리가 없을 겁니다."

"도와줘서 고맙습니다."

담요를 침상 위에 펼치던 석정은 내키는 일이 아니었다고 말했다.

"무언가 소명 의식이 있는 건 아니에요. 단지 오라버니를 돕고 싶었을 뿐이죠. 그러니 감사인사는 가당치 않습니다."

등잔에 기름을 부어 침상 옆에 놓아주는 그녀의 움직임을 철환은 말없이 주시했다.

사상이나 신념 같은 최소한의 소명 의식도 없이 오라비 하는 일이라 도울 뿐이라는 저 아리따운 아가씨는 가난도, 핍박받는 자의 설움도, 모를 것이다. 친일파인 아비가 민중들의 피와 땀을 밟고 얻어 낸 부와 지위로 호의호식하며 팔랑팔랑 나비처럼 고운 춤이나 출 터였다.

개 팔자 상팔자라더니, 개처럼 번 아비 돈으로 한 세상 속 편히 사는구나 했다. 제 오라비는 양심이라는 것을 차고 넘치도록 가지고 있건만 누이 되는 이에게서는 그러한 것을 한 점도 찾아볼 수 없다 하였다.

그러나 한편으로는 오직 오라비를 위해서 돕는 일이라 해도 이런 위험한 일을 어찌 도와준다고 선뜻 나섰을까 하는 의문이 들기도 했다.

"식사는 연습생들이 모두 잠이 들었을 밤 시간에 가져다 드리겠습니다. 해가 떠 있을 동안은 연습생들이 이곳저곳 돌아다녀서 눈에 띄기 쉽거든요."

밖으로 나가던 석정이 잊었다는 듯 덧붙였다.

"간혹 허드렛일을 하는 아이가 필요한 물건을 찾으러 내려오는 경우가 있어요. 그래도, 구석진 방까지 찾아오진 않겠지만."

"조용히 있겠습니다."

중절모와 외투를 벗어서 침상 위에 내려놓으며 철환이 대답하자 석정이 짧게 목례했다.

"그럼, 이만."

지하실에서 나와 자신이 거처하는 방으로 돌아온 석정은 함께 방을 쓰는 연습생이 깨지 않도록 조심스럽게 침대 맡으로 다가가 등잔불을 내려놓았다. 세상 모르게 자고 있는 연습생의 이름은 스즈키 유카였다. 앞으로도 무용을 계속 한다면 주인공은 커녕 기약 없이 군무나 출 그저 그런 재주를 가진 탓에 곱상한 외모를 이용해 힘 있는 사내의 첩실로나 들어가는 것이 유일한 바람인 가난한 집안의 만딸이었다.

꿈을 꾸는지 유카가 몸을 뒤척이며 신음 소리를 흘리자 지레 놀란 석정이 등잔불을 훅 불어 꺼 버렸다. 어둠 속에서 곤히 잠들어 있는 유카의 얼굴을 뚫어질 듯 노려보던 그녀는 가슴을 쓸어내리며 침대에 걸터앉았다.

밤바람에 창문이 덜컹거리자 불안이 가슴을 스쳤다. 과연 정일의 계획이 뜻대로 잘 이루어질 수 있을까 끊임없이 의심이 들었지만 마음을 굳게 다잡았다. 한번 하기로 한 일에 자꾸 흔들려봐야 좋을 것이 없었다. 그녀는 교토 궁에서 선보일 춤에 대해서만 생각하기로 했다. '빈사의 백조'는 석정이 세상 밖으로 내딛는 첫 걸음이었다.

입고 있던 블라우스와 치마를 벗고 잠옷으로 갈아입은 그녀는 계속해서 덜컹거리는 창문 틈 사이에 폐지 몇 장을 겹쳐서 괴어 놓았다.

바로 그 시간. 철환이 느꼈던 인기척의 주인은 아직도 같은 자리에 있었다. 빈 플라스크를 하릴없이 입안에 털어 넣는 것을 포기한 타이요우의 시선이 어둠에 묻힌 가스카노 무용 연구소를 향했다. 공연스레 웃음이 터져 나왔다. 차가운 벽에 기댄 그의 눈이 감겼다가 떠졌다.

'내가 이곳에 왜 있는 거지? 훗. 맞아, 내 유일한 벗을 보러 왔었지.'

언제나 그랬던 것처럼 진탕 술을 마시고 난 후면 외로움이 물밀 듯이 찾아왔다. 아무리 많은 사람들을 불러 파티를 열어도 그가 가진 외로움은 가시지 않았다. 그들은 친구가 아니었다. 그가 가진 배경, 특별한 피부색과 머리색에만 관심 있는 사람들을 친구라 부를 수는 없는 노릇이다. 남들과 다른 머리카락과 피부를 가진다는 것은 피곤한 일이었다.

속내를 털어놓을 상대가 필요했다. 일본이라는 나라는 왜 이리도 지긋지긋하고 지루한 것이냐고 따져 물을 상대가 미하로밖에 없다는 사실이 참으로 안 된 노릇이지만 그는 딱히 갈 곳도 만날 사람도 없었다.

"젠장, 모석정. 재미없는 걸 봐 버렸어."

그는 연구소 건물을 향해 플라스크를 높게 들었다. 어이없게도 자신이 외도 중인 아내를 발견한 머저리 같다는 생각이 들었다. 석정이 다른 남자에게 안겨 있는 모습을 보았을 때 당혹스러웠다. 그녀가 끝내 사내를 문 안으로 들여놓자 우습게도 불같은 화가 일었다.

"바보 같은 일이야."

그는 연구소에서 시선을 떼고 돌아섰다. 비틀걸음으로 으슥한 밤길을 걸어 골목 밖으로 나왔다. 대기하고 있던 운전기사가차 문을 열어주었다.

"가스카노 상을 만나지 않으십니까?"

"기분이 좋지 않아."

대수롭지 않게 대답하는 그의 이마가 잔뜩 구겨졌다.

현재의 이치카와 타이요우도 결코 말이 많은 편이 아니지만유년의 그는 정도가 더욱 심해 모르는 이들은 그가 벙어리가 아닌가 하고 생각할 정도였다.

"왜 도련님은 아무런 말씀도 하지 않으세요?"

앳되고 젊은 유모가 물었다. 그녀는 갓 시골에서 상경하여 고용된 예쁘장한 아가씨로 나이든 하녀장의 먼 친척뻘이라고 했다. 그녀의 질문에 볕이 잘 드는 정원에 앉아서 독서를 하던 타이요우의 볼이 살짝 부풀어 올랐다.

그는 어머니 앤의 침실을 올려다보았다. 한참을 고개가 아플정도로 그렇게 보다가 차를 우리는 유모에게 퉁명스레 대답해주었다.

"그냥. 하고 싶은 말이 없으니까."

이치카와 앤, 혹은 앤 그랜트. 하얀 피부에 금빛의 머리카락을 가진 영국 상류사회의 귀족이며 이치카와가의 안주인인 그녀의 우울증은 오래된 것이었다. 새로운 문물을 보고 배우기 위해 영국으로 유학을 간 이치카와 요시히로를 파티에서 만나 불같은 사랑에 빠진 그녀는 곧 가문의 반대를 무릅쓰고 그를 따라 도일했다.

"내 사랑은 영원한 것이지만 그로 인한 희열은 아주 잠깐일 뿐이구나. 내 남은 생애 대부분은 사랑에 대한 소유욕과 질투로 눈이 멀어 스스로를 고통스럽게 하겠지. 하지만 어쩌겠니? 네 아버지는 일본 남자인 데다 권력과 돈을 가지고 있는걸. 그렇기 때문에 많은 여자들을 사랑하는 것을 당연하다고 여긴단다."

"그래서 어머니는 지금도 괴로우신 건가요?"

흔들의자에 축 늘어져 있는 앤에게 다가가 그녀의 품을 파고들면서 타이요우가 물었다. 멍하니 있던 그녀가 그의 조그마한 몸뚱이를 밀어내면서 두 다리를 가슴께까지 끌어당겼다.

"어머니?"

타이요우는 상처받은 눈빛으로 앤을 바라보았다.

"그에게 나는 옆자리를 장식하는 서양 인형일 뿐이야. 금발에 흰 피부와 푸른 눈동자를 가진 인형이지. 일본인들은 자신들이 가지지 못한 것들을 동경하지만 또 그만큼 자기들만의 세계에 조금이라도 다른 이들이 들어오는 것을 꺼려한단다."

어린 아들을 상대로 앤은 외로움을 토로했다. 어리고 생각이 깊지 못했던 시절 자신의 감정만을 믿고 일본으로 건너오는 것이 아니었다. 일본이라는 나라는 철저한 규율에 갇혀 타인도 인정하지 않으며 자신들조차 답답하게 얽매어 놓았다. 이러한 곳에 그녀는 오로지 사랑하는 남자 하나만을 바라보고 따라온 것이다. 자신의 지위를 이용해 수많은 여성들과 염문을 뿌리는 요시히로에게 실망하고 좌절하면서 그녀는 점점 시들어 갔다.

"그럼 나도 인형인가요?"

"아가야. 결국엔 저들은 너도 인형 취급을 할 거란다. 예쁜 서양 인형 말이야. 이 거대한 저택을 장식하는 이치카와 가문의 아주 비싼 인형이지."

그녀의 말이 공허하게 울려 퍼졌다. 앤을 지배하는 외로움과 쓸쓸함이 고스란히 그녀의 아들인 타이요우에게로 전염되었다. 어린 이치카와 타이요우는 두려운 듯 앤의 손을 꼭 잡고서 어딘지 모르게 두꺼운 벽이 처진 것처럼 느껴지던 친척들과 자신의 사이를 되새겨 보았다.

이치카와 가문의 후계자. 그들은 이제 겨우 예닐곱밖에 되지 않은 타이요우의 신분에 경의를 표했다. 앤의 것과 똑같은 황금빛 머리카락에 황홀해하며 심연처럼 깊은 갈색 동공에 매혹당했다. 그러나 보수적이고 고리타분하며 꼬장꼬장한 시대였다. 유럽 열강들의 혈통주의도 만만치 않지만 일본은 그 정도가 거의 편집증에 가까웠다.

순수 혈통. 그것은 그들의 정체성이요 품격이며 자부심이었다. 그러니 이치카와 타이요우, 이 아름다운 혼혈 아이를 대하는 그들의 태도는 무방비 상태로 문득문득 보이는 동경과 부러움. 그리고 시기와 질투, 순수하지 못한 혈통을 지닌 열등한 자에 대한 오만이 뒤섞일 수밖에 없었다.

"이해를 못 하겠는걸요? 도련님 또래의 그 어떤 아이들도 말이 이 정도로 없지는 않아요. 한참 하고 싶은 말이 많을 나이죠."

유모는 귀찮을 정도로 물고 늘어졌다. 탁! 둔탁한 소리를 내면서 책을 덮은 타이요우는 심드렁하게 대꾸했다.

"이해할 필요가 있어?"

"다들 벙어리인 줄 아니까요."

차를 우리던 손을 멈추고 유모가 싱긋 웃으며 그를 마주 보았다. 그녀와 눈이 마주치자 무감하기만 하던 어린 마음이 조금씩 뛰기 시작했다. 한 번도, 단 한 번도 앤은 그에게 싱긋 웃어 준 적이 없었고 엄격하기 만한 조부모님이나 아버지도 마찬가지였다.

"상관없잖아. 내가 벙어리가 아니니까."

"정말요? 사실은 말도 못 할 정도로 사람들이 무서운 건 아니고요?"

유모는 시건방졌다. 자신의 도련님을 가지고 놀 셈인가 보다. 타이요우는 자존심이 상한 눈빛으로 그녀를 쏘아보았다. 바람이 선선하게 불어오자 귓불 아래까지 늘어진 보드라운 머리카락이 그의 복숭앗빛 볼을 간질거렸다.

"내가 왜? 말하기 싫을 뿐이라니까."

또박또박 말을 하면서도 아직은 어린아이라 자신 없어 하는 기색을 완전히 숨길 수는 없었다.

"그러니까요. 하지만 제 말이 맞는 거지요? 조금이라도 실수할까 봐, 실수하면 저 깐깐하신 어르신들께 무시당할까 봐, 책 잡히기 싫고 무서워서이지요? 앤 마님을 외롭게 만드는 작은 주인님이 싫으신 거지요? 그래서 반항을 하고 싶은데 그 방법을 모르겠어서 말을 하지 않는 거지요?"

눈물이 쏟아져 나올 것만 같았다. 유모는 상냥하게도 타이요우를 자신의 품으로 끌어당겼다. 풍만한 가슴과 조심스러운 손길 속에 파묻힌 느낌은 안온했다. 어디서 이런 따뜻함을 느껴보았으랴. 잘난 척하며 고자세를 유지하던 타이요우는 아기 새가 어미 품을 찾듯이 그렇게 젊은 유모에게 매달렸다.

그날 이후로 유모는 타이요우에게 누이요, 어미이면서 동시에 친구이며 애인이었다.

유모의 스물여섯 번째 생일날 타이요우는 어느덧 열다섯 살 소년으로 황족과 화족들이 다니는 가쿠슈인(학습원) 중등과의 학생이 되었다. 그는 수업이 끝나자마자 유모에게 줄 선물로 그녀가 좋아할 만한 향긋한 분과 서양 과자를 사들고 헐레벌떡 저택으로 뛰어들었다. 책가방을 늙은 집사인 지로에게 내던지다시피 건네주고 들뜬 마음으로 하인들이 묵는 별채로 건너갔다.

가슴이 콩닥콩닥 뛰기 시작했다. 오늘은 꼭 고백해야지 생각했다. 늘 곁에 있어줘서 고맙다고, 유모에게서 나는 분 냄새가 너무너무 좋다고. 요 근래 들어서는 얼굴만 봐도 벌겋게 달아오른다고, 진정한 사내가 될 때까지 조금만 더 기다려 달라고 그렇게 고백해야지 다짐했다. 유모의 방문이 가까워질수록 숨조차 쉬기 힘들어졌다. 제멋대로 요동치는 심장을 진정시키느라 가슴을 지그시 눌렀다.

"유모! 유모! 사치! 안에 있⋯⋯!"

방문을 열며 유모의 이름을 부르던 타이요우의 두 눈이 크게 떠졌다. 그 눈이 점점 배신감으로 짙게 물들었다. 선물 꾸러미를 들고 있던 손에는 핏발이 푸드득 섰다.

열린 문틈 사이로 방 안에 진동을 하던 욕정 냄새가 밖으로까지 새어 나왔다. 사내의 허리를 타고 올라앉은 사치의 허연 둔부가 규칙적으로 움직이는 것이 동공 가득 충격으로 다가왔다. 질퍽이는 소리가 그의 귀에까지 생생하게 들리는 듯했다.

"그 곱상한 도련님은 어쩌고 나랑 이렇게 붙어먹어도 되는 거야?"

사치를 밑에서 받치고 있던 사내가 출렁이는 그녀의 젖가슴을 움켜쥐며 비꼬았다.

"하학⋯⋯. 쓸데없는 소리 말고 좀 더 빨리 움직여 봐요. 더, 더!"

서로 배를 부딪치며 황홀경으로 빠져드는 남녀의 숨소리가 더욱 거칠어졌다. 사치는 사내의 탄탄한 어깨를 쥐어뜯을 듯이 파고들면서 발정기의 암고양이처럼 울부짖었다.

"이거 왜 이래? 사치가 자신의 애송이 도련님한테 공을 들이고 있다는 사실은 누구나 다 안다고. 바로 그 애송이 도련님만 빼고 말이지."

"흐흐흑. 좋아…… 좋아. 너무 좋아."

"말해 봐. 그 자식이랑 어디까지 붙어먹었어?"

"젖 냄새 풀풀 나는 어린애일 뿐이라고요. 고관대작의 아들이랍시고 고고한 척 구는 어린애가 가소롭고 집안에서 은근히 따돌림 당하는 것이 안쓰러웠을 뿐이에요. 거기다 예쁘잖아. 황금빛 머리카락과 도자기 같은 하얀 피부를 곁에서 한번 보라고요. 정말 서양의 도자기 인형 같다니까."

"정말 그것 말고 다른 건 없는 거야? 그 녀석 양물은 생각한 것만큼 아름답지 않은 거야?"

"확인해 보지 않았지만 자기 것만 하려고요? 그렇지만 혹시 모르니까. 나는 아직도 젊은 나이잖아요. 이제 막 성에 눈뜰 나이니까 내가 잘 가르쳐 주면 혹시 내게 뭐 좋은 거라도 콩고물처럼 떨어질지 누가 알아요?"

"하…… 하악! 이젠 한계야. 더 이상은 안 돼!"

"으흐흑. 더, 더, 아니 안 돼! 더 버텨 봐요!"

비릿하고 역겨운 체액 냄새가 코를 찔렀다. 선물 꾸러미를 방문 앞에 조용히 놓아둔 타이요우는 왔던 길을 되돌아왔다. 꽉 쥔 두 주먹에는 힘이 잔뜩 들어갔다. 별채를 나온 그는 저택의 본관 앞에 멍하니 서 있다가 계단에 털썩 주저앉고 말았다. 햇살이 잘게 부서지면서 저택을 내리쬐고 있었다.

"도련님이 바로 이치카와가의 아름다운 서양 인형이로군요."

낙심해 축 처진 그의 등 뒤에서 누군가가 말을 걸어왔다. 겨우 눌러 참고 있던 분노가 폭발하기 직전이었다. 서양 인형소리 따위 듣기도 싫다며 소리라도 꽥 질러 주려고 사납게 몸을 일으켰다. 하지만 소리의 주인을 본 그는 아무런 말도 할 수가 없었다.

화려한 옷차림에 멋진 보석들을 주렁주렁 달고 있지만 정작 그 자신은 행복해 보이지 않은 여인이 이토록 햇살 좋은 날에 눈물을 비처럼 흘리며 서 있었다.

그는 이 여인이 누구인지 알 수 있을 것 같았다. 어려서부터 자주 보아 오던 장면이었다. 환하게 웃는 모습으로 몇 번씩 아버지의 침실을 드나들던 여인들은 시간이 지나면 눈물을 뿌리면서 저택을 뛰쳐나갔다. 지금 눈앞에 서 있는 여인도 마찬가지려니 생각했다. 다만 다른 점이라면 그녀는 울면서도 웃고 있다는 것이다.

"버림받는 건 그다지 좋은 기분이 아니군요. 더군다나 나 정도의 여자라면 도련님 아버지라도 함부로 대하지 못할 거라는 자신감이 있었는데 말이지요."

"아버님에게 여자는 아무것도 아닙니다."

"그러게나 말이지요. 하지만 이치카와 요시히로에게 내 젊음과 순결을 바친 대신 앞으로의 성공을 보장 받았으니 서로 주고받은 셈이에요. 그나저나 도련님은 왜 우시나요?"

여인은 자신도 우는 주제에 상대의 눈물까지 신경을 써 주었다. 타이요우는 여인의 말을 듣고 눈가를 문질러 보았다. 흠뻑 젖어 있는 눈가를 확인한 그는 입술을 앙다물었다. 여인은 더이상 캐묻지 않는 배려를 보여주었다.

"가스카노 미하로, 춤을 춘답니다. 기억해 두세요. 난 앞으로 대단한 여자가 될 거니까요. 어쩐지 우리는 친구가 될 수 있을 것 같군요. 이렇게 서로가 서럽도록 눈물을 흘리는 상황에서 마주치기란 어려운 일이잖아요."

굽 높은 구두가 대리석을 두드리는 소리가 났다. 끊임없이 눈물을 흘리면서도 흐트러짐 없는 자세로 저택에서 멀어지는 그녀의 모습을 지켜보며 타이요우는 울음을 삼켰다. 그러고는 별채 쪽을 바라보았다. 들썩이는 사치의 허연 둔부가 떠오르자 헛구역질이 올라왔다.

상냥하게 속삭여주고 거대한 저택 속에서 혼자라고 느끼던 외로움을 달래주던 유모였다. 그런 그녀가 자신이 없는 곳에서 경박스럽게 지껄이던 소리들이 환청처럼 들리자 타이요우는 두 귀를 틀어막았다.

"도련님?"

어느새 나타났는지 걱정스럽게 지켜보던 지로가 조심스럽게 그를 불렀다.

"나는 이곳이 싫어. 나는…… 나는 일본이 싫어! 정말 싫어! 아무도…… 이 빌어먹을 나라에 발붙이고 사는 인간들은 아무도 믿지 않을 거야!"

지로는 발작을 일으키듯 소리를 고래고래 지르는 소년이 가여워서 그저 지켜보기만 했다. 선대 때부터 대대로 이치카와 가문의 집사를 해 온 그는 앤과 타이요우가 느끼는 외로움을, 그들이 겉돌 수밖에 없는 이유를 이해할 것 같았다.

"도련님?"

기사가 부르는 소리에 과거를 헤매던 상념이 깨어졌다. 정신을 차린 타이요우가 창밖을 내다보았다.

"도착했습니다."

차 문을 열어주며 기사가 말하자 그때서야 저택의 본관 앞까지 도착한 것을 깨달았다. 그가 차에서 내리자 미리 대리석 계단 앞까지 나와서 기다리던 지로가 가까이 다가와 허리를 숙였다.

"이제 들어오십니까? 마님께서 진작부터 기다리시다가 조금 전에야 잠이 드셨습니다."

앤이 늦은 시간까지 타이요우를 기다리는 일은 그리 특별한 일이 아니었다. 그는 곧장 앤의 침실로 향했다. 닫혀 있는 그녀의 방문 앞에서 습관처럼 옷매무새를 다듬고 조용히 문을 열었다. 어둠 속에서 앤은 단정한 자세로 잠들어 있었다.

불을 밝히지 않은 채 가까이 다가간 그는 날이 갈수록 창백해지는 앤의 얼굴을 말없이 내려다보았다. 이불 위로 얌전히 포개어 놓은 두 손이 앙상하기만 했다. 도무지 잘 먹지 않는다는 하녀의 말이 떠올랐다. 인기척을 느꼈는지 선잠이 들었던 앤의 눈이 나른하게 떠졌다.

"왔니?"

"저 때문에 깨신 겁니까?"

"아니야. 그냥 잠을 깊이 자지 못해."

커다란 눈에 웃음기를 담아 보려고 하지만 뜻대로 되지 않는지 그녀는 슬그머니 시선을 돌렸다.

"일찍 좀 들어오려무나. 그나마 말 상대라고는 너밖에 없잖니."

"죄송합니다."

"얼굴 보았으니 됐어. 피곤할 텐데 쉬어야지."

앤은 이불 속으로 깊숙이 파고들었다. 물끄러미 바라보는 아들의 시선을 거부하듯 몸을 모로 돌렸다.

"주무세요."

흐트러진 베개를 바로 뉘여 주고 앤의 침실을 나온 타이요우는 마치 화풀이 대상이라도 되는 것처럼 넥타이를 거칠게 풀어헤쳤다. 영원히 이어질 것만 같은 긴 복도를 지나 마침내 도착한 침실에는 지로와 하녀 아이 하나가 시중을 들기 위해 미리부터 기다리고 있다.

"이제 막 목욕물을 받아 놓은 참입니다."

"됐어."

겉옷을 받아 들기 위해 등 뒤에 서 있던 지로가 잠시 멈칫 했지만 곧 뒤로 물러났다.

"시키실 일은 따로 없으십니까? 마실 것이라도……."

"지로"

"예, 도련님."

머리가 하얗게 샌 충직한 노인과 눈을 맞춘 타이요우는 피곤하다는 듯이 고개를 저었다.

"아무것도."

결국 홀로 남은 타이요우는 프록코트를 아무렇게나 던져두고 창문을 활짝 열었다. 맹렬하게 날아드는 칼바람에 머리가 갈기처럼 흩날렸지만 개의치 않았다. 몸에 걸친 모든 것들이 숨통을 조이는 것처럼 압박감이 들었다.

실오라기 하나 남겨 두지 않고 신경질적인 손길로 옷가지들을 훌훌 벗어 버린 그는 침실 옆에 붙어 있는 욕실로 들어갔다.

외국에서 들여온 고급스러운 타일로 장식이 된 욕실 천장에는 서양의 명화를 흉내 낸 그림이 그려져 있고 뿌연 수증기가 시야를 흐릿하게 가리고 있었다. 뜨거운 김이 모락모락 피어나는 욕조를 멍한 시선으로 내려다보던 그는 거친 물살을 튀기며 그 안으로 들어가 앉았다. 피로한 육체가 뜨거운 물에 담기자

온몸이 흐물흐물 녹아내릴 것처럼 노곤 노곤해졌다. 그러나 육체와 달리 정신은 또렷해지고 그가 느끼는 고질적인 공허감은 더욱 깊어지기만 했다.

'산다는 건 무엇이지?'

그것은 그에게 끊임없이 주어지는 숙제였다.

눈을 감고 일자로 다물린 입술에 힘을 주었다. 손으로 코와 입을 틀어막았다. 물이 점점 차갑게 식었다. 안색이 붉게 달아올랐다가 시퍼렇게 질리고 얼굴이 흉측한 괴물처럼 일그러져도 숨을 토해 내지 않았다.

"위험한 장난이에요."

따끔하게 나무라는 소리가 멀어지던 그의 의식 사이로 불식간에 끼어들었다. 천천히 코와 입을 틀어막았던 손을 내리고 막혀 있던 숨을 툭, 터트렸다.

"다 큰 어른이 그런 장난을 하면 쓰나요?"

사치!

반듯하게 개켜진 유카타를 들고 그녀가 요염한 미소를 지으며 타일렀다. 그러곤 물기가 침범하지 못한 선반 위에 유카타를 내려놓고 풍만하고 원숙한 몸을 흔들며 그에게 가까이 다가왔다. 하얀 면 수건에 물을 적시고 향기가 좋은 비누를 문질러 풍성한 거품을 만들어 낸 그녀는 매혹적일 만큼 각이 잘 진, 젊은 사내의 날씬한 육체를 탐욕스러운 눈길로 바라보았다.

"우리 도련님은 도대체 뭐가 그토록 마음에 안 드시는 걸까요? 이렇게 멋지게 자라신 분이."

말투는 아직도 일곱 살 소년을 대하는 듯 어르는 투지만 그 눈길은 욕정에 가득 차서 질척거렸다. 그녀는 비누 거품이 일어난 면 수건으로 타이요우의 넓은 등을 문질렀다. 각진 어깨와 긴 팔을 지나 슬그머니 탄탄한 하복부를 향해 손을 미끄러트렸다. 잠자코 몸을 맡기던 타이요우가 그녀의 손목을 거칠게 붙잡아 밀어냈다. 벌어진 유카타 사이로 그녀의 젖무덤이 보였다. 놀란 표정의 그녀를 그는 무감하게 보았다.

비누 거품이 남아 있는 채로 그가 욕조에서 일어서자 사치의 입에서 탄성이 흘러나왔다. 재빨리 마른 수건을 가져와 그의 몸을 닦아주려고 했지만 단호한 거부가 이어졌다. 젖은 몸 위로 유카타를 대충 걸치고 침실로 되돌아온 타이요우는 금박을 입힌 상자에서 시가를 한 대 꺼내 불을 붙였다.

"물기를 닦지 않으면 감기에 걸리실 거예요. 닦아 드릴 테니 얌전히 계세요."

"여자가 필요해."

그의 목소리가 어둡고 탁했다. 시가를 비뚤게 물고 유카타의 앞섶이 훤히 벌어진 그는 잘생긴 악당처럼 보였다. 물기가 뚝뚝 떨어지는 축축한 머리와 깊게 패인 갈색 눈을 홀린 듯이 바라보던 사치의 입술이 천천히 벌어졌다. 아예 드러내 놓고 창기처럼 유혹해 오는 그녀를 강하게 끌어당긴 타이요우는 허술하게 입혀져 있던 유카타를 굴곡진 여체에서 손쉽게 벗겨 냈다.

"으흠. 도련님…… 도련님!"

다급해진 사치의 마음과 달리 타이요우는 여유롭기만 했다. 움켜쥘 듯 움켜쥐지 않고 끌어당길 듯 밀어내며 거리를 두는 손 길에 더 이상 기다리지 못하고 그녀가 사납게 가르랑거렸다. 그 의 허리를 욕심 사납게 끌어안았다. 그의 목과 가슴에 그녀는 정신없이 입을 맞췄다.

점점 무릎을 꿇고 밑으로 내려가면서 그의 몸에 자신의 영역 을 표시하는 사치의 행위를 내려다보는 타이요우의 눈빛이 마 치 남의 일을 보는 듯 관조적이었다. 그러다 그가 그녀의 어깨 를 잡아 일으키자 방해받은 것이 몹시도 불만스러운 듯 사치의 입술이 붕어의 입술처럼 뻐끔거렸다. 타이요우는 더러운 오물 이라도 들러붙은 듯 그녀를 바닥으로 사정없이 내동댕이쳤다.

"나가"

바닥에 쓰러진 그녀는 어이없는 표정으로 그를 올려다보았 다. 그녀의 모습이 진흙 속에 뒹구는 시커먼 버러지 같았다. 타 이요우는 사치의 손길이 닿았던 몸을 구석구석 털어 냈다.

"제가 필요치 않으신가요?"

홍분이 미처 가시지 않아 소름이 들쑥날쑥 하는 벌거벗은 몸 을 천박하게 비틀며 타이요우의 발밑으로 사치가 다시 기어들 어 왔다. 그녀는 내쳐진 것이 못내 아쉬운 듯 몸을 더욱더 꼬아 대고 혀를 날름거렸다. 허리 밑으로 흘러내렸던 유카타를 다시 걸쳐 입고 오비를 둘러 묶으면서 타이요우는 그녀에게 붙잡힌 발을 뒤로 빼냈다. 입에 물고 있던 시가를 재떨이에 짓이기는 모습이 아무 일도 없었던 것처럼 무심해 보였다.

"전 도련님을 즐겁게 해드릴 수 있답니다. 그렇게 할 수 있도록 제게 기회를 주세요."

다급한 마음에 억지로 웃으며 사치가 애원했다. 지금 같아서라면 길 가는 아무 남자에게나 던져 주어도 주저 없이 달려들 것처럼 그녀는 발정한 몸을 주체하지 못하고 있었다.

"나가란 말 안 들리나?"

그가 끝내 요지부동이자 웃음기가 싹 사라진 사치의 눈에 독기가 서렸다.

"우리 도련님께서 왜 갑자기 마음이 바뀌셨을까요?"

모멸감을 감추기 위해 비아냥거리며 보란 듯이 몸을 반듯하게 일으켜 세웠다. 사치는 오히려 의도적으로 가슴을 더욱 앞으로 내밀었다.

"늙고 추한 육체야. 천박하기 짝이 없어. 그런 건 길가의 비렁뱅이들에게나 어울릴 육체지, 내게는 아니야. 아랫도리가 정 진정이 안 된다면 그들에게나 가 보지 그러나?"

오만하면서도 잔인한 조롱은 결국 그녀의 몸을 차갑게 식히는 데 성공했다. 사치는 수치심과 분노로 차마 말을 잇지 못하고 벗어 놓았던 옷가지를 떨리는 손으로 집어 들었다. 타이요우가 친히 방문을 열어 주자 미처 옷도 챙겨 입지 못한 상태로 밖으로 나갔다. 그녀는 저주스러운 표정으로 그를 노려보았다.

"어릴 때부터 살뜰히 돌봐 준 유모를 이런 식으로 대우해도 되나요, 도련님?"

"보통 다른 유모들은 젖가슴을 훤히 내보이면서 자신의 도련님을 유혹하진 않을 테니까 이럴 일이 없겠지만, 넌 좀 다르지."

"예의 바르지 못한 그 말을 언젠가는 후회하게 될……!"

그녀가 말을 다 끝내기도 전에 타이요우가 방문을 '쾅!' 닫아 걸었다. 다시 혼자가 된 그는 새로운 시가를 입에 물고서 사람이 서넛이 자도 남을 만큼 커다란 침대 위에 드러누웠다. 천장으로 향하는 시가 연기가 몽글몽글했다. 끝까지 올라가지도 못하고 연기는 허무하게도 사라져 버렸다.

'산다는 건 무엇이지?'

삶에 의미를 두는 것 자체가 어쩌면 바보스러운 일일지도 몰랐다. 어미 뱃속에 잉태되었을 때부터 본인의 의사는 무시된 것이나 마찬가지였으니까 말이다.

피부색도, 머리색도, 생김새도 그 무엇 하나 뜻대로 태어난 것이 아니었다. 시작이 그러한데 삶이 어디 제 뜻대로 된단 말인가. 그런 삶에 의미를 부여하는 것은 웃기는 짓이라고 생각했다.

'그러니 삶이여, 네 뜻대로 흘러라.'

타이요우는 오늘도 어제와 마찬가지로 혹은 그제와 마찬가지로 지루하기만 했다.

타이요우의 침실을 쫓기듯 나와 자신의 방으로 돌아온 사치는 치미는 화를 어쩌지 못하고 손에 잡히는 대로 물건들을 집어 던졌다. 씩씩거리는 그녀의 눈빛이 순간적인 광기로 번뜩거렸다.

솜털이 보송보송한 어린아이 시절부터 부모의 관심도 받지 못하고 친척들의 질시와 따돌림 속에 있는 것을 보살펴 주고 살갑게 굴어준 자신에게 그가 이럴 수는 없었다.

그녀는 분노한 와중에도 그의 길고 날씬한 몸에 탄탄하게 자리 잡은 근육들을 떠올리며 열에 들뜬 한숨을 내쉬었다. 그녀의 한숨이 깊어지고 빨라질 때마다 젖무덤 또한 함께 출렁거렸다.

3장
매혹, 누구의 잘못인가

즉위식이 이틀 앞으로 다가왔다. 열도 전체가 코앞으로 다가온 행사로 인해 흥분의 도가니였고 가스카노 무용 연구소는 경축 공연 준비로 눈코 뜰 새 없이 바쁜 나날을 보내고 있었다.

군무를 추게 될 다른 무용수들도 열심이었지만 그중에서도 특히 솔로 경연을 하게 될 석정과 히토미는 연습에 한 치의 소홀함이 없었다. 기숙사 복도에서 각자의 방에서 또는 연습실에서 장소를 불문하고 연습에 매진했고 그밖에 여러 가지 준비들로 연구소 전체가 어수선하게 들뜬 상태였다. 그들은 모두 두어 시간 즈음 후에, 도쿄 철도역에서 기차를 탈 예정이었다.

떠날 시간이 다가올수록 무용수들은 발꿈치를 들고 점점 더 바삐 뛰어다니기 시작했다. 한쪽에서는 개인 무용 용품에서부터 즉위식 축하연 구경 때 입을 드레스와 장신구를 챙기기에 정신이 없고, 다른 쪽에서는 서양 여자들처럼 아름다운 컬을 만들기 위해 거울 앞에 서서 달군 젓가락처럼 생긴 뜨거운 전기 아이롱으로 뻣뻣한 모발을 이리저리 말아 보며 용을 쓰고 있었다. 그러다 머리 모양이 뜻대로 나오지 않으면 짜증을 부리고 실의에 빠지기 일쑤였다.

그녀들 모두에게서는 하나같이 분내가 진동을 했는데 허연 분가루가 층층이 쌓아 둔 공연 짐들 사이에서 풀풀 솟아오르는 투명한 먼지와 뒤섞여 사방을 안개처럼 뿌옇게 물들였다.

바지 주머니에 손을 깊숙이 찔러 넣은 타이요우는 미하로의 방으로 직행했다. 그는 별로 좋은 기분이 아니었다. 그럴 필요 없다는 미하로에게 극구 교토 궁까지 자신이 에스코트하겠다며 고집을 피운 차였다.

─쾌락과 퇴폐가 아니면 죽음을 달라는 희대의 탕아께서 어쩐 일로 한가해 보이네요. 이곳이 탕아의 새로운 놀이터인가요?

지난 며칠 동안 무용 연구소를 제집처럼 들락거리는 그를 보고 특유의 냉소로 빈정거리던 미하로의 말이 귓가에서 맴돌았다. 스스로도 무슨 짓인가 싶어 자문자답을 해 보지만 소용없었다. 딱히 볼일이 있는 것도 아니었다. 길바닥에 달라붙은 찌꺼기처럼 미하로 옆에서 부질없이 수다나 떠는 것이 전부였다. 그는 연구소 어딘가에 있을 석정에 대해서 생각했다. 그녀의 존재가 그의 걸음을 자꾸만 연구소로 향하게 만들었다.

그녀는 지금 무엇을 하고 있을까? 역시 분내를 풍기면서 열심히 머리를 말고 있을까? 어쩌면 바닥에 잔뜩 쌓아 놓은 드레스들을 일일이 입어 보며 한숨을 짓거나 만족스러운 미소를 짓고 있을지도 모르지. 장신구를 귀에도 대보고 목에도 대보며 무엇을 걸쳐야 할까 심각하게 고민을 하고 있거나.

이러한 것들을 관심이라고 할 수 있다면 실로 오랜만이었다. 타인에게 진지한 관심을 갖는 것은 그가 원하던 일이 아니었다. 관심의 대상이 여인이라면 더더욱 반갑지 않았다. 이성에 대한 관심이야말로 인간이 미쳐 가는 가장 빠른 지름길이 아니던가.

시기, 질투, 욕망, 소유욕과 같은 감정의 찌꺼기들은 대체 어디서부터 흘러나오는 걸까? 그것들이 밀물처럼 들어와 썰물처럼 나가고 나면 남는 것은 허무뿐. 지독한 외로움이 종국엔 친구가 될 터였다.

그 여자 때문이었다. 그녀 때문에 불쾌하고 초조했다. 전에 없이 불안했다.

사방에서 부산을 떨며 발을 구르던 연구소의 무용단 단원들이나 연습생들이 그를 보고 좌우로 비켜섰다. 말로만 듣던 이치카와 타이요우를 보는 그녀들의 눈동자에서 동경의 빛이 떠올랐다가 푸시시 꺼져 들었다. 어차피 올라가지 못할 나무였다.

방문을 열고 나오는 미하로를 발견하고 타이요우가 가볍게 목례를 했다. 미하로 역시 그에게 간단히 고개를 숙이더니 근처를 지나가던 유카를 불러 세웠다. 그녀는 이번에 군무를 추게 되어 매우 기뻐하는 중이었다.

　무사히 공연이 끝나고 나면 연구소의 정식 단원으로 뽑히게 될지 모른다는 기대감에 한창 들떠 있었고, 운만 좋다면 다른 동무들과 마찬가지로 멋진 화족 출신의 남자 한 명쯤 꿰찰 수도 있으니 여간 설레는 일이 아니었다.

　"스즈키, 가져다 달라고 부탁한 토슈즈는 어떻게 됐나요?"

　"아, 예. 선생님. 얼마 전에 무용단의 일부 비품들을 모두 지하실로 옮겼거든요."

　유카는 흑백 필름 속의 인기 배우를 직접 보기라도 한 것처럼 타이요우를 신기한 눈초리로 훔쳐보면서 생글거렸다.

　"물론 나도 비품들을 모두 지하실로 옮긴 사실은 알고 있답니다."

　미하로의 이맛살이 찌푸려졌다.

　"집사님께서 공간이 많이 남는 데다 비품들이 원래 있던 공간을 좀 더 효율적으로 사용하는 것이 어떻겠냐며 제의하셨죠."

　"그랬었죠."

　"네, 그런데 전 그만 그런 사실을 까맣게 잊고 원래 비품들이 있던 곳까지 갔다가 아차 했지 뭐예요. 할 수 없이 다시 지하실로 향했죠 뭐. 제가 건망증이 좀 심하거든요. 아시죠, 선생님?"

'그래 보이는군요. 내가 무슨 질문을 했는지 아직 기억은 하고 있나요?'

답답한 마음에 미하로가 이마를 짚자 옆에서 지켜보던 타이요우가 키득거리며 웃음을 터트렸다. 유카는 더 신이 난 투로 떠들었다.

"선생님께 빨리 토슈즈를 가져다 드릴 생각으로 서두르는데 마침 석정이 지하실 계단을 내려가고 있지 않겠어요? 그녀가 저더러 지하실에 내려가냐고 묻기에 선생님께서 신으실 토슈즈를 찾으러 간다고 했더니 자기도 마침 비품을 찾으러 가는 길이라면서 같이 가지고 오겠다고 했어요. 조금 있으면 가지고 올 거예요. 선생님."

드디어 할 말을 다 했는지 빙그르르 돌아서서 가던 그녀가 무언가 더 할 말이 남은 듯 잽싸게 돌아왔다.

"정말 이상하지 않으세요, 선생님? 석정이 지하실에 내려가는 걸 목격한 것이 벌써 세 번째예요. 오늘을 뺀 다른 두 번은 모두 밤에 내려가는 것을 제가 보았거든요."

지하실은 밤늦은 시각에 내려갈 만한 일이 없는 곳이었다. 전에는 낡고 구닥다리가 되어 더 이상 쓰기도 뭣하고 그렇다고 버리자니 그것도 쉽지 않은 고물들이나 방치해 두던 장소였고, 비품들을 옮긴 후에도 매일 아침 연습이 시작되기 전에 필요한 비품들을 충분히 나누어 주기 때문에 연습생들이나 단원들이 홀로 지하실로 내려갈 필요가 없었다.

하지만 달리 생각해 보면 석정은 연습량이 남들보다 훨씬 많아서 토슈즈 하나를 신더라도 더 빨리 닳아졌다. 아침에 남들과 똑같이 토슈즈를 공급 받아도 밤 시간이 되면 부족해지는 경우가 그녀라면 간혹 있는 일이었다. 무슨 상관이냐는 듯 미하로의 반응이 심드렁했다.

"토슈즈가 떨어졌었나 보군요. 석정 양이 근래 들어 독무 연습한다고 밤마다 연습실을 사용하면서 구슬땀을 흘리고 있으니까요."

"물론 그렇겠죠. 선생님."

약간은 경박스러운 태도로 어깨를 으쓱인 유카가 자리를 뜨자 미하로는 자신의 방으로 타이요우를 불러들였다. 문을 닫으면서 그녀는 피곤한 표정으로 고개를 설레설레 흔들었다. 수다스러운 것은 딱 질색이었다. 타이요우가 제집처럼 장식장 안의 술을 꺼내더니 술잔을 채워 미하로에게 내밀었다.

"저 아가씨와 대화라는 걸 하기 위해서는 대단한 인내심이 필요하겠어요, 미하로."

술잔을 입에 물고 여행 가방을 챙기던 미하로가 그를 흘끗 돌아보더니 말도 말라는 표정이다. 그녀는 술잔을 간이 탁자 위에 내려놓고 옷가지들을 차곡차곡 여행 가방 안에 개켜 놓으면서 말했다.

"아마 우리 연구소에서 상상력이 가장 풍부한 아가씨일걸요? 온갖 종류의 조그만 일에도 호기심을 느끼고 다양한 의미를 붙

186 스걸들 1930

이죠. 그녀는 그리 대단하지도 않은 일들을 항상 크게 만든답니다."

침대 옆, 폭신한 소파에 한쪽 다리를 꼬고 앉은 타이요우는 술을 입안에 털어 넣었다.

"예술을 하는 사람에게 호기심은 당연한 것 아닌가요?"

"그녀의 호기심이 부디 예술적 창의력으로 발전이 된다면 좋으련만 불행히도 그렇지 않더군요. 스즈키 양은 그저 가십거리를 원하는 것뿐이랍니다."

"사람들은 언제나 가십거리를 찾죠."

자리에서 일어난 그는 벽거울 앞에서 자신의 모습을 점검했다. 어느 정도 거울 속의 모습이 마음에 들었을 때 침실 밖으로 나가기 위해 몸을 돌리자 미하로가 방문을 가로막고 섰다.

"지루한가요?"

그녀가 뜬금없이 물었다.

"끊임없이. 늘 그렇습니다만."

"이봐요, 도련님. 가십거리를 만들지 말아요."

미하로는 팔짱을 끼고 그를 보았다. 마치 말썽 피우다 들킨 사내아이를 훈계하는 가정교사처럼 보였다. 타이요우는 짐짓 그녀가 무슨 말을 하는지 모르겠다는 듯 능글맞은 미소를 지었다. 그러나 그 미소도 잠시 뿐 여전히 표정을 풀지 않는 미하로의 모습에 그의 입술이 일직선을 그었다.

"어서 떠날 준비를 하지 않으면 검은 기차가 당신만 남겨두고 떠나 버릴 겁니다."

그의 충고에도 그녀는 문에서 쉽게 비켜날 생각이 없어 보였다.

"시작하지 말아요."

"무엇을 말입니까?"

"고약한 도련님. 아무리 잘난 척해도 당신은 햇살 좋은 날 대성통곡하던 어린 도련님일 뿐이에요. 적어도 내게는 말이죠."

"저처럼 잘빠진 건장한 사내를 본 적이 있습니까?"

그가 인정하지 못하겠다는 듯 부루퉁한 목소리로 반문했다. 미하로는 그의 팔을 잡아 조금 전 그가 앉아 있던 소파로 이끌었다. 억지로 앉혀진 것이 불만스러운 듯 타이요우의 눈 사이가 좁혀졌다. 미하로가 파이프 담배를 입에 물고 허리를 숙이자 그가 불을 붙여주었다.

"사실은 망설이고 있지 않나요? 그녀에게로 향하는 눈길을 붙잡고, 그녀가 있는 곳으로 향하는 발걸음을 붙들고 그렇게 주변만 서성이면서요."

미하로의 말이 정곡을 찔렀다. 타이요우는 부러 평온한 표정을 지었다. 제법 속내를 잘 숨기는 것처럼 보였지만 미세하게 꿈틀거리는 턱이 안타깝게도 미하로의 눈에 포착되었다.

"그것 봐요. 벌써부터 동요하는군요."

타이요우가 자리를 박차고 일어났다.

"지루하기만 한 인생에 흥밋거리가 생긴 모양이지만……. 타이, 책임질 자신도 없잖아요. 그렇죠?"

거친 걸음으로 문 앞까지 간 그가 문손잡이를 꽉 쥐었다. 미하로는 짐을 다 싸자 여행 가방을 한쪽으로 치웠다. 그러고는 옷장 문을 열어 외출용 옷 몇 벌을 꺼내 몸에 이리저리 대보았다. 그중에서 마음에 드는 검정 드레스 한 벌을 침대 위에 펼쳐 놓더니 보석함을 열고 드레스에 어울리는 보석 몇 개를 골라냈다.

"나를 믿어야 할 거예요, 도련님. 그렇지 않으면 두 사람 모두에게 상처가 될 테니."

그녀는 휘장이 쳐진 칸막이 뒤로 돌아가 입고 있던 실내복을 벗었다.

"계속해서 못 알아들을 소리만 하시는군요. 가스카노 미하로."

"눙치지 말아요. 무슨 말인지 알면서. 내가 석정 양에게 그랬어요. 사랑을 하라고 했죠. 연애도 하고요. 하지만 당신은 아니에요."

"무슨 말이죠? 저 같은 범인은 도통 모르겠다니까요."

칸막이에 벗은 옷을 걸쳐 두고 얇은 속옷 차림으로 밖으로 나온 미하로가 스스럼없이 타이요우 앞에 섰다. 그 역시 상대의 속옷 차림은 보이지 않는지 그녀의 얼굴만 빤히 바라보았다.

"이런, 이런. 시치미 떼는 것 좀 보라지. 하지만 내게 이미 다들컸다고요, 도련님."

"미하로."

"이치카와 요시히로. 그가 왜 타이의 여성 편력을 보고만 있는 줄 알아요? 그건 그 여자들이 그대에게 지나는 순간 그 이상도 이하도 아니기 때문이죠. 하지만 석정 양은 예외로 보이던걸요? 아무것도 아닌 여자를 바라보는 눈빛이라고 하기에 그녀를 바라보는 타이의 눈빛은 참 대단해요. 한여름에 내리쬐는 태양처럼 강렬하죠."

"내가 말인가요?"

"거짓말쟁이. 엉큼하게 모른 척하기는. 하여간 시작하지도, 건들지도 말아요, 도련님. 그대의 아버지가 그녀를……."

미하로의 목소리가 비밀을 폭로하듯 한층 내밀해졌다.

"망가트려 버릴 테니까요."

그녀의 말에 타이요우의 표정이 얼음장처럼 차갑게 굳었다.

"진심 어린 충고를 받아들이죠. 마담."

석정은 철환을 보기 위해 지하실로 향하고 있었다.

'하필이면 유카랑 또다시 마주칠 건 뭐람.'

미하로의 토슈즈를 가지러 지하실로 내려간다는 유카를 만류하고 자신이 대신 챙기기로 한 그녀는 나무 계단을 내려갔다. 철환에게 건네줄 옷 보따리를 꽉 붙들면서 바짝 마른 입술을 깨물었다.

─그 보따리는 뭐에 쓰는 거야?

호기심을 드러내는 상대의 물음에 어떻게 대답했는지 기억도 나지 않았다. 별것 아니라며 대충 얼버무렸는데 유카가 그쯤에서 물러서 준 것이 한없이 고마울 지경이었다.

담담해 지려고 해도 이번 일 만큼은 도무지 초연해지지가 않았다. 다행히 다른 이에게 들키지 않고 며칠을 버텨낼 수 있었지만 지하실로 내려가는 것을 몇 번이나 유카에게 들킨 것이 마음에 걸렸다.

'맙소사, 폭탄이라니!'

그것도 전 일본인이 신으로 떠받드는 그들의 덴노에게 말이다. 아무리 죽기를 각오한 일이라지만 정말이지 어마어마한 일이었다. 수시로 좌우를 살피며 지하실까지 내려간 석정은 누가 볼세라 얼른 쪽문 안으로 들어가 문을 걸어 잠갔다. 불빛도 제대로 들지 않은 지하실 쪽방에서는 마지막 작업을 막 끝낸 철환이 초조한 듯 서성이고 있었다.

"조금 전에야 완성이 돼서 기다리던 참입니다."

그가 내민 것은 손바닥보다 큰 분합이었다. 그냥 보기에는 뚜껑의 겉 표면이 푸른 비단으로 감싸여 있으며 그 위에 붉은 장미가 수놓아진 우아한 여성용 물건이지만 사실은 분합 자체가 주철로 이루어진 딱딱한 폭발물이었다. 석정은 위험한 용도와 전혀 상관이 없어 보이는 곱고 아름다운 물건을 순간 넋을 놓고 바라보았다.

"가스카노 무용단의 공연이 끝난 다음 즉위식 날의 마지막 순서로 교토 궁 궁원(宮園)원에서 축하 연회가 있습니다."

철환은 며칠 밤을 지세우면서 폭탄을 제작하는 일에만 몰두한 탓으로 푸석해진 얼굴을 거칠어진 손으로 문질렀다.

"오로지 극소수의 귀빈들만이 참석할 수 있는데 그보다 신분이 낮은 이들은 궁원 밖, 경계 너머에서 그들의 화려한 연회를 구경할 수 있도록 개방한다고 합니다. 대단한 서양식 파티가 될 거라고 말입니다."

"제가 이 물건을 어떻게 하면 되나요?"

석정이 묻자 철환은 잊고 있었다는 듯 두 눈을 껌벅이더니 고개를 좌우로 흔들었다.

"키무라 상이 그 아비와 함께 축하 연회에 참석할 거라고 호텔에서 듣지 않았습니까?"

"키무라 가문이 그런 자리에 참석할 수 있을 정도로 대단한가요?"

"가문이랄 것도 없습니다. 본래 키무라 상의 아비인 키무라 마에다는 뒷골목 낭인이었는데 그 뒷배가 이치카와 요시히로라고 합니다. 그자의 거의 모든 구린 일들을 키무라 마에다가 도맡아 한다고 말입니다. 그러니 낭인 출신의 길거리 무뢰배가 사업가입네 하고 행세할 수 있는 겁니다. 천박한 졸부기는 하지만 쓸모가 아예 없는 건 아닙니다."

신랄하기 그지없는 철환의 설명을 들으면서도 석정은 분합의 새빨간 장미에서 눈길을 떼지 못하고 있었다.

"전 연회장 안으로 들어갈 수가 없어요."

"호텔에서도 말했지만 석정 양은 연회장 주변에 서성거리다가 다가오는 키무라 상과 자연스럽게 부딪치면서 분합이 들어 있는 손가방을 떨어트리기만 하면 되는 겁니다."

　그러면서 철환은 자신의 가방을 열어 여성들이 가지고 다니는 작은 손가방을 하나 꺼냈다. 가방을 받아 든 석정은 그것이 긴자의 와코 백화점에만 파는 고급 수입품인 것을 단박에 알아차렸다.

"손가방을 바꿔치기하라는 건가요?"

"키무라 상도 똑같은 가방을 들고 나올 테니 어색하지 않게 바꾸는 겁니다. 나머지는 그녀가 알아서 할 테니 더 이상 신경 쓰지 말고 바로 가스카노 상을 찾아야 합니다. 모 동지도 말했다시피 절대로 가스카노 상과 떨어지지 말고 그 옆에 있어야 합니다. 그것만이 석정 양의 행적을 증명할 수 있는 유일한 방법입니다."

"하지만 이건 너무 작은 걸요? 겨우 내 손바닥만 한데요. 이렇게 작은 걸로 어떻게……."

　석정은 손에 들린 분합과 손가방을 보며 이토록 고운 물건이 여러 사람을 죽이는 폭탄이 될 수도 있다는 사실이 신기하면서도 두렵게 여겨졌다. 그녀의 모습을 물끄러미 바라보던 철환의 목소리가 다소 온유해졌다.

"모든 일이 계획대로 잘 될 겁니다."

석정의 긴장을 풀어주고자 한 말이지만 그녀는 마음이 쉽게 놓이지 않았다.

"지금 밖에서는 교토로 가기 위한 준비가 한창이에요."

석정이 챙겨온 옷 보따리를 철환에게 내밀었다.

"공연에 필요한 짐들을 나르기 위해 일꾼들을 새로 고용했어요. 짐꾼처럼 꾸미고 나오시면 다들 정신없이 바빠 다른 이에게 신경을 쓸 틈이 없을 테니 무사히 이곳을 빠져나갈 수 있을 거예요."

옷 보따리를 받아 들면서 석정을 보는 철환의 눈길이 새삼스러웠다. 본인 말로는 특별한 소명 의식 따위는 없다고 했지만 단순히 오라비에 대한 애정만으로 이런 위험한 일에 끼어들기란 쉬운 일이 아니었다.

그녀는 시종 차가운 태도로 일관하면서도 성심껏 그를 숨겨주었고 마지막까지 도움이 되고자 노력하고 있었다. 그것은 감사할 일이었고 처음 그녀를 보고 생각한 것처럼 그리 양심이 없다거나 별다른 문제의식이 없는 여성은 아닐 것이란 생각이 어렴풋하게나마 들었다.

"서두르세요."

뒤돌아 문 쪽을 보고선 석정이 재촉했다. 퍼뜩 사념에서 깨어난 철환이 그녀의 재촉에 후다닥 걸치고 있던 옷을 벗은 다음

허름한 옷을 몸에 끼워 넣었다. 한시라도 빨리 일본을 벗어나야 했다. 즉위식 기간이라 각 항구며 철도마다 검문검색이 철저하겠지만 폭탄이 터지고 나면 더욱 심화될 것이 분명했기 때문에 지체하고 있을 여유가 없었다.

뿐만 아니라 연구소 사람들이 교토로 떠난 후 휑하니 빈 건물에서 빠져나오는 것이 오히려 사람들의 눈에 띌 가능성이 더 컸다. 차라리 사람이 한창 드나드는 이때에 조용히 묻어서 정문으로 나가는 것이 훨씬 안전한 방법이었다.

"어서 갑시다."

"잠시만……!"

짐꾼 복장을 갖춘 철환이 나서서 쪽문을 열자 석정이 그의 팔을 붙잡았다. 그녀의 손이 팔에 닿자 그는 불에 덴 듯 흠칫 놀랐다.

"어디로 가시나요?"

철환은 곤란한 표정이 되었다. 1927년 카프의 1차 개편, 방향 전환이 있은 후 조직의 목적의식은 더욱 뚜렷해지고 예술은 투쟁의 방법이 되었으며 정치적 성향은 더욱 강해졌다. 그들은 점점 더 볼셰비키화를 주장하게 되었다.

그러나 아무리 예술의 볼셰비키화를 주장해도 일제의 문화, 예술의 집중적인 탄압 앞에서는 한계가 있었다. 조직은 일제의 탄압 아래에서 더욱 세분화되고 치밀해질 수밖에 없었다. 여전히 문화, 예술 운동에 힘을 쏟았으며 ―그러나 1927년 발간한 기관지 '예술 운동' 이 폐간되고 원고 압수와 검열 등으로 '전선'이나 '집단' 등의 잡지를 더 이상 발행할 수가 없었다— 그 아래로는 비밀 지하조직을 만들기에 이르렀다. 비록 필요에 의해 석정의 도움을 받았지만 여전히 그녀는 조직 밖의 사람으로 그에 관한 정보는 일절 발설할 수 없었다.

조직은 그저 문화나 예술만으로는 완전한 투쟁이 어렵다는 것을 깨달았을 때 폭력적 혁명으로 돌아섰다. 그간 크고 작은 여러 의거들에 카프의 지하조직이 개입되어 있었고 자칫 정보가 새어 나가 이번 의거에 관련된 자가 하나라도 붙잡히면 나머지 의거까지 줄줄이 딸려 들어갈 가능성이 농후했다.

"모르는 편이 석정 양을 위해서도 낫습니다."

"지난번 다이코쿠 호텔에서 뵌 뒤로 더 이상 오라버니의 소식을 알 수가 없어요."

석정이 실망한 기색을 금치 못하자 그는 미안한 생각이 들었다. 당국의 집중된 감시를 피하기 위해 조직은 역할을 굉장히 세밀하게 나누었다. 이번에 정일이 맡은 임무는 폭탄을 제작하는데 들어가는 여러 재료들을 구하는 일이었다. 그렇게 구한 물건은 제3자를 통해 전달하는데 이번엔 심부름 값을 톡톡히 챙겨 받은 비렁뱅이 아이가 그것들을 석정에게 가져다주었을 뿐 정일은 누이에게도 모습을 드러내지 않고 있었다.

"모정일 동지는 무사할 겁니다."

"고베 항으로 가시나요?"

물론 그는 고베 항으로 가야 했다. 그곳에서 정일과 만나 배를 타기로 연구소에 숨어들기 전부터 약속이 되어 있었다. 그러나 그는 고개를 흔들고 입을 다물었다. 만에 하나 거사 후에 체포된 그녀가 끝까지 입을 다물고 있을지 못미더웠다.

석정은 더 이상 캐묻지 않았다. 그녀는 철환이 짐꾼 옷으로 갈아입고 벗어 놓은 옷가지 속에 분합과 손가방을 숨겨 둘둘 말아 보따리를 만들었다. 그것을 품에 안아 들고 철환보다 먼저 쪽문을 열고 나갔다. 그녀는 전날에 봐 두었던 커다란 나무 상자를 가리켰다.

"저기 있는 나무 상자를 등에 지고 따라오세요."

무명천으로 돌돌말린 끈을 양쪽 어깨에 메고 상자를 짊어진 철환은 커다란 덩치를 한 것 구부렸다. 정작 상자는 비어 있어서 가벼웠으나 혹여 다른 이들과 눈이라도 마주칠까 봐 부러 더 구부렸다.

다행히도 석정이 짐꾼과 함께 지하실에서 올라오는 것을 눈여겨보는 사람들은 없었다. 평범한 다른 날들이면 무슨 일인가 했겠지만 오늘은 모두들 무심했다. 그녀가 하는 모든 일이라면 가시눈을 뜨고 지켜보던 히토미조차 잰걸음으로 그 앞을 횡하니 지나쳤을 뿐이다. 무수한 발걸음이 오가는 것을 사이에 두고 무표정하게 서 있던 타이요우와 눈이 마주치자 석정은 저도 모르게 움찔하면서 옷 보따리를 쥔 손에 힘을 주었다.

"저, 짐은 어떻게 할까요, 아가씨?"

철환의 질문에 그녀의 목소리가 다소 고압적으로 튀어나왔다.

"대문 밖으로 옮기도록 하세요. 아직도 옮겨야 할 짐들이 많으니까 서둘러요."

"예, 아가씨."

머리에 쓰고 있던 챙 넓은 밀짚모자를 한 번 더 깊게 눌러쓰면서 철환은 석정과 타이요우를 지나쳐 건물 밖으로 나갔다. 그가 무사히 빠져나가는 것을 확인하기 위해 석정이 바로 뒤따라 나가면서 타이요우에게 차가운 눈길을 주었다. 그녀의 눈길을 고스란히 받아 내며 타이요우가 삐딱한 자세로 거수경례 흉내를 냈다.

'얄미운 남자.'

장난스러운 동작마저도 숨이 막힐 정도로 멋진 남자였다. 그는 거의 매일 연구소를 찾아오고 있었다. 물론 그가 이곳에 와서 찾는 사람은 미하로지만 석정은 그가 자신의 주변을 맴돌고 있는 것은 아닐까 하는 착각이 들었다.

　　—……그가 지대한 관심을 가지고 있는 것처럼 보이더군요.

미하로가 했던 말이 머릿속에서 떠올랐다.

'만일 그렇다면…… 왜?'

의문을 가진 그녀는 곧 그럴 리가 없다며 실소를 지었다.

　자신의 뒤를 집요하게 쫓는 타이요우의 눈길을 애써 무시하며 밖으로 나온 석정은 골목길을 두리번거렸다. 그러자 좁은 사잇길 사이에 숨어 있던 철환이 모습을 드러냈다. 지켜보는 눈이 있는 건 아닌지 확인을 한 석정은 치마를 붙잡고 골목을 뛰어와 사잇길로 들어섰다. 그녀는 한 박자 숨을 쉰 뒤 빠르게 말했다.

　"오라버니에게 전해 주세요. 어디에 계시든 무슨 일을 하시든 절대 아프지도 마시고, 다치지도 마시고, 붙잡히지도 마시라고, 저는 걱정하지 마시라고 그렇게 전해 주세요."

　"폭탄이 터지면 석정 양은 상상할 수도 없는 고초를 겪을지도 모릅니다. 모 동지보다도 석정 양이 더 위험한 상황인 건 아십니까?"

　철환의 염려에,

　"모르지 않지만 때로는 위험과 고통에 순응해야 할 일이 있지 않을까요? 이미 저는 초연해질 마음의 준비가 되어 있어요. 처음에 이 일을 승낙할 때 각오한 바예요."

　마음속 불안함이야 어떻든 답하는 석정의 말투는 담담했다. 불현듯 철환의 잠재되어 있던 기억 속을 파고드는 장면이 있었다. 두 해 전이던가? 경성에서 고등경찰과 조선인 형사들에게 쫓길 때 그에게 도움을 주었던 한 소녀의 모습이 선연했다. 제 오라비가 떠올라 도움을 주었다던 소녀의 모습이 지금 눈앞의 여인과 꼭 닮아 있었다.

"본정통에 있던 미쓰코시 오복점 건너편의 노천 커피숍……
혹시 기억이 납니까?"

석정이 커다래진 눈으로 그를 보았다.

"맥고모자!"

그제야 생각이 났다는 듯 탄성처럼 중얼거리는 그녀의 말에
철환이 고개를 끄덕거렸다.

"몰랐어요. 그때는 모자를 쓰고 계셔서 얼굴을 잘……."

알아보지 못한 것이 겸연쩍었던지 석정의 목소리가 뒤로 갈
수록 잦아들었다.

"저도 지금 알았습니다. 모 동지에 대해서 이야기하는 모습
을 보고 생각이 났습니다. 그 당시에도 오라비를 생각하는 누이
의 마음이 기특하다 했습니다."

"무슨?"

"오라비가 생각나 저를 도와줬다고 하지 않았습니까?"

"아."

그녀를 보던 철환이 자세를 똑바로 했다. 그의 키가 훌쩍 커
졌다.

"강한 여자입니다, 석정 양은. 모 동지 역시 강한 사람이니 남
매가 언젠가는 마음 편하게 얼굴을 마주할 날이 있을 겁니다.
그날까지 무사하기를 바랍니다."

"철환 씨도 몸조심하시고 오라버니를 부탁드립니다."

석정의 마음을 편하게 해 주기 위해 철환이 과장되게 고개를 끄덕였다.

"그럼, 석정 양도 부디 교토에서 멋진 공연을 하시기를 기원하겠습니다."

석정의 무대를 보지 못하는 것은 꽤나 아쉬운 일이었다. 이 아가씨가 추는 춤은 과연 어떤 춤일까. 차가워 보이는 태도만큼이나 오만하고 도도한 춤일 것 같았다. 남모르는 상상을 하며 철환은 짧은 인사를 건넸다.

안녕히.

불안한 듯 치마를 와락 움켜쥐고 자신을 바라보는 석정의 모습에서 그는 낯선 기분이 들었다. 그것의 정체가 무엇인지 알 수 없지만 지금까지 어느 여인에게서도 느껴지지 않던 감정이 그에게 어떤 파장을 일으킨 건 확실했다. 그는 돌아서면서 이번 일로 혹여나 그녀가 다치지 않기를 기도했다.

보따리 속에 있는 분합이 천근처럼 무거웠다. 철환이 완전히 사라지는 것을 확인하고 별관 안으로 돌아오자 여행 가방을 가지고 방에서 나오던 미하로가 석정을 불렀다.

"석정 양!"

복잡한 머릿속 때문에 멍하니 기숙사 복도를 걸어가던 석정은 자신을 부르는 소리에 화들짝 놀라서 돌아보았다. 미하로가 잊은 것이 없냐는 표정으로 바라보자 그제서야 까맣게 잊고 있었다는 듯 낮은 신음을 토해 냈다.

"아, 토슈즈!"

"기억력이 좋은 편은 아니군요."

시끄럽게 떠들어 대는 여자들 틈에 있던 타이요우가 그들을 헤치고 나오며 끼어들었다. 발끈한 석정이 당장이라도 덤벼들 듯 이를 앙다물었다.

"챙겨야 할 것들이 너무 많았을 뿐이에요. 지금 당장 지하실로 내려가 토슈즈 꺼내 오는 일 정도는 아무것도 아니랍니다. 그러는 이치카와 상은 대체 왜 여기에 계시는 거죠?"

"꽃밭에 나비가 기웃거리는데 이유가 필요합니까?"

"정말이지 불건전하고 불량하기가 짝이 없는 분이시군요. 꽃은 긴자에도 많답니다!"

"어디로 날아가든 그건 나비 마음이죠."

말도 안 되는 트집이라며 타이요우가 억울한 표정으로 석정을 보았다. 서로를 보는 눈길에서 불꽃이 튀었다. 어느새 옆으로 밀려나 그들을 지켜보던 미하로가 중재에 나섰다.

"둘 다 그만 해요."

"이치카와 상만 입을 다물어 주시면……."

"난 숙녀 분들이 내 목소리를 좋아하는 줄 알았는데요?"

질세라 말을 가로채서 이기죽거리는 타이요우다.

"착각이 너무 심……."

"그만!"

미하로가 엄청난 성량으로 고함을 치자 바쁘게 돌아가던 연구소 전체가 순간 멈춰 버린 것처럼 사람들의 시선이 일제히 그들을 향했다. 별일 아니라는 듯 미하로가 손을 휘휘 내젓자 사람들의 시선이 금세 흩어졌다.

"정말 둘 다 그만두지 않으면 내 연구소에서 쫓겨날 줄 알아요. 진심이니까 조심해요. 아주 매몰차게 쫓아 버릴 테니까."

미하로의 엄격한 중재에도 불구하고 석정과 타이요우는 계속해서 서로를 노려보았다. 팽팽하게 당겨졌던 미하로의 이마가 깊게 주름졌다. 마치 말썽꾸러기 학생을 다루듯 가벼운 박수로 석정의 주의를 돌린 그녀는 손가락을 세우면서 경고했다.

"석정 양, 우리가 곧 교토로 떠난다는 사실을 잊어버린 건 아니겠죠? 여기 철이 덜 든 소년은 내버려 두세요. 서둘러서 짐을 챙기지 않으면 당신만 남겨두고 떠나 버릴지도 모릅니다."

예민하게 쏘아붙이는 미하로의 말에 석정이 마지못해 고개를 끄덕거렸다.

"서두르겠습니다."

"정말이지, 서둘러서 내 토슈즈 좀 가져다 달란 말입니다. 철도 안 든 어린애와 다툴 시간에 말이지요. 난 심지어 볼일을 볼 때도 토슈즈를 들고 있어야 안심이 되는 사람이에요. 그런데 지금 토슈즈가 없단 말입니다! 내가 교토에 가서 토슈즈를 신을 일이 있든 없든 상관없이 난 그게 있어야 한다고요. 알아듣겠어요?"

"물론입니다. 선생님. 당장 가져오겠어요."

미하로의 말이 떨어지기가 무섭게 구르듯이 지하실로 내려가는 석정이다. 그 모습을 지켜보던 타이요우가 경망스럽게 키득거렸다.

"내가 말한 적이 있던가요? 미하로의 그 아편에 중독된 것처럼 보이는 신랄함이 좋다고 말입니다. 큭큭."

"왜 아니겠어요? 이런 모습도 일종의 고뇌하는 예술가의 비뚤어진 매력인걸. 남성성을 내게 과시하고픈 생각이 들면 언제든지 말만 해요. 사랑하는 내 애제자만 건들이지 않는다면 얼마든지 놀아줄 테니까. 탕아는 탕아끼리 놀아야지 애먼 처자 건드리면 안 되는 거랍니다."

그러면서 타이요우의 아랫도리로 은근한 시선을 보내는 미하로다. 인상을 확 구긴 타이요우가 어이없다는 듯 두 팔을 벌리며 숨을 훅 토해 냈다.

"내가 아무리 쾌락과 탐미에 목숨 걸고 살다 장렬하게 운명하는 것이 목표인 사람이라 할지라도 부친의 과거 여인이었던 사람까지 탐낼 경지는 아니라서 말입니다."

"거봐, 거봐. 아직도 어리다니까. 순진해 빠져서는. 후후. 얼굴 빨개진 것 좀 보라지. 사내라도 되는 양 으쓱하고 다니면서 희롱이나 하고 다니면 자기가 최곤 줄 안다니까? 이치카와 타이요우 군, 그대는 아직도 어리답니다. 그러니 여기저기 휘젓고 다니면서 순결한 아가씨들한테 그 천박한 남성성을 자랑 못해 안달하지 말고 조신하고 겸손하게 좀 있으면 얼마나 예쁠까?"

막힘없이 술술 흘러나오는 미하로의 독설을 듣고 있자니 딱 벌어진 입이 다물어지지 않았다. 타이요우를 덜 자란 어린아이 취급하는 사람은 오로지 미하로 한 사람뿐일 것이다.

"왜 이래요, 미하로. 난 처녀보단 능숙한 과부 쪽을 더 좋아한 다니까요."

"그나마 못 말릴 탕아의 지푸라기만큼 남아 있는 양심이라고 하죠."

"원하신다면 얼마든지."

벽에 기대어 성의 없이 고개를 끄덕인 타이요우가 피식거리 며 팔짱을 꼈다.

"그러니까 이기지도 못할 운명 속에서 장.렬.하.게. 정사(情死)할 각오가 아니라면 내 사랑하는 제자를 향한 음탕한 시선 거두란 말이지요, 데카당스 나으리. 대체 내가 몇 번이나 경고를 해야 하는지 모르겠군요. 난 정말 친구 된 마음으로 진실 되게 말하는 거랍니다. 아! 참고로 난 애송이 남자 별로 안 좋아해요. 더구나 이치카와 남자들은 특히나 더 싫더라. 훗."

여왕처럼 턱을 치켜들고 눈썹을 홱 들어 올리는 미하로의 표정이 비웃음으로 가득했다. 한참 동안을 버티며 그녀의 날카로운 시선을 받아 내던 타이요우가 손뼉을 '탁' 마주치며 몸을 바로 세웠다.

"나란 놈은 이대로 살다가 죽을 때가 되면 관능적인 여자들

품속에서 저승행 기차를 타는 것이 목표인 놈입니다. 그녀들의 달콤한 살냄새를 맡으면서요. 그러니 미하로, 사랑이라는 것에 푹 빠져서 내가 당신의 제자를 끌어안고 현해탄을 뛰어내리는 낭만적인 일 따윈 결코 일어나지 않을 테니 안심하도록 해요."

"몇 년 전에 조선인 성악가 윤심덕과 그녀의 애인이 현해탄에서 정사했다지요. 그런 사랑은 아무나 하는 것이 아닙니다. 목표대로 다른 관능적인 과부들 품속에서 나름의 행복을 찾아봐요. 운명의 광풍을 피할 수 있다면 피해야지요."

"그런데 말입니다, 미하로."

저음의 목소리에 음울한 기색이 내려앉았다. 가늘어진 눈매가 사나워 보였다. 너무 몰아붙였다 싶었는지 미하로가 타이요우의 팔을 슬쩍 잡았다.

"내가 너무 매정하게 굴었나요, 타이?"

그가 팔을 뒤로 빼내며 그녀의 손길을 거부했다.

"진실된 그대의 충고는 한 번이면 족합니다. 자꾸 하면 기분이 우울해지니까요."

젊은이들의 사랑은 언제나 본능적이었다. 타이요우의 시선이 석정이 내려간 지하실 계단을 향하고 있었다. 미하로는 너무 늦어 버린 것이 아닐까 생각했다. 아무리 잘난 척 이성적인 척 굴어도 본능은 이성을 잠식해 들어갔다. 그들이 그것을 알게 되었을 때는 이미 사랑에 빠져들고 난 후일 것이다.

　　　　　　*　　　*　　　*

　　증기 기관차는 도쿄 역을 출발해 관영철도인 도카이도 본선
을 타고 이틀째 내리 달리다가 간사이역을 지나 마이바라 방면
이 되어서야 겨우 멈추어 섰다. 교토가 목적지인 승객들은 이곳
에서 환승해야 했기 때문에 연구소 사람들 역시 기차를 옮겨 타
게 되었다.

　　칙칙폭폭―

　　뿌연 연기를 뿜으며 내달리는 기차 소리가 흡사 자장가처럼
들리는지 모두들 곤히 잠이 든 것처럼 객차 안은 조용했다. 석
정은 장시간 여행과 불편한 자리로 인해 뻣뻣해진 몸을 이리저
리 비틀었다. 좁은 공간에 끼여 있느라 굳어 버린 뼈에서 우두
둑 소리가 날 것만 같았다.

　　그녀는 괴테의 파우스트를 읽기 위해 부단히도 노력하는 중
이었다. 외투를 두툼하게 껴입었는데도 매서운 겨울날씨는 여
지없이 그녀의 살갗을 찌르는 데다 3등 칸의 좁고 딱딱한 나무
좌석은 오래 앉아 있기 괴로울 지경이었다. 조선에서라면 당연
히 특실 칸을 이용했겠지만 지금은 연구소 동료들과 함께 움직
이기 때문에 그럴 처지도 아니었다.

　　석정은 무릎 위에 올려놓은 손가방으로 자꾸 시선이 향하자
깊게 들이쉰 숨을 '후' 토해 냈다. 분합 폭탄만 생각하면 심장이
급격하게 두근거리고 머리가 지끈거렸다. 가슴이 비정상적으

로 오르내리는 것을 달래 보려고 손바닥으로 꾹 눌러보지만 소용이 없었다. 이렇게 잔뜩 긴장해 있다가 공연이나 제대로 할 수 있을지 의심마저 들었다. 아무리 재미있는 희곡이라도 눈에 들어올 리 만무한 상황이었다.

'교토에 도착할 때까지도 아마 난 이걸 다 읽지 못할 거야!'

그녀가 제대로 읽히지도 않는 희곡을 고집스레 붙잡고 있는 사이 잘 달리던 기차가 갑자기 정차를 시도했다. 마이바라 방면에서부터 달리기 시작한 지 얼마 되지 않은 지점이었다.

정차할 구간이 아닌 곳에서 기차가 서자 사람들이 여기저기서 웅성거렸다. 일단의 군인들이 객차 안으로 우르르 들어 왔다. 그들은 경비대 소속으로 불심검문을 하기 위해 기차를 세운 것처럼 보였다. 그들이 움직일 때마다 허리에 찬 총검이 철컹거리며 쇳소리를 냈다.

"지금부터 검문을 실시하겠다! 천황 폐하의 신성한 즉위식을 방해하려는 악질 불순분자 무리들이 너희들 사이에 끼어 있을지도 모르니 협조하도록. 실시!"

지휘관인 오장의 명령이 떨어지자 군인들이 일제히 승객들에게 달려들어 짐들을 뒤지기 시작했다. 자신의 차례가 다가올수록 석정은 두려움으로 숨이 턱 막힐 것만 같았다. 검문으로 승객들이 우왕좌왕했다.

석정은 책을 덮고 슬그머니 자리에서 일어났다. 잠에서 깨어난 유카가 무슨 일이냐며 물었지만 친절하게 대답해 줄 정신이 없었다. 짐을 챙겨 들고 조급하게 다음 칸으로 옮겨가는 그녀를 용모파기와 승객의 얼굴을 대조하던 군인이 발견하고 불러 세웠다.

"어이, 거기 서라!"

고압적인 명령에 석정은 저도 모르게 주춤했다. 호기심에 찬 시선들이 그녀를 향해 쏟아졌다.

"불심검문 중에 어디를 가나?! 당장 저 여자부터 수색해!"

군인들이 다가오기 시작하자 석정은 더 이상 생각할 것도 없이 빠르게 기차간을 나와 특실이 있는 곳으로 달려가기 시작했다. 여기서 걸리면 모든 것이 끝장이었다.

"잡아!"

다다닥—

거친 외침과 함께 어지러운 군홧발 소리가 그녀를 거의 따라잡았다 싶을 때 붉은 융단이 깔린 특실 칸 복도에서 누군가와 그만 부딪치고 말았다.

"아앗!"

꽤 강하게 부딪친 모양인지 비명과 함께 꼭 쥐고 있던 손가방과 여행 가방을 떨어트리고 말았다. 손가방을 줍기 위해 석정이 쭈그려 앉자 불쑥 다른 손이 먼저 끼어들었다.

"석정 양이 아니십니까?"

손의 임자는 그녀와 방금 전에 부딪친 남자로 조선에 있을 때 총독부 파티에서 두어 번 마주친 기억이 있는 자였다. 워낙 불쾌한 기억의 남자라 당장 눈살이 찌푸려졌지만 자리부터 피해야 한다는 생각에 남자의 손에서 손가방을 홱 뺏어 들었다.

"전 단지 주워 드리려던 것뿐입니다. 하하."

남자가 눈치 없이 앞을 가로막고 서 있는 바람에 석정은 지나가지도 못하고 이도저도 못하는 상황이 되고 말았다.

"비켜주세요."

"너무 매정하게 피하지만 마시고 오랜만에 만났는데 안부 인사 정도는 나눠도 되지 않겠습니까?"

능글거리는 말투에 석정이 두 눈을 사납게 치켜뜨고 상대를 노려보았다. 정일이 아니었으면 이자에게 무슨 짓을 당했을지 모르는 끔찍한 기억이 이 와중에도 선명하게 떠오르자 이가 갈렸다.

"가스카노 상의 무용 연구소에 계신단 소식은 들었습니다. 이번 교토 궁에서 독무를 추시게 되었다지요? 마침 연구소 사람들이 기차에 탔다는 소식을 듣고 어쩌면 얼굴을 볼 수 있겠다 싶어 기대하던 중이었습니다. 저도 즉위식에 참석하러 가는 중이었거든요. 일행하고 떨어져서 뒤늦게 가는 길이라 지루하고 따분하던 차에 잘 됐습니다. 목적지에 도착하기 전까지 저의 대화 상대가 되어 주시겠습니까?"

남자는 과거에 자신이 석정에게 무슨 일을 저질렀는지 잊어버린 듯했다. 느글느글한 말투와 과장된 친절이 속에서부터 토악질이 올라오도록 만들었다. 야마나시 조선 총독의 조카인 이 남자의 이름은 야마나시 미츠오. 아무 생각 없이 먹고 놀기만 좋아하는 불한당으로 총독 집안 최고의 골칫거리로 유명한 인사였다.

석정을 보게 된 그는 친구들과 마시고 즐기느라 집안 사람들보다 홀로 뒤늦게 기차를 탄 것이 나쁘지만은 않게 되었다고 생각했다. 지루한 여행 끝에 발견한 새로운 흥밋거리를 놓치고 싶지 않았다. 교토에 도착하려면 아직도 몇 시간은 여행을 해야 했고 그는 그 시간을 못 견뎌 하던 참이었다.

"죄송하지만 그럴 시간이 없군요. 이만 비켜……."

"저기 있다!"

"쥐새끼 같은 년!"

석정이 앞을 비켜 주지 않는 미츠오와 승강이를 벌이는 사이 군인들은 어느새 쫓아와 그녀에게 총검을 겨누었다. 군인들의 등장에 놀란 미츠오가 주춤거리며 뒤로 물러났다. 그는 자신을 원망스럽게 노려보는 석정과 기세등등한 경비대 군인들을 번갈아 보며 당황한 표정을 지었다.

"야마나시 미츠오, 야마나시 한조 조선 총독의 조카입니다. 무슨 일입니까?"

군인 중 하나가 앞으로 나섰다.

"저희는 헌병대 소속 경비 군입니다. 천황 폐하의 즉위식을 기해 혹시 일어날지도 모르는 불미스러운 사건에 대비하는 불심검문 중이었습니다만 이 계집이 검문을 거부하고 달아나서

뒤쫓던 중입니다."

군인의 설명을 듣고 난 미츠오는 즉시 옆으로 비켜섰다. 예전부터 혼자 잘난 척 콧대를 세우더니 기어이 무슨 일이라도 저질렀구나 싶어 하마터면 재수 없게 같이 엮일 뻔했다고 안도의 한숨을 내쉬었다.

'하여튼 조센징들이란……'

군인들이 달려들어 석정의 두 팔을 우악스럽게 붙잡는 것을 보며 그는 속으로 비웃었다. 조선인들은 주제도 모르고 날뛰다가 항상 벌을 받는 멍청한 족속들이었다. 하지만 석정은 천황 폐하께 작위까지 하사받은 아버지를 둔 조선 권력가의 딸이었다. 그런 그녀가 도대체 무슨 짓을 저질러서 군인들을 피해 달아나려 했는지 궁금했다.

군인들이 여행 가방을 뒤집어 내용물을 와르르 쏟아 내고 물건을 함부로 뒤지는 것을 석정은 지켜볼 수밖에 없었다. 옷가지들이며 소지품들이 그들의 발에 밟히고 던져졌다. 결국 문제 될 만한 물건을 찾지 못하자 그들은 석정의 손에 들린 손가방까지 요구했다.

"그거 이리 내!"

"그저 작은 손가방일 뿐입니다."

"이년이 혼이 나 봐야 정신을 차리겠나. 뺏어!"

"안 돼!"

다급한 마음에 조선어 비명 소리가 석정의 입에서 터져 나왔다. 자신을 붙잡고 선 군인들을 떨쳐내기 위해 몸을 미친 듯이 흔들어 댔다. 그녀의 거친 반항에 군인들이 손을 놓치자 석정은 손가방을 등 뒤로 숨기고 힘줄이 튀어나올 만큼 꽉 움켜쥐었다.

"뭐야? 조센징이었나?"

"군인 따위가 감히 누구 몸에 손을 댄단 말입니까!"

자신이 외친 단발의 조선어에 군인들의 표정이 더욱 잔혹해지는 것을 보고 석정은 일본어로 호통을 쳤다. 온몸이 바들바들 떨리는 것을 내색하지 않기 위해 무던히도 애써야 했다.

"대일본 제국, 천황 폐하의 군인을 보고 감히 한낱 군인 따위라고?! 이런 무도한 년을 봤나!"

뒤늦게 부하들을 밀치고 나타난 오장이 분노로 씨근덕거렸다. 조센징 계집 따위가 황군을 무시하다니 있을 수 없는 일이었다. 천하고 천한 조선의 계집 하나 죽어 나자빠진대도 누구하나 알아주지 않을 것이다. 더구나 그는 즉위식 기간 동안 자신의 구역에서 좋지 않은 일이 생기는 것을 용납하지 않을 참이었다. 작은 틈새 하나도 묵과할 수 없었다. 권총을 꺼내 든 오장이 석정의 머리를 툭툭 쳤다.

"너 같은 년 하나 죽이는 거야 별것도 아니다. 어디서 잘난 척이야! 이래서 조센징들은 남녀 고하를 막론하고 모두 죽여 없애야 하지. 버러지만도 못한 것들. 죽고 싶나?"

시커먼 구멍이 뻥 뚫린 총구가 석정의 이마를 향했다. 그녀는 자신을 둘러싸고 있는 황토색 군인들을 하나하나 판각하듯 뇌리에 새겨 넣었다. 그들은 바닥을 기어 다니는 더러운 벌레를 본 것처럼 그녀를 노려보고 있었다.

마지막으로 아가리를 벌린 총구를 마주 보았을 때 두려움으로 인한 석정의 떨림은 차분히 가라앉은 상태였다. 미간을 찌푸리며 말하는 그녀의 목소리가 심술궂었다.

"죽이세요. 한낱 버러지일 뿐인걸요. 이런 버러지를 두고 이러쿵저러쿵 말이 많으면 황군이 아니죠. 용감하게 발로 밟아 짓이기세요. 황군 체면에 버러지를 상대로 총구까지 들이미시니 기가 막힐 노릇입니다. 총알은 전장에 나가 적을 향해 쏘는 거랍니다. 힘없는 미물에게 쓰면 그건 용감한 것이 아니라 무식하고 멍청한 거죠."

"이…… 이…… 이!"

흥분한 오장은 말을 잇지 못하고 부르르 떨었다. 권총의 안전장치를 푸는 투박한 손끝에서 살기가 뿜어져 나왔다. 죽음에 대한 공포심이 석정을 잠식하는 대신 조용한 분노가 그 자리를 대신했다.

"이거 너무 시끄러워서 독서를 할 수가 없군요."

짜증 섞인 목소리가 위기일발의 긴장을 깨트렸다.

"또 어떤 놈이야? 이 새끼들이 지금 황군을 우습게 아는 거야 뭐야!"

오만상을 쓰며 악다구니를 하던 오장은 소리가 난 쪽을 향해 몸을 돌리다 말고 그만 딱 굳고 말았다. 마른침을 꿀꺽 삼키는 소리가 모두의 귀에까지 들릴 정도였다.

특실 칸에서도 가장 좋은 객실 문에 기대어 책을 보고 있는 남자를 발견한 오장은 그가 이치카와 타이요우라는 것을 금세 알아챘다. 그는 석정을 향했던 총구를 슬그머니 아래로 떨어트렸다.

타이요우는 최고급 수제 양복 차림에 말단 군인들은 구경도 못 할 비싼 시가를 입에 물고 책장을 넘겼다. 그는 누구의 시선도 전혀 신경 쓰지 않는 것처럼 보였다. 그런 태도는 그가 별말하지도 않았는데 불구하고 군인들을 주눅 들게 만들었다.

탁ㅡ.

위화감을 형성하며 독서에 빠져 있던 타이요우가 책을 덮고 고개를 들었다. 바늘 끝처럼 예리하게 날이 선 눈길이 오장을 향했다. 무감해 뵈는 얼굴과 달리 그는 화가 머리끝까지 끓어오르는 것을 애써 억누르는 중이었다. 석정의 짐이 보기 흉하게 파헤쳐 있는 것도, 핏기 하나 없이 창백한 그녀의 표정도, 그녀의 이마를 향하던 총구도 모두 마음에 들지 않았다. 그는 오장을 향해 뚜벅뚜벅 걸어갔다.

두어 달 전 즈음에 오장은 딱 한 번 타이요우를 본 적이 있었다. 히로히토의 아우인 지치부노미야 야스히토와 비인 세쓰코의 혼례식 피로연 때였다. 이치카와가의 후계자 신분으로 연회에 참석한 타이요우가 야스히토의 머리 위로 떨어지는 거대한 샹들리에를 먼저 발견하고 그를 구해 낸 일화는 모르는 사람이 없을 정도로 유명했다.

샹들리에 사건은 단순 사고로 판명이 나서 궁내부 사람들만 몇 명 처벌을 받고 끝났지만 기실 야스히토 쪽의 세력에 위기감을 느낀 히로히토와 나가코의 계략이 아니냐는 추측들이 분분했다. 결혼한 지 오래도록 아들이 없는 히로히토 부부보다 황실이 은근히 야스히토 쪽을 마음에 두었던 탓으로 소문은 꼬리에 꼬리를 물고 퍼져 나갔다.

그때 우연찮게도 상관을 수행해 피로연에 참석할 수 있었던 오장은 타이요우의 모습을 또렷이 기억하고 있었다. 보통의 일본 남자들에 비해 훨씬 큰 키와 넓은 어깨를 가진 당당함과 아름다움을 동시에 소유한 남자. 같은 사내의 눈으로 보아도 매혹적이던 그 모습을 어찌 잊을 수 있단 말인가.

서양인과 동양인의 중간쯤 아니, 금발과 갈색 동공으로 인하여 동양인보다는 그래도 서양인에 훨씬 가까웠던 특이한 외모의 아름다움을 잊기란 결코 쉬운 일이 아니었다. 그런 그가 지금 자신을 향해 무언가 단단히 화가 난 듯 걸어오고 있으니 심신이 이유도 없이 위축되었다.

"제 약혼녀에게 무슨 일입니까?"

타이요우가 석정을 다짜고짜 품 안으로 끌어당기며 오장에게 물었다.

그가 약혼했다는 소식을 신문이나 잡지 어디에서도 본 기억이 없었다. 타이요우쯤 되면 어떤 여인과 사귀는지, 어느 집 영

양과 약혼을 하고 결혼을 하는지 빼놓지 않고 신문 기사가 나가는 법인데 바람결에라도 그가 약혼했다는 소식은 들려오지 않았다. 오장과 미츠오를 비롯한 그 자리에 있던 말단 군인들 모두가 이 놀라운 소식에 벌린 입을 다물지 못했다.

석정은 무슨 말도 안 되는 소리냐며 쏘아붙이고 싶었지만 상황이 상황인지라 나서지도 못하고 그의 품에 꼼짝없이 갇혀 있었다.

"죄송합니다. 이치카와 상의 약혼 소식을 듣지 못해서 말입니다만 여기 이 계집이 정말 약혼녀가 맞습니까?"

"말조심하시기 바랍니다. 누구의 계집을 말하는 겁니까?"

저음의 목소리는 예의 바르면서도 충분히 위협적으로 들렸다. 오장은 움찔해서 아랫입술을 깨물었다. 만약 진짜 약혼녀라도 된다면 낭패였다.

"말실수를 했다면 사죄를 드리겠습니다. 하지만 아가씨께서는 검문에 응하지 않으시고 도망을 치셨습니다. 저희들로서는 수상하게 여길 수밖에 없으니 부디 수색을 마저 할 수 있게 해 주십…… 헉!"

오장은 미처 말을 다 끝내기도 전에 숨을 헉 들이켰다. 관자놀이에 와 닿는 차가운 기운을 느끼며 그가 고개를 천천히 돌렸다. 흔들리는 시선을 위로 올리자 바로 옆에 서 있던 어떤 바보스러운 놈에게서 총검을 빼앗은 타이요우가 자신을 향해 총구를 겨누고 있었다.

반사적 행동으로 나머지 군인들의 총구가 일제히 타이요우에게로 향했지만 그는 태연자약하기만 했다.

"내 약혼녀가 버러지만도 못 하다고 했습니까? 이 여자 하나 죽이는 일쯤이야 별것도 아니라고 말입니다."

"아, 아닙니다. 이치카와 상의 약혼녀이신 줄 몰라 뵙고 실례를 했습니다. 용서하십시오!"

조금 전까지만 해도 득의양양하던 오장은 호랑이 앞에 선 하룻강아지처럼 벌벌거리며 다급하게 외쳤다.

'겁쟁이 주제에!'

상대가 달라졌다고 금세 꼬리를 내리는 오장의 저열한 본성을 향해 석정은 속으로 비웃음을 흘렸다. 타이요우의 목소리가 조금 더 높아졌다.

"내 약혼녀는 가스카노 무용 연구소의 일원으로 이번 천황 폐하 즉위식에서 공연을 할 모석정입니다. 더구나 나 이치카와 타이요우의 여자요, 조선총독부 중추원 참의인 모구연 백작의 딸인데 대체 무엇이 수상하단 말입니까?"

"그렇다 하더라도 갑자기 그리 도망을 치듯 자리를 뜨신 것은 무어라 설명을……."

"누구도 감히 내 가방을 함부로 뒤질 순 없어요! 난 아무런 잘못도 없는데 왜 그대로 참고 있어야 하죠? 땀과 흙의 구린내가 뒤범벅이 되어 역겨운 냄새를 풍기는 당신들이 내 물건에 손을 대는 것이 싫었을 뿐이라고요!"

타이요우가 나서기도 전에 석정이 앙칼지게 외쳤다.

"역겨운 냄새라니!"

억울하다는 듯 오장이 쉿소리를 내더니 타이요우의 눈치를 살피고는 입을 다물었다. 제 분대로 하지 못하는 것이 못내 답답하고 부아가 나는지 두꺼운 입술이 보기 흉하게 뒤틀렸다.

"나를 이렇게 거칠게 대하고 조선인들에 대해 막말을 하다니 천황 폐하께서 내선일체를 말씀하시며 반도의 황국신민에게 차별을 두지 않는다고 천명하신 것을 정녕 모르는 건가요? 더구나 내가 누군 줄 알고! 버러지는 당신들이지. 황군이면 뭐하나. 황군이라고 다 같은 황군일까. 나는 화족이지만 당신은 뭐죠? 기껏해야 오장 주제에 말이에요. 오늘 들은 모욕적인 언사들은 고스란히 아버지께 말씀드려 총독부에서 정식으로 항의하도록 하겠어요. 감히 화족을 죽이려 한 오장 당신을 군부에서 가만 둘까 모르겠네."

타이요우는 석정을 가만히 쳐다보았다. 볼수록 이상한 여자였다. 두려워 턱 밑이 바르르 떨리는데도 오장을 향해 조목조목 따지며 호통을 치고 있었다. 그녀의 호통을 들은 오장의 얼굴이 점점 더 구겨졌다.

"손가방민 보여주시먼 불러나겠습니다, 아가씨."

고집을 피우는 그의 얼굴이 붉으락푸르락했다. 이제는 저런 조그마한 손가방이 문제가 아니었다. 부하들까지 보는 앞에서 계집의 호통에 꽁무니를 뺀다면 비웃음거리가 될 터였다. 비록 누구라도 황족이 아닌 이상 이치카와 타이요우 앞에서라면 꼬리를 내릴 수밖에 없겠지만 조센징 계집의 호통을 들은 후라 자존심이 이만저만 상한 것이 아니었다. 그러면서도 옆에 버티고 서서 여전히 총구를 들이밀고 있는 타이요우의 존재 때문에 다리가 갈수록 후들거렸다.

석정은 절대 물러설 기미를 보이지 않는 오장의 모습에 한동안 상대를 찌를 듯이 쏘아보았다. 그녀가 과연 어떻게 빠져나갈지 타이요우는 몹시 궁금했다. 그는 자신이 나서서 그녀를 보호해 주기보다 느긋하게 관망하기로 했다. 흥미로워하는 그를 아는지 모르는지 석정이 고개를 홱 돌려 그를 보았다.

"저자들이 제 드레스와 장신구들을 멋대로 헤집으며 짓밟았어요."

정말로 더러워지고 구겨진 드레스들이 퍽이나 아깝다는 투였다. 타이요우는 그녀의 연극에 장단을 맞춰 주기 위해 오장에게 대단히 유감스럽다는 표정을 지어 보였다.

"어느 누구도 감히 제게 이런 짓을 하지 못할 거예요. 그런데 이젠 제 손가방까지 뒤지려 하다니요. 만일 저들이 이 손가방 안의 당신에게서 받은 마음의 정표와 연서를 본다면 저는 정말 참지 못할 거라고요."

"손가방 안의 물건이 단순히 그것뿐이라면 무엇이 문제라서 숨기십니까?"

오장이 끈질기게 물고 늘어지자 석정의 힐난이 이어졌다.

"당연히 문제가 아니고 뭐겠어요! 비록 약혼을 했다고는 하지만 아직 세간에 알리지 않은 일인걸요. 그런 것을 이렇게 억지로 밝히게 만든 것으로도 모자라 남녀의 은밀한 사생활까지 파헤치겠다는 심보가 아니면 지금 그쪽 행위를 무어라 변명할 셈이죠?"

카랑카랑하게 울리는 석정의 목소리에 오장은 할 말을 잃고 한숨만 푹푹 내쉬었다. 마음 같아서는 이치카와 타이요우고 뭐고 간에 상관없이 쉼 없이 떠들어 대는 저 계집의 머리채를 잡아 요절을 내고 싶었으나 차마 이치카와 가문에 맞서고 싶지는 않았다.

군인들을 헤집고 당당히 걸어 타이요우의 객실 앞에 선 석정은 안으로 들어가기 전에 타이요우를 향해 오만한 공주처럼 명령을 내렸다.

"들어오실 때 거기 흩어진 제 소지품과 옷들 좀 챙겨와 주세요. 이미 못 쓰게 된 것들이지만 조선에 있는 제 하녀는 저런 물건들이라도 감지덕지 할 테니 보내줘야겠어요."

그녀가 객실 안으로 우아하게 사라지는 것을 오장도 휘하 군인들도 제지하지 못하고 바라만 보았다. 총검을 원주인에게 되돌려주면서 타이요우는 시종 입에 물고 있던 시가를 빼내 두 손으로 툭 분질렀다. 그것을 다시 융단 위에 떨어트리고 미끈하게 반짝거리는 구두 발로 꾹 밟아 눌렀다.

"보다시피 제 약혼녀가 꽤 고집쟁이라서 말입니다. 안 됐지만 앙증맞은 손가방은 열어 볼 수가 없겠습니다."

"아무리 이치카와 상이라도 이런 식이면 고…… 곤란합니
다."

자신이 처참하게 패했다는 것을 알았지만 오장은 마지막 발
악처럼 웅얼거렸다.

"이봐요, 오장. 내가 지금 슬슬 귀찮아지는 중입니다."

타이요우는 어느 순간부터 비틀어져 있는 오장의 군모가 우
스꽝스럽다고 생각했다. 그는 총검을 빼앗느라 바닥에 떨어트
린 책을 주웠다. 책에 더러운 것이라도 묻은 듯 탈탈 털어 내다
가 불현듯 진지하게 물었다.

"내 약혼녀를 믿지 못하겠다는 건 나를 못 믿는다는 거고 나
를 못 믿는다는 것은 곧 이치카와 가문을 못 믿는다는 뜻입니
까?"

"아니, 그런 뜻이 아니라 다만 군인으로서 수상한 점을 발견
했을 시에는 한 치의 의심도 남겨두어서는 안 되겠기에……."

오장의 답변은 점점 뒤로 갈수록 소리가 줄어들었다. 갑자기
타이요우가 얼굴을 그에게 가까이 들이밀었다. 그 유명한 서양
인형이 한없이 부드러워 보이는 갈색 동공으로 자신을 코앞에
서 바라보자 오장은 이유 없이 민망해졌다.

위험할 정도로 가까이 다가와 있던 타이요우의 그림 같은 얼
굴은 어느새 냉기로 가득 찼다. 부드러워 보인다고 생각했던 동
공은 어둡게 가라앉았다.

"오장. 내 약혼녀는 교토 궁에서 천황 폐하의 등극을 축하드리는 기념으로 춤을 추어야 하는데 오늘 이렇게 강압적으로 대한 것을 폐하께서 아신다면 결코 좋아하지 않으실 겁니다."

그는 무표정한 얼굴로 협박했다. 오장은 그의 말이 진심이라는 것을 알았다. 그의 신분이라면 능히 그리고도 남을 일이었다. 자신은 그의 말 한마디로 신성한 즉위식 날에 재를 뿌린 불충한 군인이 되고 말 것이 불을 보듯 훤했다.

"그렇다면 이치카와 상께서 아가씨의 신분을 보증해 주시겠습니까?"

"원하신다면."

오장은 부하들에게 총검을 치우라는 뜻으로 한쪽 손을 들어보였다. 하기는 나름대로 생각해 보면 저토록 작은 손가방 안에 무엇이 들어 있을까 싶기도 했다. 권총 한 자루도 못 들어가게 생긴 작디작은 장식용 가방일 뿐이었다. 더구나 누가 이 오만 방자한 혼혈 놈을 이길 수 있단 말인가. 그것은 자신이 육군대신이 되어도 쉬운 일이 아니었다. 오장은 뒤끝이 찜찜했지만 두다리를 바싹 붙이며 거수경례를 했다.

"아가씨께는 제가 저지른 무례를 사죄드린다고 전해 주십시오."

"기꺼이."

군인들이 특실 칸에서 나가는 것을 지켜보는 타이요우의 표정이 심각해졌다.

그때까지도 자리를 뜨지 않고 모든 상황을 지켜보던 미츠오는 복잡해 보이는 표정의 타이요우를 흥미롭게 바라보았다.

'이치카와 타이요우와 모석정이라……'

물론 모구연 백작 입장에서는 이치카와 가문과 연을 맺는 것이 대단한 영광일 테지만 이치카와가는 달랐다.

'그 집안이 조센징 며느리를 본다고?'

설사 저 둘이 서로 좋아 죽고 못 살아도 그 끝은 누구나 예측할 수 있었다.

"흠, 흠!"

그는 자신의 존재를 알리기 위해 헛기침을 했다. 심연처럼 가라앉아 있던 깊은 눈이 그를 향했다.

"야마나시 미츠오라고 합니다. 예전에 몇 번 뵈었는데 기억을 하시려는지? 이렇게 같은 기차를 타시는 줄 알았으면 인사나 나눌 걸 그랬습니다."

타이요우는 자신에게 인사를 건네는 남자를 새삼스럽게 보다가 한참 뒤에야 기억을 떠올렸다. 일본과 조선 사교계에서 악명을 떨치며 딸을 가진 부모들의 기피 대상 1순위인 이 남자를 자신이 주최한 파티에서 몇 번 본 적이 있기는 했다. 정식 초대라기보다는 그냥 지인을 따라온 불청객 정도지만.

"헌데 모석정 양과는 정말로 약혼을 하신 겁니까? 이거 대단한 소식이군요. 조선과 일본의 사교계가 온통 술렁거릴 이야기가 아닙니까. 석정 양은 저도 조선에서 본 적이 있습니다만 참

어여쁜 아가씨……."

"그럼 이만."

내일이면 즉위식 소식과 함께 자신과 석정의 약혼 소식도 신문에 대문짝만 하게 실릴 것이 자명했기 때문에 타이요우는 한가롭게 말 많은 남자의 수다나 듣고 있을 정신이 없었다.

자신의 말이 다 끝나기도 전에 무심한 태도로 자리를 뜨는 타이요우를 보면서 미츠오의 입술이 일그러졌다.

'모석정, 대단한 요조숙녀라도 되는 듯 굴더니 앙큼하게도 저런 거물을 꾀어냈군.'

약혼이 진실이든 아니든 타이요우가 그녀에게 어느 정도 마음이 흔들린 것은 사실인 듯 보였다. 이런 가십에서 흔히 다치는 쪽은 여자였다. 불같은 사랑, 뜨거운 연애, 개방된 조선의 신여성 모석정의 연애담은 꼬리에 꼬리를 물고 널리 퍼져 나갈 것이다. 사람들은 그런 이야기들을 좋아하니까.

그녀가 사람들의 입담에 만신창이가 되고 이 약혼 또한 현실이 될 수 없다는데 미츠오는 큰돈을 걸 자신이 있었다. 그녀가 더 이상 요조숙녀 흉내를 내지 못하게 되기를 기다리기로 했다. 제 손으로 그 높은 콧대를 직접 꺾지 못한 것이 아쉽지만 이런 재미있는 구경거리도 흔치 않은 일이기에 조선 속담처럼 굿이나 보고 떡이나 먹을 셈이었다.

객실로 들어온 타이요우는 문에 기대어 석정을 물끄러미 바라보았다. 손가방을 움켜쥔 채 앉아 있는 그녀는 하얗게 질려 있었다. 오장에게 소리치던 당돌함은 사라지고 길게 휘어진 눈썹이 파르르 떨렸다. 그는 그녀의 여행 가방을 옆에 내려놓고 맞은편 자리에 앉아 중단되었던 독서에 다시 열중하는 척했다. 침묵이 길어졌다.

빠앙—

기차가 다시 기적 소리를 울리며 달리기 시작했다.

"고마워요. 도와주셔서……."

결국 석정이 먼저 말문을 열었다. 평소 그녀답지 않게 웅얼거리는 것이 어지간히 놀란 모양이었다. 빠르게 스치는 창밖으로 초라하고 앙상한 겨울나무들이 쓱쓱 지나쳤다. 석정은 묵묵히 책만 들여다보는 타이요우의 표정을 살피기 위해 눈썹을 들어 올렸다. 그가 책을 들어 자신의 얼굴을 가렸다. 무슨 생각을 하고 있는지 도무지 그의 마음을 짐작할 수 없자 석정은 답답해졌다.

"뭐라고 말 좀 해 보세요."

"손가방 안에는 대체 뭐가 들어 있는 겁니까? 사상이 불순한 물건이라도 가지고 있는 겁니까?"

"그, 그럴 리가요."

더듬거리며 대답한 석정이 짐을 챙겨 들고 자리에서 일어났다.

"그만 제 자리로 가겠어요."

그제야 타이요우는 평생 파묻혀 있을 것 같던 책에서 얼굴을 들었다.

"호시."

그의 시선이 꿰뚫을 것처럼 석정의 후두부를 향했다.

─왜 호시인 거죠?

─곧 도쿄의 별이 될 테니까요. 오만과 부도덕이 판치는 이 모순의 나라에서 가장 매력적인!

그녀가 돌아보자 자유롭게 풀어 놓은 흑단 같은 머리카락이 우수수 어깨 밑으로 흘러내렸다. 결 고운 그녀의 머리카락을 자신의 손으로 빗어주는 상상에 온몸의 열기가 타이요우를 전광석화처럼 훑고 지나갔다. 그가 말했다.

"설마 말로만 감사를 표하겠다는 건가요?"

석정은 얼굴을 딱딱하게 굳혔다. 굳이 그렇게 말하지 않아도 충분히 고마운 마음을 가지고 있었다. 기회가 된다면 작은 성의 표시라도 해야겠다고 생각했었다. 그런 것을 본인 입으로 저렇게 유세를 하니 그것도 참 얄미웠다.

창틀에 팔꿈치를 대고 턱을 괸 타이요우는 말이 없었다. 그러기를 한참이 지나 괴었던 손으로 턱 주변을 살살 문질렀다. 그가 마침내 입을 열었다.

"하룻밤."

"네?"

수수께끼 같은 말에 석정의 눈이 커다랗게 떠졌다. 마치 옻칠을 해 놓은 것처럼 까맣게 빛나는 그녀의 검은 눈동자를 타이요우는 홀린 듯이 바라보았다.

"오늘 일에 대한 감사로 그 정도면 충분하지 싶은데……."

"……?"

무슨 말을 하는지 얼른 이해하지 못한 석정은 한동안 멍하니 서 있다가 비로소 그 뜻을 이해하고 얼굴을 붉혔다.

"안 되는 겁니까?"

당연히 안 되는 문제였다. 뻔뻔스럽게도 얼굴색 하나 변하지 않고 그런 말을 지껄이는 타이요우를 향해 석정은 이를 악물었다.

"농이 심하시군요."

"무슨 그런 서운한 말씀을."

"농이 아니라면 저를 모욕하신 거네요."

타이요우의 시선이 석정의 손가방으로 향했다.

"헌병대가 어떤 곳인 줄 알고나 있습니까? 내게 목숨을 빚졌어요."

그는 여전히 그녀의 손가방을 주시했다.

"의기로 똘똘 뭉친 사람이 고통에 몸부림치며 갈증과 배고픔으로 인해 한낱 겁쟁이가 되고 한순간에 변절자가 되는 곳이죠. 산 사람은 죽고 죽은 사람은 다시 살려 재차 죽이는 곳이라고요. 그곳이."

"그래서 그것이 저와 무슨 상관이죠?"

몸을 앞으로 기울인 타이요우는 무릎 위에 팔을 걸치고 맞잡은 두 손을 무의미하게 만지작거렸다.

"도움에 대한 정당한 대가를 바랄 뿐이죠."

"별로 필요한 도움도 아니었어요. 나서지 않으셨다면 저 혼자 그 정도 일은 해결했을 거예요."

"그래서 오장에게 그렇게 말했어요? 죽이라고?"

타이요우는 석정을 흘끔 보더니 다시 시선을 내렸다.

"목숨도 아깝지 않은 여자가 그깟 하룻밤 따위 뭐라고 사색이 되는 겁니까?"

고개 숙인 그의 정수리를 빤히 보던 석정은 구불거리는 머리카락을 귀 뒤로 넘기며 말했다.

"그자가, 뭣도 아닌 그자가 하도 모멸감을 주기에 그냥 자존심 세워 본 것뿐이에요."

그러면서 낮게 한마디 덧붙였다.

"못생긴 원숭이 자식!"

"그 원숭이 자식한테 그냥 순순히 손가방을 보여줬으면 되는 일이었어요. 난 또 뭐 대단한 거라도 있는 줄 알았죠. 누가 보면 안 되는 것들이요."

"천만에요! 그냥 사적인 것들뿐이라고요. 기실 보였다고 해서 문제 될 건 아무것도 없단 말이에요!"

제 발이 저린 석정이 필요 이상으로 언성을 높였다. 타이요우가 자리에서 일어나 다가오자 저도 모르게 뒤로 물러났다.

"그런데 왜 그랬어요? 잠깐 보여주고 말지 왜 죽지 못해 안달난 여자처럼 굴었느냐 말이에요. 오장의 총이 그쪽을 겨눴을 때 겁도 안 났어요? 자존심 챙기는 것보다 목숨 챙기는 편히 훨씬 이득이었을 텐데요."

정말로 사적인 물건뿐이라면 오늘의 그 난리는 겪지도 않았을 것이다. 석정은 아랫입술을 지그시 깨물었다.

"교제 중인 분에게서 받은 연서와 정표가 있다고 말하는 것을 듣지 않으셨나요?"

"정말이에요?"

"도와주신 건 정말로 고맙지만 내가 모든 것을 당신에게 말해야 하는 건 아니잖아요? 정말이지 진절머리가 나요!"

집요하게 구는 타이요우를 향해 석정이 소리를 바락 질렀다.

"어쨌든 교제하는 사람이 있어서 내가 당연하게 받아야 할 대가를 지불하지 못하겠다는 말이네요. 그렇죠?"

그녀가 화가 나서 바르르 떠는 것이야 상관없다는 듯 타이요우가 심드렁하게 물었다. 특별히 다른 감정이 느껴지지 않는 무덤덤한 목소리지만 그 아래, 깊은 곳에는 타이요우 자신도 정체를 알 수 없는 뜨거운 감정이 서서히 파장을 일으킬 준비를 하고 있었다.

"교제하는 이가 있든 그렇지 않든 저로서는 도저히 이해할 수도 받아들일 수도 없는 요구예요. 부디 다른 것으로라도 보답할 수 있기를 바라겠어요!"

교제하는 이가 있느냐는 물음에 어물쩍 대답을 회피하는 석정의 표정 위로 애써 화를 억누르는 기색이 완연했다. 그녀의 하얀 얼굴이 온통 붉게 상기되었고 보기 좋은 모양의 도톰한 입술이 무어라 홀로 중얼거리며 삐죽거리는데 그 태도가 여간 쌀쌀맞은 것이 아니었다.

타이요우는 석정을 향해 상체를 조금씩 기울였다. 그녀는 시나브로 다가오는 그의 입술에서 시선을 떼지 못했다. 심장이 세차게 두근거렸다.

이 남자는 언제나 이와 같았다. 무방비 상태에서 불쑥 나타나 사막의 태양보다 뜨거운 눈길로 혹은 시베리아 칼바람보다 더욱 차가운 눈길로 무심하게도 그녀의 가슴에 자국을 남겼다.

아무것도 존재하지 않는, 아무런 생명도, 아무런 사물도 없는 그런 곳에 하늘도 땅도 구분되지 않지만 작은 웅덩이가 하나가 있는데 어디선가 무(無)를 뚫고 물방울이 하나둘 웅덩이로 톡 톡 떨어지면 그 미묘하고 잔잔한 파동이 잠들어 있던 세계를 흔들어 깨웠다.

그처럼 타이요우를 대하는 석정은 몽환과 현실 사이에 서 있었다.

심장의 두근거림이 웅덩이에 떨어지는 물방울처럼 파장을 일으키자 온 전신을 훑고 지나가는 짜릿함에 그녀는 서서히 취해 갔다. 닿을 듯 말 듯 애태우며 자신의 입술 근처만 배회하고 머뭇거리는 그의 입술이 원망스러웠다. 그의 손은 그녀의 모발에 닿지 않은 듯 닿아 있고 그의 숨결은 그녀의 심장이 뛰는 속도와 동일하게 들숨과 날숨을 쉬어 냈다.

"그만 나가요. 보다시피 독서 중이라서 말입니다."

갑자기 몸을 일으켜 돌아서는 타이요우의 등을 석정이 혼란스러운 눈길로 쳐다보았다. 이대로 뒤돌아 나가야 하는데 어찌된 일인지 발길이 떨어지지 않았다. 그가 자리로 돌아가 다시금 독서삼매경에 빠질 때까지도 그녀는 그 자리에서 꼼짝도 하지 않고 서 있었다.

세상에 존재하는 수많은 사람들 중 이 남자만큼이나 두텁고 비밀스러운 장막을 친 사람이 또 있을까 싶었다. 당황스럽게도 은근한 기대로 인하여 부풀어 올랐던 입술은 설렘이 남아 아직까지도 미미한 경련을 일으키고 있었다.

같은 공간에 그녀가 아직 남아 있다는 사실조차 까맣게 잊어버렸는지 타이요우는 무심히 책만 들여다보았다. 문이 열렸다가 닫히는 소리 끝에 그녀의 나지막한 한숨이 묻어났다. 혼자가 되자 그때서야 그의 고개가 들렸다.

그녀를 갖겠다니! 어쩌다 그런 당치도 않은 소리가 튀어나왔을까. 미하로가 이 사실을 알게 된다면 '쯧쯧. 그예, 실수를 하셨군요.' 하고 비웃을 일이었다.

그는 자신의 부모를 떠올렸다. 요시히로는 앤을 보고 첫눈에 빠졌지만 사랑은 그만큼 빨리 식었다. 또한 사치의 관심과 애정이 진실처럼 착각되었으나 결국 가볍기 그지없는 동정과 천박하기 짝이 없는 계산속이었음이 드러났다. 가없이 넓은 세상에 진실된 사랑 하나 없겠느냐만 이치카와 타이요우가 사랑을 하거나 느낀다는 것은 모두가 비웃을 일이었다.

그의 눈에 비친 사랑은 유곽의 몸 파는 계집이 짓는 눈웃음만큼이나 간교하고 헤프며 바람처럼 순간적이고 허무했다. 그런 사랑은 으레 사람을 미치게 만들었다. 그것이 미하로의 충고에 그가 맥없이 수긍한 이유였다. 그래서 타이요우는 이 무슨 되도 않는 감정놀음이냐며 스스로를 책망했다. 평생토록 그 찬란한 빛이 바래지 않고 지속되는 사랑이란 없다고, 인간이 만들어 낸 환상일 뿐이라고 단정 지었다.

누군가는 사랑 없는 삶이 죽은 들판처럼 황폐하다 하지만 사랑은 때때로 삶을 지옥으로 만들기도 했다. 감정에 흔들리지도, 놀아나지도 않는, 적당한 거리와 자신의 통제하에 놓인 규칙 속에서 이루어지는 쾌락이야말로 깔끔하면서도 즐거운 법이라고 확신했다.

헌데 그랬던 그가 아직 데뷔조차 하지 못한 무명의 무용수, 게다가 교제하는 사내까지 있는 여자에게 대책 없이 흔들리고 있으니 웃지 못할 상황임은 틀림이 없었다. 활짝 펼친 책을 얼굴 위로 덮자 묵은 종이 냄새가 코끝으로 스멀스멀 기어들어 왔다.

모석정은 그가 원하는 철없고 가벼우면서도 헤픈 나타샤가 아니었다.

기차는 교토 역에 당도할 때까지 쉼 없이 달렸다. 타이요우는 호화로운 특실 칸에서, 석정은 경비대와의 소란으로 인해 자신을 의심스러운 눈길로 바라보는 연구소 동료들의 시선 속에서 상념 속으로 빠져들었다.

＊　　　＊　　　＊

즉위식을 보기 위한 황족과 공무원, 승려 등 수천 명의 국내외 저명인사들이 며칠 전부터 교토로 모여들었다. 가스카노 무용단이 도착했을 때는 그 전날까지 3일간의 예행연습을 모두 마치고 교토 궁의 시신덴에서 즉위식의 실제 의식이 거행되기 전이었다.

밖에서는 내부 구조를 전혀 알 수 없는 데다 기껏해야 구리 지붕밖에 볼 수없는 도쿄의 황거만큼은 아니더라도 이곳 교토 궁 역시 거대하고 비밀스럽기는 마찬가지였다. 다른 점이라고는 불란서의 베르사유 궁전을 본떠서 지은 아카사카 궁처럼 도쿄의 궁은 서양의 문명이 짙게 밴 반면 교토 궁은 철저하게 전통적인 건물이라는 것이다. 신도주의 일본 국교의 수장이기도 한 일왕의 즉위식에 더없이 어울리는 장소로 몇 달 전부터 신적인 기념식들이 줄곧 이어지고 있었다.

그중 가장 중요한 행사는 '다이죠우사이'였다. 우량종의 벼를 지정된 장소에 심는 행사인데 일왕의 '친경 의식'을 나타내는 것을 의미했다. 새로 심은 벼의 질이 일왕의 집권 기간 동안 태평성대를 상징한다고 믿었기 때문이다. 수확이 끝나면 즉위식이 있을 때까지 교토의 농민들은 잔치를 벌였고 그밖에 신도의식도 그치질 않았다.

그렇게 꽤 오랜 기간 동안 여러 가지 기념식과 준비를 한 것에·비하면 본 식은 의외로 단순하고 조촐했다. 교토 궁을 에워싼 인파는 수를 헤아릴 수 없을 만큼 인산인해를 이루었지만 그들 대부분이 궁 안에 들어올 수 없었고 설혹 입궁했다 하더라도 시신덴까지 발을 들여놓을 수 있는 사람은 극소수의 사람들뿐이었다. 황족이나 특권층이 아니면 아무리 화족이래도 이곳에서는 결국 평민일 수밖에 없었다.

본 식은 시신덴에 마련된 불투명한 흰색 장막 뒤에서 거행되는 '정화식'이었다. 히로히토와 나가코가 쓸 관을 높은 단 위에 올려놓고 선조들을 찬양하며 인류의 행복과 세계 평화를 기원 선언하는 것으로 의식은 간단히 끝이 났다.

"정화식은 조금 전에 끝났대."

"정화식이 뭐야?"

"뭐긴 뭐야. 천황 폐하께서 백성과 세계를 위해 축복해 주시는 의식이지. 그것도 모르니?"

궁내부 측이 미리 준비해 놓은 대기실에서 무용 연구소의 단원들이 끊임없이 재잘대고 있었다. 그녀들은 분장을 하고 무대 의상으로 갈아입느라 부산하면서도 틈틈이 바깥 동정을 살피는 것을 잊지 않았다.

"무슨 생각을 그렇게 해?"

유카가 등을 툭 치며 갑자기 말을 걸어왔다. 헌병, 폭탄, 무대, 그리고 이치카와 타이요우. 생각할 것이 많았던 석정은 순백의 얇은 모슬린 튀튀를 챙겨 입다 말고 화들짝 놀랐다.

"뭘 그렇게 놀라?"

"놀라긴 누가. 기척도 없이 그렇게 사람을 치면 어떡하니?"

짜증스러운 말투가 툭 튀어나왔다. 어쩔 줄 몰라 하는 유카를 남겨두고 석정은 쌀쌀맞은 태도로 대기실을 나왔다. 그녀는 공연 준비가 한창인 무대로 걸어갔다. 멀리 정화식에 참관한 사람들이 히로히토의 만수무강을 비며 '만세'를 외치고 '기미가요'를 부르는 소리가 아슴푸레 들려왔다.

조선뿐 아니라 동아시아 전체를 간교한 계략과 무자비한 폭력으로 짓밟은 나라의 왕이 '정화식'이라는 미명 아래 세계 평화를 기원하다니 모순이었다. 무대 위 무용수들의 동선을 일일이 가늠하던 미하로가 다가오는 석정을 발견했다.

"빈사의 백조를 출 거라 했나요?"

"네. 선생님."

깊숙이 파이프 담배를 빨아들인 미하로는 물끄러미 석정을 바라보았다. 예술은 경계가 없다는 것이 그녀의 지론이었다. 나라도, 민족도, 정치도 속세의 차별이 끼어들 수 없을 만큼 예술은 모든 것을 포용했다. 일각에서는 그 예술마저도 인간의 이득과 사상을 위해 이용한다지만 미하로는 그것을 용납할 수가 없었다.

"석정 양."

미하로의 부름에 무대를 바라보던 석정이 돌아보았다.

"당신이 조선 사람이라는 것을 그리고 당신의 춤을 감상하는 사람들이 일본인이라는 것을 오늘 저 무대는 잊게 해 줄 겁니다. 당신이 추는 춤은 조선의 것도, 일본의 것도 아니며 세계 그 어느 나라의 것도 아니니까요. 춤은, 예술은 그 자체로 자신만의 세계를 가지고 있다지요. 그러니 그 세계에 빠진 순간만큼은 어떤 이데올로기도 끼어들 수 없어요. 편협한 목적을 가진 예술은 더 이상 예술이 아닙니다."

석정은 어쩐지 숙연해지는 기분이 들었다. 과연 예술은 그 자체로도 자신만의 세계를 가지고 있는 것일까? 역사는 이데올로기에 따라 흘렀다. 예술이 이데올로기에서 분리될 수 있는 것일까?

이미 역사를 이끌고자 한 이데올로기에 의해 예술은 예술 자체로써가 아니라 이데올로기 선전의 도구로 이용되어 왔다. 미하로가 말하는 예술 그 자체의 세계는 과연 이상일 뿐일까, 의문이 들었다.

분장을 끝낸 단원들이 무대 뒤로 들어섰다. 미하로는 몇 명의 무용수들을 실제로 무대 위에 세워 다시 한 번 동선을 점검했다. 히로히토와 나가코를 비롯한 귀빈들이 공연장에 입장하기 시작했다는 소식이 전해졌다. 무용수들 사이에 웅성거림이 있었다. 흥분으로 인해 여기저기서 수군거리는 소리들이 들려왔다. 그녀들에게는 오늘의 공연이 두고두고 자랑거리가 될 터였다.

"떨리니?"

'지젤'을 추기로 한 히토미가 곁으로 다가와 석정에게 물었다. 자신이 긴장을 하고 있듯 경쟁자도 내심 그러기를 바라는 질문이었다.

"아니. 별로."

"그래? 그것 참 다행이네!"

거짓말이었다. 석정은 자신이 긴장을 최소화시키기 위해 노력 중인 것을 히토미에게 들키고 싶지 않았다. 군무를 추기 위해 나란히 서 있는 동료들을 그들은 함께 바라보았다. 마침내 미하로의 수신호가 있자 레오타드 위에 짧은 풀치마를 갖춰 입은 무희들이 무대 위로 종종거리며 걸어 나갔다. 웅장한 오케스트라의 연주가 시작됐다.

그 사이 히토미는 '지젤'을 연습하고 있었다. 기교 면에서 보면 그녀는 굉장히 뛰어난 무용수였다. 타고난 재능만 믿는 것이 아니라 자신이 가진 것을 끊임없이 갈고 닦으며 노력할 줄 아는 이가 바로 시노자키 히토미였다. 때문에 그녀의 기교는 정직할 뿐만 아니라 충실했다.

짝짝짝─.

군무가 끝나고 관객들의 박수 소리가 들렸다. 땀으로 번들거리는 얼굴에 홍조를 띤 무용수들이 무대 아래로 우르르 내려오자 미하로가 석정과 히토미를 가까이 불렀다.

"두 사람 중 누군가는 오늘이 최고의 날이 될 수도 있고, 최악의 날이 될 수도 있을 겁니다. 둘 모두에게 행운이 함께 하기를 빌겠어요."

그녀의 격려가 생소해서인지 석정과 히토미는 어색한 표정으로 고개만 끄떡거렸다. 그들을 소개하기 위해 무대 위로 올라간 미하로가 히로히토와 나가코를 향해 예를 갖추었다.

"천황 폐하, 그리고 황후 폐하. 오늘의 등극을 진심으로 경하드리오며 두 분 폐하의 치세(治世)를 기원하고자 저희 가스카노 무용 연구소에서 특별한 순서를 마련하였사오니 부디 성심에 흡족하시기를 바라옵니다."

"우리 일본에 그대와 같은 예술가가 있다는 사실이 크나큰 자랑이다."

히로히토의 치하가 이어졌다.

"황공하옵니다."

"그대의 제자들이 경연을 벌인다고 하였는가?"

나가코가 흥미로운 듯 물었다.

"아직은 부족한 실력이지만 저들이 가진 재주가 참으로 가상하옵니다."

"기대가 되는구나."

"아름다움을 보시는 두 분 폐하의 심미안이 저의 두 제자 중 누구의 공연을 성심에 들어 하실지 무척이나 설레옵니다."

"천하의 가스카노 미하로가 자부하는 제자들이건만 재능의 높고 낮음이 쉬 판가름 나기나 하려는지. 말이 길어 무엇 하겠는가? 그대 제자들의 공연을 한시라도 빨리 보고픈 마음이다."

무대는 모든 무용수들의 소망이자 희망이었다. 그곳에서 오롯이 혼자이기를 바라고 주인공이기를 꿈꾸었다. 꽃보다 화려하며 백조보다 우아하기를 바라고 가냘픈 순백의 학보다 더욱 처연하기를 바랐다. 수많은 관객들의 동경 가득한 시선과 환희를 갈구하는 마음은 떨쳐 낼 수 없는 지극한 본능이었다. 그녀들, 고운 그네들은 프리마돈나이기를 소원했다.

"나는 완벽한 지젤이 될 거야."

석정보다 앞 순서인 히토미가 기합이 잔뜩 들어가서 중얼거렸다. 그녀의 노력과 열정은 항상 부족함 없이 충만했다. 그것을 알기에 그간에 그녀와의 사이가 얼마나 껄끄러웠던지, 이번 경연의 결과가 갖는 의미가 얼마나 중요한지를 떠나서 석정은 히토미를 응원할 수 있었다.

무용을 업으로 하는 이라면 누구든지 무대 위에서 자신의 모든 정열을 불살랐다. 그 하나만으로도 찬사를 받을 자격이 있다고 그녀는 굳게 믿었다.

1841년 프랑스 파리 오페라하우스에서 초연된 지젤은 이미 전 세계인들의 사랑을 꾸준하게 받아 온 작품이었다. 총 2막의 구성으로 시골 소녀 지젤과 높은 신분의 귀족 알브레히트의 사랑을 그리고 있으며 더불어 지젤을 홀로 연모하는 사냥꾼 힐라리온과 사랑의 배신으로 춤을 추다 죽음을 맞은 요정 윌리들의 이야기이기도 했다.

베토벤 교향곡 5번을 차용한 아돌프 아당의 배경 음악은 그 선율이 간결하면서도 매끄럽고 경쾌했다. 단조로운 것 같지만 기이하게도 발레 전편에 반복되어 흐르는 리듬은 쉬우면서도 지루하지 않았다.

히토미는 1막 7곡의 '파쉴'을 추었다. 수확의 축제 때 포도를 따는 마을 처녀들에 의해 축제의 여왕으로 뽑히자 꽃과 포도의 넝쿨로 만든 화관을 쓴 지젤이 홀로 춤을 추는 장면이었다.

이 곡은 본래 아당의 원곡에는 없는 것으로 1884년 밍크스에 의해 작곡되어 추가 삽입된 곡이었다. 히토미는 이 곡을 석정과 마찬가지로 본인이 직접 골랐다.

원론적으로 그녀의 춤은 나무랄 데가 없었다. 흠잡을 곳 없이 수준 높은 기술은 현란하고 용모 또한 아름다웠다. 곧게 펴진 상체와 하체는 기본에 매우 충실하며 시선의 처리는 허둥대지 않고 보아야 할 곳, 머물러야 할 곳을 정확하게 파악했다. 발랄하면서도 천진한 소녀 '지젤'의 모습을 보여주는 그녀를 보고 있노라면 히토미가 가진 재능을 다시금 확인할 수 있었다.

무대 위로 나갈 때 보였던 떨림은 어디론가 사라지고 그 자리에 자신감이 들어앉았다. 자신이 가진 젊음의 풋풋함을 맘껏 자랑하며 히토미는 지젤의 모습으로 무대 위를 사뿐사뿐 날아다녔다.

"시노자키 양에게서 열의가 느껴지는군요."

몸을 푸는 석정에게 말을 걸면서도 미하로의 시선은 무대를 향하고 있었다.

"지젤을 열망하는 것이 오롯이 보일 정도예요. 그건 좋지 않은데……."

나지막이 중얼거리는 그녀의 말에 석정이 이상하다는 듯 물었다.

"열망하는 것이 왜 좋지 않다는 거죠, 선생님?"

미하로가 애매한 표정으로 돌아섰다. 그와 동시에 박수 소리가 터져 나왔다. 가쁜 숨을 들이켜며 히토미가 무대에서 내려왔다.

"수고했어요. 시노자키."

"선생님, 제가 어땠는지 부디 말씀해 주세요. 지젤을 잘 추었나요?"

무엇이 급한지 히토미는 열기가 식기도 전에 숨을 할딱이며 제 춤에 대한 감상부터 대뜸 물어왔다.

"나쁘지 않았습니다. 꽤 괜찮은 공연이었어요."

기대한 칭찬은 그 이상이었겠지만 미하로는 말을 아꼈다. 그녀의 인색한 표현에, 들떠 있던 히토미의 표정이 찬물을 끼얹은 것처럼 굳어졌다. 박수 소리가 가라앉고 새로운 프리마돈나를 맞을 준비가 된 관객들과 달리 그때까지도 석정은 긴장을 떨치지 못한 것처럼 보였다.

무대 입구의 붉은 커튼을 세게 그러쥐고 있는 그녀의 모습을 보자 히토미는 벌써부터 자신이 경연에서 이긴 것만 같았다. 미하로의 인색한 칭찬에 굳어 있던 표정이 어느새 자신만만하게 바뀌었다.

그녀는 안쓰러운 마음마저 들었다. 경쟁자라 생각하지 않고 본다면 분명 좋아할 만한 구석이 있는 동무이고 동료 무용수였다. 하지만 경쟁이란 원래 그런 거야. 따고 싶은 별 앞에서는 동무도 동료도 보이지 않는 법이라며 어깨를 으쓱거렸다.

정작 히토미의 짐작과 달리 석정은 약간의 감상에 젖은 상태였다. 오직 자신만이 이 순간, 이 공기 그리고 이 무대를 지배하는 주인공이라고 스스로에게 최면을 거는 중이었다. 방해를 하는 이도 무대를 함께 나누어 갖으려는 이도 없이 홀로 마음껏 누빌 수 있는 특권의 시간. 머리를 어지럽히는 사념들은 모두 저 멀리 뒤편으로 사라져 버리고 단지 음악과 춤이 어우러진 시간.

그 시간을 원 없이 자신만의 감성과 색채로 덧입혀 무대와 호흡하는 자유의 시간. 석정은 활짝 열려진 기회의 문 앞에서 기분 좋은 긴장과 두려움을 느꼈다. 히토미를 향한 박수와 열광에 초조함이 들지 않았다면 거짓말이겠지만 그 마저도 지금은 어디론가 사라져 버렸다.

—곧 도쿄의 별이 될 테니까요. 오만과 부도덕이 판치는 이 모순의 나라에서 가장 매력적인!

이상하게도 타이요우의 목소리가 바로 옆에서 들리는 듯했다. 환청처럼 떠오른 그의 말에 가슴이 세차게 뛰었다. 그가 객석 어디에선가 지켜볼 것을 생각하니 야릇한 전율이 흘렀다.

"석정 양?"

미하로의 부름이 그녀를 혼자만의 생각에서 빠져나오게 만들었다. 숨을 깊게 들이쉬었다가 천천히 뱉어 내면서 그러쥐고 있던 커튼을 스르르 풀었다.

"괜찮은가요?"

걱정하는 말에 아무 문제없다며 고개를 흔들었다. 경성 공회당에서 미하로의 춤을 처음으로 접했을 때를 회상했다. 신무용이라는 것을 생전 처음 보고 충격을 받았던 그날이 빠르게 스쳐 지나갔다.

춤이란 것은 그저 기생의 한낱 얄은 재주일 뿐이라고 생각하던 때가 있었다. 하지만 미하로의 몸놀림은 얄은 재주가 아니었다. 제 몸을 붓 삼아 그리는 순간순간 지워져 버리는 환영 같은 그림이지만 보는 이의 가슴과 두 눈에 영원히 각인되는 그러한 그림이었다. 어찌 그러한 몸짓을 한낱 얇은 재주라 표현할 수 있단 말인가! 그것은 찬란한 영광이었다. 선택받은 이들의 매혹적인 재능이었다.

석정은 무대를 향해 앞으로 내딛는 걸음걸음이 벅차올랐다. 드디어 오래도록 열망해 오던 그 순간이 손에 잡힐 것만 같았다. 환하게 빛나는 그곳, 동경해 마지않는 무대가 그녀를 향해 두 팔을 활짝 벌리고 있었다.

이치카와 부자(父子)는 히로히토와 나가코를 위시한 제일 앞줄에 앉아 있었다. 신분과 지위에 따라 자리 배석이 이루어지는데 황후의 친척뻘이라도 황족을 밀어내고 그 자리에 앉았다는 사실은 거의 파격에 가까웠다. 어쨌든 타이요우와 요시히로가 앉은 자리는 무대가 매우 가까이 보이는 곳이었다. 지루한 듯 몸을 뒤틀며 주변을 흘끔 돌아보던 타이요우의 눈에 이제 막 무대 위로 올라오는 석정의 모습이 들어왔다.

그녀는 순백색의 접시 모양같이 생긴 모슬린 무용복, 클래식 튀튀 차림으로 등장했다. 그것은 치맛단이 겹겹이 쌓인 것으로 그렇지 않아도 가는 허리를 더욱 강조하는 효과를 주었다.

촘촘히 땋아서 틀어 올린 머리에는 백색의 깃털 관을 썼는데 그녀를 본 관객들 사이에서 단발의 한숨이 터져 나왔다. 천사가 내려왔다거나 백조보다 더욱 우아한 백조의 탄생이라는 소리들이 전혀 과장된 것이 아닐 만큼 공연 전부터 그녀는 벌써 빛나고 있었다.

"조선에는 미인이 많다더니 틀린 말이 아닌 것 같습니다."

누군가 요시히로에게 속삭이는 소리가 타이요우의 귀에까지 들렸다.

"그러게 말입니다. 호사가들이 그냥 하는 말인 줄만 알았더니 저 아이를 보면 괜한 소리는 아니었던 모양입니다. 하하."

적당히 맞장구치는 요시히로의 말을 가만히 듣고 있자니 불쾌감이 일었다. 상대가 아버지라도 아니, 대단한 여성 편력을 자랑하는 아버지라면 더더욱 석정이 그의 눈에 들지 않았으면 했다. 이치카와 요시히로가 젊고 재능 있는 수많은 여성을 후원의 명분으로 농락한 사실은 그다지 큰 화젯거리도 아니었다. 만일 석정이 아버지와 조금이라도 엮이게 된다면 참을 수 없을 것이라고 그는 생각했다.

"인사를 하는군요. 이제 시작을 하려나 봅니다."

이름도 기억나지 않은 옆자리의 누군가가 말을 걸어왔다. 예의상 마음에도 없는 미소를 지어 보인 타이요우의 시선이 다시 무대 위 석정에게로 고정되었다. 마치 자신이 이제 막 데뷔하는 무용수라도 된 것처럼 긴장했다. 그녀는 과연 어떤 모습으로 관객들에게 다가설까?

험악하게 무리지어 다그치는 군인들에게조차 꿋꿋하게 버티던 그녀지만 아무래도 이번만큼은 떨릴 것이다. 그 떨림이 고스란히 전해져 오는 느낌은 착각일까? 주책없고 민망하지만 이상하게도 그는 거짓말처럼 그녀의 손끝이 미세하게 떨리는 것 마저 선연히 느낄 수 있었다. 그녀가 차츰 마음을 진정시키며 준비가 되자 그의 마음 역시 편안해져서 비로소 그녀의 춤을 감상할 준비가 되었다. 그리고…….

사람들은 숨을 죽였다. 무대에 선 무희가 숨을 죽였기 때문이다. 사람들이 짧은 한숨을 내쉬었다. 무희가 가녀린 한숨을 쉬었기 때문이다. 그들은 벌써부터 좌중을 압도하는 무희의 말없는 지시에 따라 제각기 진지해졌다.

지금까지 '빈사의 백조'는 오로지 안나 파블로바만을 위한 독무였다. 죽음의 경계에 이른 백조를 그녀 이상으로 아름답고 처절하게 표현할 발레리나가 또 있을까 싶을 정도로 그 춤은 완전하게 그녀의 것이었다. 그녀가 직접 추지 않으면 더 이상 가엽지도 처절하지도 않을 만큼 파블로바의 '빈사의 백조'는 사람들의 뇌리에 강하게 박혀 있었다.

그 때문일까? 초연된 지 20년이 지나도록 이 춤을 추겠다고 나서는 발레리나는 세계적으로도 드물었다. 입문한 지 고작 두 해밖에 되지 않은 신인으로서 그런 작품에 도전한다는 것은 굉장한 부담이었으며 또 그만큼의 용기가 필요했다. 파블로바의 것이 아닌 모석정의 '빈사의 백조'를 보여주어야 했기 때문에 발레에 대해 조금이라도 아는 자라면 무모한 선택이라고 했다.

그러나 음악이 시작되기 전 무대를 채우는 묵직한 적막감은 일종의 최면이라 할 수 있는데, 스스로 무희가 아닌 표현해야 할 대상 자체가 되기에 충분한 시간이었다.

백조가 되어야 한다. 아프고 고통스러운 백조가 되어야 한다. 살기 위해 날갯짓을 쉬지 않지만 날개를 퍼덕이면 퍼덕일수록 죽어갈 수밖에 없는 그러한 백조가.

석정은 생과 사의 경계에서 살고자 몸부림치는 백조가 되어 움직이기 시작했다.

힘없이 가녀린 백조에게는 산다는 것 자체가 절망이고 희망이다. 자꾸만 잦아드는 날개를 조금만 더 파닥거려 본다. 조금만 더, 조금만 더……. 그렇게 있는 힘껏 날갯짓을 한다면 죽음의 늪에서 기적처럼 빠져나올 수 있지 않을까 하는 애처로운 소망이다. 부디 이 고통의 순간에서 빠져나올 수만 있다면 좋으련만.

그러나 어인 일인지 생과 사는 종이 한 장의 차이처럼 너무나 가까이 있어 절망을 하기도, 희망을 갖기도 어렵다. 힘겨운 싸움을 하는 백조는 선택을 강요받는다.

차라리 편히 쉬었다 눈을 감으련, 아니면 끝까지 죽음에 대항하여 투쟁을 하다 더욱 비참하거나 혹은 찬란하게 눈을 감으련?

석정, 아니 백조의 파드브레(pas de bourre). 선택은 처음부터 하나뿐이었다는 듯 부드럽고 단호하게 미끄러지면서 어깨에서 손끝까지 이어지는 선에 힘을 빼고 축 늘어뜨렸다. 그러곤 절박하고 다급하게 날개를 파닥거렸다. 처연하고 고집스러운 날갯짓은 보는 이들로 하여금 마치 그녀의 팔에서 하얀 깃털이 하나 둘 빠져나와 공기 중을 부유한다고 여기게끔 만들었다. 누가 이토록 처절할 수 있을까?

위태롭게 움직이는 발끝과 긴장을 푼 어깨와 팔, 그리고 축 처진 손목으로 석정은 두려움에 부들부들 떠는 가여운 백조를 재현해 냈다. 죽기 직전까지 날개를 파닥거리다 도저히 어찌할 수 없을 만큼 힘이 빠지면 결국 그렇게 죽어야 한다는 사실을 체념처럼 받아들이고 서서히 무너져 가는 모습이 한없이 불쌍하고 또 불쌍해서 이 모든 상황이 실재하는 것처럼 보였다.

영혼은 아직도 뜨겁건만 몸뚱이는 싸늘하게 식어 갔다. 백조는 그렇게 점점 불꽃처럼 사그라졌다.

석정은 한참 동안이나 무대에 쓰러져 있었다. 격렬하게 솟아오르는 감정을 주체하지 못했다. 그와 함께 관객들 역시 충격에 빠져서 한동안은 정말 숨소리조차 들리지 않았다. 그녀는 백조가 되어 숨을 거두었고, 관객들은 살고자 노력했던 그래서 안쓰럽고 가여운 것을 넘어 죽음마저 몹시도 빛나게 아름다웠던 한 마리 백조를 추모했다.

공연 시간은 겨우 2분여 남짓으로 짧았지만 관객들은 마치 장대한 소설을 한 편 읽은 것 같은 착각에 빠져들었다. 그만큼 석정이 춘 '빈사의 백조'는 짧은 시간 동안 많은 것을 보여주었다. 죽음에 대항하는 용기, 두려움, 체념, 결국 사(死)에 이르기까지.

짝짝짝―.

객석 어디선가 박수 소리가 나왔다. 멍하니 무대만 바라보던 관객들의 시선이 일제히 소리의 진원지를 찾았다. 미치노미야 히로히토의 표정은 무뚝뚝하지만 그의 작은 눈은 즐거이 빛나고 있었다. 그를 따라 지치부노미야 내외가 박수를 치고 다른 관객들이 박수를 쳤다. 이 열렬한 갈채는 교토 궁의 회당을 날려 버릴 만큼 크고 높았다.

백조는 결국 죽음으로써 찬란하게 빛이 났다.

타이요우는 석정을 뚫어지게 바라보았다. 굳어 버린 그의 몸은 박수조차 칠 수 없었다. 매혹하는 이의 잘못인가, 매혹을 당하는 자의 잘못인가. 그의 고민은 점점 더 깊어질 수밖에 없었다.

온몸의 열기가 뜨겁게 달아올라 당장이라도 그녀의 허리를 잡아 무대에서 끌어내리고 싶었다. 그녀의 붉은 입술을 탐할 수만 있다면 그도 좋을 것이다. 그녀의 어깨를 으스러트릴 만큼 껴안을 수 있다면 기쁘기 한량없을 것 같았다. 그녀의 춤은 타이요우의 오감을 극도로 자극했다.

"대단한 공연이었습니다. 역시 가스카노 상의 제자군요. 그렇지 않습니까?"

좀 전에 말을 걸었던 사람이 또다시 말을 걸어왔지만 아무런 대꾸도 할 수가 없었다.

"저기, 이치카와 상?"

상대가 머뭇거리면서 그를 다시 불렀다. 그래도 그가 반응을 보이지 않자 민망한지 괜한 헛기침 소리가 들렸다. 혼자 알아듣지 못할 소리를 중얼거리며 상대는 다시 무대를 바라보았다.

타이요우는 무대를 노려보았다. 욕망이 커져만 갔다. 숨이 쉬어지지 않았다.

석정은 끝까지 견디지 못하고 죽어 버린 백조에 대한 감정의 여분이 남아 있는 듯했다. 환하게 웃고 있었지만 그녀의 몸은 여전히 미미한 경련을 일으키고 있었다. 미하로와 함께 다시 무대 위로 나오는 히토미의 표정이 초조감으로 시무룩했다.

"평생에 한 명 얻기도 어려운 대단한 수제자를 두 명이나 얻었으니 가스카노야말로 오늘 밤 가장 행복한 이가 아닌가."

석정과 히토미를 나란히 뒤에 세우고 선 미하로를 향해 나가코가 치하했다. 그녀는 빳빳한 다섯 벌의 기모노를 겹겹이 겹쳐 입은 예복 원색의 쥬니히토에 차림으로 얼굴은 하얗게 분칠을 했으며 머리는 커다란 조형 틀이 꼭 끼도록 정성스럽게 손질한 모습이었다.

옆에 앉은 히로히토의 예복 차림 또한 화려하기는 마찬가지였다. 그의 오른손에 들린 황권을 상징하는 천장 샤쿠를 본 석정은 재빨리 눈을 내리깔았다. 겉으로 보기에 화려한 차림새 외에는 그리 대단해 보일 것도 없는 왜소한 이들이었다. 난장이처럼 조그맣고 깡마른 사람들.

특히 평범하다 못해 작은 체구로 인해 어딘지 주눅마저 들어 보이는 미치노미야 히로히토의 외모 어디에서도 군왕의 모습이 전혀 보이지 않았다. 그의 손에 수많은 조선인의 자유가 억압되었다는 사실이 믿기지 않을 정도였다. 과연 저기 거드름을 피우며 앉아 있는 작고 못생긴 이가 일본인들이 신으로 믿는 자란 말인가. 참으로 이상한 일이었다. 이리 보면 길가의 무지렁이들과 전혀 다를 바 없어 보였다.

"춤이란 무릇 그 춤을 보는 이들이 가슴에서부터 우러나오는 감동을 느껴야 훌륭하다 할 수 있을 것입니다. 이 경연의 승부를 판단하여 주실 황후 폐하의 고견(高見)은 어떠하신지요?"

미하로의 말에 좌중이 조용해졌다.

가자미눈처럼 쫙 째진 작은 눈과 지나치게 얇은 입술을 가진 나가코는 보는 이로 하여금 황후의 인덕을 의심케 할 정도로 강박한 인상을 풍겼다. 뿐만 아니라 튀어나온 주걱턱은 탐욕스럽고 작은 키에 어린아이처럼 마르기까지 해서 매우 신경질적으로 보여 결코 아름다움과는 거리가 먼 외모였다.

철저한 예절 교육으로 인해 자동적으로 다소곳하게 모은 두 손이 그녀를 조금이나마 여성적으로 보여주는 것 말고는 그만한 신분의 여인이 마땅히 가지고 있어야 할 넉넉한 품위나 우아함을 전혀 찾아볼 수 없었다. 게다가 웃음기 하나 없이 냉랭한 표정이니 그 인상이 오죽이나 했을까.

건조해 보이는 시선으로 나가코는 석정과 히토미를 찬찬히 살펴보았다. 그녀는 입술 꼬리를 삐뚜름하게 말아 올리며 남들 모르게 코웃음을 흘렸다. 기실 즉위식에 조선인 무용수가 공연을 한 것부터가 불만이었다.

'미치(히로히토의 아명)는 어쩌자고 조센징을 불러들인 것인지……'

애초 군무를 선보이기로 한 가스카노 미하로가 경연에 관한 상신만 올리지 않았어도 이런 행사 따위는 안중에도 없었을 것이다. 그녀가 조선인을 참고 보는 이유는 자신의 즉위식 날 일본과 조선의 촉망받는 두 무용수를 초대해 공연을 하게 한다면 내선일체를 상징적으로 보일 수 있는 좋은 기회가 될 것이라는 히로히토의 말이 있었기 때문이었다. 그렇지 않았다면 얼마 전에 조선인의 독검에 찔린 아버지 구니노미야 구니히코가 아직도 와병 중인데 야만적인 조선인을 감히 신성한 즉위식에 들여보내지 않았을 것이다.

뿐이랴, 다이쇼 13년, 히로히토와 혼례를 올릴 적에도 폭탄을 투척한 조선인들이 아닌가. 저 불측한 민족을 어찌 이 성스러운 자리까지 불러들일 수 있는지 도무지 용납할 수가 없었다.

"시노자키의 지젤은 매우 활기차면서도 순수하구나. 순진한 시골 아가씨가 귀족 청년을 사랑하게 되는 이야기라고? 기교가 뛰어난 데다 귀여운 미소를 시종 지어 주니 보는 이의 마음이 다 환해지는 것이 아닌가? 귀엽고 소녀다운 것을 추구하는 본인의 취향 때문인지 시노자키에게 눈이 더 가는 것이 어쩔 수가 없구나."

"망극하나이다. 황후 폐하."

감격에 겨운 히토미가 한쪽 무릎을 굽히며 허리를 숙였다. 예술을 보는 시선이야 주관적인 것이니 그 호불호를 정확히 따질 수는 없었다. 그러나 일본인과의 경쟁에서 조선인은 절대적으로 불리할 수밖에 없다는 사실을 나가코의 눈빛에서 석정은 분명히 알 수 있었다.

객석에서 수군거리는 소리가 들렸지만 그것으로 끝이었다. 석정에게 제일 먼저 박수를 보낸 히로히토가 나가코를 돌아보더니 혀를 슬쩍 차는 것이 전부였다. 나가코는 모두가 다 아는 조선인 혐오주의자였다. 조선인들이 미개하다고 믿었고 조선 민족은 일본의 비호 아래에서만 존재할 수 있다 믿는 여인이었다. 더구나 조선인들의 무장투쟁이 끊임없이 일어나는 가운데 급기야는 자신의 아버지까지 그 대상이 되었으니 조선을 향한 그녀의 분노가 얼마나 컸겠는가.

구니노미야 나가코는 천황을 움직이는 여인이었다. 히로히토가 가만히 있는데 '너무 불공평하지 않느냐며' 이의를 제기하고 나설 사람은 아무도 없었다.

＊　　＊　　＊

공연을 마친 무희들은 곧 궁원에서 열릴 축하 연회와 불꽃놀이를 구경할 생각에 다들 들뜬 상태였다. 비록 직접 연회에 참석하지 못해도 멀리서나마 구경할 수 있다며 너나 할 것 없이 제일 좋은 드레스를 챙겨 입었다. 미국에서 들여온 여성지를 보고 흉내 낸 이브닝드레스를 서로 자랑하며 무엇이 그리도 즐거운지 까르륵 웃어 대기만 했다.

가루분을 얼굴에 바르던 석정은 울컥 끓어오르는 감정을 이기지 못하고 화장대를 박차고 일어났다. 그 바람에 분합이 바닥으로 떨어져 분가루가 사막의 모래바람처럼 흩어져 날렸다. 분 냄새가 대기실 안에 진동했다.

"조심 좀 하지 그러니? 드레스에 분가루 묻으면 어떡할 거야?"

리본이 요란하게 달린 클로슈 모자를 쓰고 거울 앞에서 이리저리 폼을 재던 히토미가 눈살을 찌푸리며 면박을 주었다. 그녀는 하얗게 날리는 분가루에 재채기를 하며 뒤로 물러났다. 짙푸른 공단 드레스를 입은 모습이 주인공처럼 빛나 보였다.

"나는 네 춤이 훨씬 좋았다고 생각해."

바닥에 구르는 분합을 집어 드는 석정의 등 뒤로 예의 말 많은 유카가 다가왔다.

"박수 소리도 더 컸지 않아?"

제 딴에는 치장을 한다고 한 모양이지만 어디서 난 것인지도 모를 촌스러운 차림의 그녀는 석정의 기분을 파악하지 못하고 계속해서 떠들어 댔다.

"내가 보기엔 시노자키가 널 이길 수 있었던 이유는 딱 하나

밖에 없어. 네가 조선인이라는 거지. 그것 말고는 네가 밀려날 이유가 없잖아. 안 그래?"

'애는 지금 위로를 하는 걸까, 심화를 돋우는 걸까?'

석정은 가루가 다 쏟아져 버린 빈 분합을 화장대 위에 던지듯이 내려놓았다. 조선인이라는 이유만으로 밀려났다는 사실이 더 비참하건만 눈치 없는 유카는 하필 그것을 콕 집어 말했다. 차라리 실력과 노력이 부족하다면 언젠가는 지금보다 나아질 수 있다는 희망이라도 있었다. 하지만 조선인이기 때문에 기회를 박탈당하고 노력을 해도 안 된다면, 그건 곧 춤을 출 이유가 없음을 뜻했다. 아무것도 이루어 놓은 것 없이 일본인들의 차별과 편견 앞에 힘없이 패배하고 조선 땅으로 돌아가야 할까 봐 석정은 그것이 두려웠다.

드레스를 펄럭이며 장난을 치던 히토미와 눈이 마주쳤다. 그녀가 빼기듯 자신감 넘치는 미소를 지었다. 찬바람을 일으키며 몸을 홱 돌린 석정은 중단했던 화장을 마저 마치고 보라색 드레스로 갈아입었다. 깃과 소매 없이 가슴 부분이 깊이 파인 드레스는 허리선이 낮은 모양으로 세련되었다.

"어머머, 시노자키가 아직도 너를 보고 있어. 나라면 미안하다고 한마디 정도는 할 텐데 말이야. 정말 얄밉지 않니?"

"입 좀 다물어!"

석정의 입에서 기어이 비명처럼 째진 소리가 터져 나왔다. 유카는 근본적으로 못된 성격은 아니었다. 다만 말이 많은 데다 눈치도 없어 상대의 기분을 잘 거슬리는 것뿐이었다. 둔한 성격이 잘못이라면 잘못인 아이였다. 입을 다물어 주어야 할 때 그녀는 여지없이 나타나서 또박또박 잘도 말했다. 제 깜냥에는 실의에 빠진 동무의 기분을 풀어준답시고 자꾸 말을 거는 모양이지만 오히려 화에 기름만 부은 꼴이 되고 말았다.

당황한 유카가 울상이 된 얼굴로 총총히 사라졌다. 석정은 태연한 척 거울 속 자신의 모습을 보았다. 머리를 빗질하면서 평정심을 되찾기 위해 몇 번이나 스스로를 다독거렸다. 지난 일을 가지고 속을 끓여 봐야 득 될 것이 없었다. 이제는 자신에게 주어진 남은 하나의 임무를 잘 끝내는 일만이 남았다.

립스틱에 잔뜩 힘을 주는 바람에 오늘따라 입술이 붉게 칠해졌다. 대기실 입구에 서서 그녀의 모습을 지켜보던 미하로가 곁으로 다가왔다.

"바보 같네요."

그녀의 말에 잠시 멈칫거린 석정은 머리를 높게 틀어 올리고 진주알이 박힌 핀을 단단하게 꽂아 넣었다. 앞머리는 최신 유행대로 구불구불하게 말아서 이마에 고정을 시킨 상태였다. 미하로가 화장대에 삐딱하게 기대어 앉은 자세로 석정의 얼굴을 올려다보았다.

"의외로 감정적이고 속내를 잘 드러내죠. 아주 바보 같아요."

밍크 케이프를 어깨에 두른 석정이 미하로의 얼굴을 똑바로 쳐다보았다.

"제가 과연 일본에서 무용가로 성공할 수 있을까요, 선생님?"

"그거야 본인이 하기에 달렸죠. 신경쇠약에 걸린 것처럼 보이는 꽉 막힌 여자 때문에 당신의 꿈을 포기할 건가요?"

빙글거리며 웃고 있어도 미하로의 눈은 냉랭했다. 그녀의 눈빛에서 실망의 기색을 엿본 석정은 먼저 시선을 피해 버렸다.

"자만하지 말아요. 그렇다고 나약해지지도 말아요. 당신은 어떤 이유로라도 얼마든지 폄하 될 수 있다는 걸 알아야 해요. 비록 공평하지 않더라도 말이지요. 그건 당신이 조선 사람이라서가 아니라…… 물론 그런 편견을 가진 이들도 있지만 세상은 그만큼 다양한 시각을 가진 사람들이 많기 때문이에요. 우리들이 하는 일이란 원래가 그렇죠. 남에게 보이고 평가당하는 일이 두렵거나 참을 수 없을 만큼 분하다면 하지 말아요. 늘 자신의 춤이 호평만 받으리라 생각하는 건 지나친 자만심이랍니다. 그것도 이제 겨우 첫 무대에 선 애송이가요."

석정은 화살처럼 날아드는 힐난에 딱히 반박할 말을 찾지 못하고 결국 고개를 숙이고 말았다. 화가 크게 난 듯 미하로는 구두를 유난히 딱딱거리며 대기실을 나갔다. 한동안 멍해 있던 석정은 모두들 대기실 밖으로 빠져나가는 소리를 듣고서야 퍼뜩 정신을 차렸다.

"아, 키무라 상!"

까맣게 잊고 있었다는 듯 단발의 비명을 지른 그녀는 손가방을 챙겨 들고 부산히 대기실을 빠져나왔다. 미하로의 말은 분명 자신을 돌아보게 할 만한 것이지만 지금은 그보다 우선된 일을 해야 했다. 그녀의 걸음이 점점 더 빨라졌다.

축하연은 지루했다. 궁원에 높은 단상을 설치한 후 히로히토와 나가코, 그 외에 귀빈을 위한 자리를 마련하고 너른 뜰에는 춤을 출 수 있는 플로어를 만들었지만 정작 춤을 추는 이들은 거의 없었다. 단지 이리저리 주변 눈치나 살피면서 옆자리에 앉은 사람들끼리 대화를 나누는 것이 전부였다. 자리 한쪽을 차지하고 앉은 악단이 민망할 정도였다.

경계 밖에서 연회를 지켜보던 사람들 역시 지루해하며 평생에 한 번 볼까 한 화려한 연회장과 곧 있을 불꽃놀이를 멀리서나마 구경하는 것으로 만족하고 있었다.

"재미없는 연회야. 즐기지도 못할 인사들이 허세만 늘어서는. 그렇지 않은가?"

히로히토의 아우 야스히토가 이기죽거렸다. 그는 자신의 형과 마찬가지로 작은 키를 가졌지만 좀 더 호남형으로 영국 옥스퍼드를 나온 엘리트였다. 동문인 타이요우와는 제법 대화가 통하는 절친한 사이였고 그의 부인은 전 주미 대사인 마쓰다이라 쓰데오 남작의 딸인 마쓰다이라 쎄스코였다.

그녀는 나가코보다 훨씬 세련된 여인으로 그 식견이 나가코에 비할 바가 아니었다. 결혼한 지 얼마 되지 않은 이들 신혼부부는 각자 외국생활로 인해 미국 영화와 재즈 음악을 좋아하는 등 서양 문화에도 항상 한발 앞선 폭 넓은 지식을 가지고 있었다. 그 때문에 사교계의 모든 유행은 야스히토 내외가 선도한다 해도 과언이 아니었다. 최근 들어서는 황실 종친들의 마음까지 그들 쪽으로 흐르는 기류가 감지될 정도였다.

황실이 히로히토와 나가코를 앞질러 야스히토 부부를 지지한 이유는 나가코가 딸만 둘을 낳은 뒤 아직도 아들을 두지 못했고 천황인 남편을 무시하며 정책들을 시행할 만큼 독단적이기도 해서 황실과의 관계가 소원해진 탓이었다. 그러나 무엇보다도 관습에 얽매인 촌스럽고 보수적인 히로히토 내외와 달리 개방된 사고방식을 가진 야스히토 내외가 신흥국 일본의 상징으로서 아주 적격이라는 평이 지배적인 것이 제일 컸다고 봐야 했다.

그 때문인지 나가코는 시동생 내외라고 하면 신경부터 곤두세우는 일이 많았다. 지난번 야스히토의 결혼 피로연 때 샹들리에 사건을 일으킨 것도 같은 맥락이었다. 지금도 자신의 방계 친척인 타이요우가 야스히토와 나란히 앉아 있는 것이 펴이나 못마땅한지 그들을 찌를 듯이 노려보고 있었다.

"황후께서 자네를 잡아먹을 듯이 노려보시는군."

한쪽 눈을 찡긋거린 야스히토가 장난처럼 중얼거렸다. 그 말에 와인을 마시다 말고 나가코가 있는 곳을 흘끔 본 타이요우는 입술을 일직선으로 그었다. 생각하고 싶지 않은 불쾌한 기억이 떠올랐다. 그가 아직 어릴 적에 단지 몇 살 더 많았을 뿐인 그녀는 분명 경멸 어린 눈초리를 하고서 작은 소리로 속삭였다.

　—더러워.

　동아시아의 평화를 주장하는 일본의 히로히토와 그 비는 매우 편협한 인성의 소유자였다. 특히 나가코의 편견은 어느 것보다 확고하다 할 수 있었다. 타 민족과 그들의 민족성을 인정하지 않으며 발아래로 깔고 짓뭉갰다.

　문화상대주의는 없고 오직 일본과 천황에 대한 찬양만이 있었다. 자신들의 순수 혈통을 자랑스러워하며 가문의 순수성에 다른 피가 섞이는 것을 결코 용납할 수 없어 했던 나가코. 그녀의 눈에 타이요우는 이방인일 뿐만 아니라 순수하지 못한 잡종이며 가문의 수치였다.

　안나 파블로바 이래 어느 발레리나보다도 우아하고 가련한 백조를 그처럼 강렬하게 춘 석정을 무시하고, 제법 잘 추었지만 밋밋했던 히토미의 손을 들어준 것도 딱 그녀다운 선택이었다.

　"이건 뭐, 자네뿐만 아니라 시동생인 나까지 찢어발길 듯이 노려보니 난감하기 이를 데 없군. 난 그저 자네와 친우로서 정담이나 오순도순 나누려고 하는데 말이지."

　다소의 과장이 섞인 하소연에도 타이요우가 반응을 보이지 않자 야스히토가 어깨를 으쓱거렸다.

　"그다지 하는 일 없이 놀고먹는 인사라도 자네 위치가 제법 되기는 하는 모양이야. 자네를 제 뜻대로 못 움직여서 안달한 표정 좀 보라지. 자네가 가진 권력을 온전히 제 옆에 두고 싶어 용쓰는 치맛바람이 상당히 재미나는군."

권력이란 퍽이나 우스운 것이었다. 그것을 유지시키기 위해서 나가코는 순수하지 못하고 '더러운' 타이요우를 가까이에 두려고 했다. 좋지 못한 기억을 떨쳐 버리기 위해 타이요우는 음울해진 눈길로 주변을 두리번거렸다.

"어머나? 저기 저쪽에 그 매혹적인 무용수 아가씨가 있군요. 누굴 찾는 모양이에요."

마침 가까이 다가온 쎄스코가 야스히토의 어깨에 손을 짚으며 부채로 한 곳을 가리켰다. 부채 끝을 따라 움직이던 타이요우의 시선에 석정의 모습이 들어왔다. 비록 멀리 떨어져 있지만 그는 한눈에 그녀가 무척 초조한 상태인 것을 알아챘다. 교토로 오던 기차에서의 일이 마음에 걸렸다. 무엇인가 숨기고 있는 것이 확실했다.

"그녀가 매우 뛰어난 무용가가 될 거라는데 제 미소를 걸죠. 오늘의 승자는 그녀였는데 말이에요."

쎄스코가 자신 있게 말하자

"내 부인이 예술을 좀 알지."

야스히토가 경쾌한 투로 동조했다. 쎄스코의 입술이 부드럽게 휘어지는가 싶더니 석정에게서 눈을 떼지 못하는 타이요우를 보고 의미심장한 눈길을 남편에게로 보냈다.

아름다운 무희는 매사가 지루한 사내의 가슴에도 불을 지르는 모양이라고.

콩나물시루처럼 가득 찬 사람들을 헤치면서 석정은 키무라 가즈에와 만나기로 한 장소로 갔다. 도쿄에서 기차를 탈 때만 해도 막연하게 느껴지던 불안이 이제는 걷잡을 수 없을 만큼 커진 상태였다. 연회의 분위기가 점점 무르익고 있었다. 곧 화려한 불꽃놀이가 있을 거라는 기대감에 사람들은 벌써부터 환호성을 지르며 웃음을 터트렸다. 날은 저물어 어둑한데 곳곳에 환한 전기 등불이 켜져 연회를 더욱 분위기 있게 만들었다.

멀리서 붉은색 드레스를 입은 가즈에가 걸어오는 것이 보였다. 그녀의 손에는 석정과 같은 모양의 손가방이 대롱대롱 매달려 있었다. 사람들이 어찌나 많은지 몸을 이리저리 치이면서 그들은 서로를 향해 천천히 다가섰다.

드디어 코앞까지 가까워졌을 때 가즈에가 사람들에게 밀려 쓰러지면서 석정의 어깨에 부딪쳤다. 그 충격에 두 사람 모두 휘청거리며 들고 있던 손가방을 떨어트렸다. 그들은 당황한 기색으로 허둥거리며 무릎을 꿇고 앉아 얼른 자신의 손가방을 챙겨서 일어났다. 두 사람의 손가방이 감쪽같이 뒤바뀐 뒤였다.

사람들 속으로 가즈에가 사라지고 누군가가 팔을 잡아채는 강력한 힘에 의해 석정의 몸이 거칠게 돌려세워졌다.

"이게 무슨……!"

화려한 연미복 차림의 타이요우를 본 석정이 긴장한 투로 말끝을 흐렸다. 가즈에가 있던 자리와 석정을 의심에 찬 눈길로 번갈아 보던 그가 물었다.

"방금 전 그 여자, 키무라 가즈에. 어떻게 압니까?"

석정의 눈이 불안한 듯 크게 떠졌다.

"그, 글쎄요. 지나다 부딪쳤을 뿐인데 제가 그분을 어떻게 알겠어요?"

관심 없다는 투로 그녀가 대꾸했다. 그녀의 팔을 쥐고 있던 타이요우의 손에 지그시 힘이 들어갔다.

"윽!"

붉게 칠해진 입술 사이로 석정이 억눌린 신음 소리를 냈다. 타이요우가 황급히 그녀를 놓아주었다.

'이 여자는 대체 무엇을 숨기는 걸까?'

그녀에 관해서라면 이상하리만치 신경이 곤두섰다. 도무지 모석정이라는 여자를 무시할 수가 없었다. 멀리 수많은 사람들 속에 파묻혀 있더라도 그의 시선은 반드시 그녀를 찾아내고야 말았고 눈 깜짝할 사이에 그녀 앞에 서 있는 자신을 발견했다.

"유감입니다. 오늘 경연."

소용돌이치는 심경을 감추기 위해 경연에 대한 이야기로 화제를 돌렸다.

"시노자키는…… 재능이 있어요."

뒤끝에 묻어나는 씁쓸함까지야 완벽하게 속일 수는 없겠지만 석정은 그렇게 말했다.

"호시의 재능에는 미치지 못하죠."

타이요우가 단호하게 주장했다. 그의 말에 석정의 입꼬리가 미세하게 올라갔다. 실망한 모습을 그에게 보이고 싶지 않았다. 그깟 한 번의 시련이 자신을 흔들 수 없다는 것을 보여주고 싶었다. 그에게 약한 모습을 보이는 건 왠지 자존심이 상했다. 헌데 어쩐 일인지 무뚝뚝하기만 한 위로 아닌 위로에 상했던 마음이 속없이 스르르 풀어지는 듯했다.

오케스트라 단원들이 악기를 점검하고 있었다. 타이요우에게 붙잡히는 바람에 미하로와 연구소 사람들을 찾는 일을 잊고 있었던 석정이 서둘러 사람들 사이를 비집고 앞으로 나아갔다.

타이요우가 무의식적으로 그녀의 뒤를 따랐다. 하지만 곧 그들은 출렁이는 파도에 떠밀리듯 사람들에게 이리저리 치이면서 붉은 줄이 쳐진 연회장 테두리 앞까지 밀려나게 됐다. 다급한 마음에 고개를 쭉 내밀어 주변을 두리번거리던 석정은 문득 플로어 쪽을 바라보았다.

"불꽃놀이를 하기 전에 저기 앉아 있는 화족들이 왈츠를 춘다는군요. 음악이 끝나갈 때 즈음 불꽃을 쏘아 올린다던데 아마 굉장히 멋질 거예요. 그러고 보니까 이치카와 상도 왈츠를 추시나요?"

"그렇지 않아도 그 때문에 몰래 도망을 치던 중이죠."

그의 대답이 재미있다는 듯 석정이 무심코 웃음을 터트렸다.

"웃을 줄도 아는군요."

무슨 말이냐며 그녀가 고개를 갸웃거렸다.

"나만 보면 항상 손톱을 날카롭게 세우기에 만성 신경쇠약증인가 했죠."

타이요우가 짐짓 진지한 투로 농을 걸었다.

　─신경쇠약에 걸린 것처럼 보이는 꽉 막힌 여인네 때문
　에 당신의 꿈을 포기할 건가요?

미하로의 말이 떠오르자 석정의 입술이 그만 굳게 다물렸다.

"지독한 모함이네요. 신경쇠약이라니."

그녀의 목소리가 다시 날카로워졌다. 때마침 오케스트라의 연주가 시작되자 타이요우가 손가락을 입에 대고 '쉿' 소리를 냈기 때문에 더 이상 말을 할 틈도 없었다. 경쾌한 리듬을 타고 야스히토와 세쓰코가 먼저 춤을 추자 여러 쌍의 남녀가 함께 왈츠를 추었다. 그중에는 가즈에도 끼어 있었다.

석정은 그녀를 바라보다가 동료들이 있을 만한 다른 곳을 찾아보기 위해 사람들 사이를 빠져나왔다. 눈치 없이 타이요우가 계속해서 쫓아왔다.

"혼자 있고 싶네요!"

그가 신경쇠약이라고 놀린 것을 잊지 않고 석정이 톡 쏘아붙였다. 한적한 곳으로 빠져나오면서 플로어 쪽을 한 번 더 흘끔 돌아보았다. 빙그르르 도는 여인들의 드레스가 멋들어지게 휘날리고 있었다. 이색적인 광경에 여기저기서 감탄 어린 한숨 소리가 터져 나왔다. 석정이 한눈을 팔며 뜸을 들이는 사이 타이요우가 앞을 가로막았다.

"함께 출까요, 왈츠?"

그는 하얀색 실크 장갑이 끼워진 그녀의 손을 부드럽게 잡아당기며 춤을 청했다. 그에게 잡힌 석정의 손이 파르르 떨렸다.

"하지만 저는 플로어에 올라갈 수도 없는 걸요? 정히 추고 싶으시면 다른 분을 찾아보도록 하세요."

말은 그렇게 야박스러워도 그녀의 목소리에서는 벌써 아쉬움이 묻어났다. 경성에 있을 때 그녀는 항상 환영받는 귀빈이었고 춤을 청하고자 하는 젊은 남자들이 주변으로 늘 몰려들었다. 그러나 이곳에서의 석정은 중추원 참의인 모구연 백작의 금지옥엽 외딸이 아닌 가스카노 무용 연구소의 일개 조선인 연습생일 뿐이었다.

'저 남자의 가슴에 안겨서 추는 춤은 어떤 기분일까?'

야릇한 호기심이 그녀를 파고들었다. 진지하게 빛나는 상대의 두 눈을 보고 있노라니 호기심은 더 강렬해졌다.

"추고자 한다면 어디에선들 못 출까요."

타이요우의 말이 최면과도 같았다. 상대가 거절하지 못하도록 육신과 마음을 마비시키는 강력한 주문이 그의 입을 통해 유유히 흘러나와 누구도 깨트리지 못할 최면의 서(書)가 되었다.

귓가를 어루만지는 다정한 소리들은 모두 혼자만의 착각일까?

환상과 현실의 경계를 배회하면서 석정은 다소 무기력한 상태로 타이요우의 손에 이끌려 갔다.

그들은 매우 이상한 밤이라고 생각했다. 비밀을 간직한 그녀의 알 수 없는 눈동자 때문인지, 여인의 비밀을 파헤치고 싶어 하는 그의 강렬한 호기심 때문인지 혹은 차게 부는 겨울바람 때문인지, 그것도 아니라면 사람들의 열기와 흥분이 섞인 달뜬 밤 공기가 마약처럼 정신을 흐리게 만든 탓인지.

연유야 어찌 되었건 이토록 이상한 밤은 결국 타이요우를 구애하는 사내의 모습으로 보이게 했으며 석정을 수줍은 아가씨로도 만들었다.

교토 궁의 후원은 밤하늘의 반짝이는 별들이 연못에 비치는 아담한 일본식 정원이었다. 의식이나 행사를 위한 궁원과 달리 황족만이 출입할 수 있는 곳이라 사람 그림자라고는 찾아볼 수도 없었다.

희미하게 들리는 음악을 따라 타이요우는 석정을 끌어안고 팽그르르 돌았다. 추운 날 메마르고 건조한 후원에 푸른 식물이라고는 오로지 옹기종기 모인 전나무뿐이지만 그 소박함이 석정과 타이요우에게 더없이 훌륭한 무대가 되어 주었다.

화려한 3박자 리듬에 따라 들썩이는 그들의 숨소리가 자극적으로 허공을 부유했다. 바닥을 스치는 여자의 드레스 자락은 남자의 가슴을 설레게 만들고, 바람에 흔들리는 나뭇가지들이 내는 스산한 소리마저 숲을 지키는 요정의 노랫소리처럼 달짝지근했다.

정말이지 석정이 풍기는 옅은 분 냄새가 향기로웠다. 타이요우의 코와 입이 그녀의 목에서 그리고 턱을 지나 귓불까지 향기의 진원을 찾아 정처 없이 여정했다. 그러다 문득 스스로 놀라 그녀를 밀어냈다.

탐(貪)하고 싶다!

안 되는 일이다. 바보 같은 일이다. 마음속에서는 끊임없이 그를 만류하는 다른 목소리가 있지만 본능이 계속해서 그 목소리를 거부하고 있었다. 석정에 한해서는 언제부턴가 항상 그러한 상태였다.

된다. 안 된다. 된다. 안 된다…….

음악이 멈추었다. 시간이 아주 잠깐 멈춘 것처럼 느껴졌다.

펑! 펑! 펑!

화려한 불꽃이 밤하늘로 쏘아 올려진 것은 그때였다. 연속으로 터지는 불꽃은 검은 하늘을 붉은색, 노란색, 파란색, 초록색으로 다양하게 물들였다. 천지를 울리는 폭죽성이 세상의 모든 금기를 와장창 깨트릴 것만 같았다.

"대단한 불꽃놀이군요."

타이요우가 말하자,

"저런 것은 처음 봐요. 저토록 화려하고 아름답게 수놓아지는 불꽃을 본 적이 없어요."

황홀한 듯 석정이 중얼거렸다.

펑! 펑! 펑!

또다시 불꽃이 터졌다. 석정은 생전 처음 보는 광경에 넋을 잃었다. 그래서 땅을 구르는 군홧발 소리가 어지럽게 들린다는 사실도, 조금씩 웅성대던 사람들의 수군거림이 종국에 가서는 커다란 비명 소리로 변했다는 것도, 그들 모두가 혼비백산해서 자리를 이탈하고 있다는 사실도, 연회장이 아수라장이 되어 버렸다는 사실도, 그중 어떤 것도 깨닫지 못하고 있었다.

"꺄아아아―"

"폭탄이다! 폭탄이 터졌다!"

"천황 폐하를 보호하라!"

"궁문(宮門)을 사수하라! 누구도 궁을 빠져나가지 못하게 하라!"

군인들이 악에 받쳐 외치는 소리를 비로소 알아챈 타이요우가 석정을 홱 돌아보았다. 그녀는 이곳이 아닌 다른 공간에 서 있는 것처럼 담담한 표정으로 궁원 쪽을 바라보고 있었다.

"정말로 화려하고 아름다운 밤이에요."

타이요우는 순간 자신의 눈과 귀를 의심했다. 석정의 귀에는 무시무시한 폭음과 사람들의 비명 소리가 전혀 들리지 않는 것처럼 보였다. 아직 불꽃놀이의 여운이 남아 있는 밤하늘을 보고 태연히 황홀경에 빠져 있는 그녀의 모습이 이질적이고 충격적이기까지 했다.

"무슨 일인지 알아봐야겠어요."

그는 그녀의 손목을 잡고 달리기 시작했다. 사방에서 욕설과 군인들의 고함 소리가 난무했다. 보지 않아도 충분히 사태를 짐작할 수 있을 정도였다. 그들의 눈을 피해 궁원 쪽으로 달리던 타이요우가 갑자기 연구소의 단원들이 있던 대기실로 방향을 바꾸었다. 상황을 정확하게 파악하기 위해 궁원으로 가려고 했지만 수상한 자들과 정체를 감추고 몰래 숨어들었을지도 모르는 조선인들을 샅샅이 찾아내라는 군인들의 악다구니는 이미 정상인의 것이 아니었다.

그에게 잡힌 손목이 아플 텐데도 석정은 묵묵히 그가 이끄는 대로 따르기만 했다. 궁원과 꽤 멀리 떨어져 있는 대기실과 그 주변에는 다행히 사람의 흔적이 없었다. 모두 연회를 구경하러 갔다가 폭탄이 터지고 나자 오도 가도 못 하고 그 주변에서 우왕좌왕하는 모양이었다. 석정과 함께 대기실 안으로 들어간 타이요우는 문 옆에 바짝 붙어 섰다.

"그가 죽었을까요?"

그라니? 처음엔 누구를 말하는지 몰라 어리둥절하던 타이요우의 낯빛이 차츰 의구심으로 어두워졌다. 석정의 태도가 참으로 기이했다. 화염이 토악질을 일으키는 상황이었다. 보통의 사람들이 불시에 닥친 위기와 혼란 속에서 보편적으로 보이게 되는 혼돈과 두려움을 그녀에게서는 찾아볼 수가 없었다. 다만 서늘하고도 침착했다.

"궁내에 있는 조선인은 석정 양뿐입니다. 무슨 말인지 알겠어요?"

타이요우가 숨을 죽이고 으르렁거렸다. 그는 문밖 상황에 촉각을 곤두세웠다.

"그렇게 초조해하실 필요 없어요."

"천황의 즉위식에 폭탄이 날아들었어요. 저기 군인들이 외치는 소리가 들리지 않습니까? 그들의 고함 소리가 들리지 않느냐 말입니다! 이 일을 해결하려는 자들은 분명 제일 먼저 조선인들을 의심할 거예요. 불행히도 이곳에 있는 조선인이라곤 석정 양 그대뿐이란 말입니다!"

다그치는 이가 무색하리만치 석정은 도리어 편안해 보였다.

"어차피 궁은 빠져나가지 못해요. 결국 저들 손에 붙잡히겠죠. 여기서 이런들 무슨 소용이 있나요?"

그녀는 마치 남의 일처럼 말하고 있었다. 그것이 타이요우의 심화를 돋우었다.

"믿을 수가 없군요. 무슨 생각이면 그렇게 침착할 수가 있죠? 당신 대체 어떤 여자인 겁니까!"

"조선 여자…… 저들이 찾고 있는 조선 사람이죠."

무슨 일이든 한번 터지고 나면 오히려 편안해지는 법이다. 불안으로 요동치던 석정의 심장도 폭탄이 터짐과 동시에 오히려 초연해졌다. 반대로 타이요우는 점점 더 불안해졌다. 그의 목소리가 갈라졌다.

"폭탄이 터지던 시각에 나와 함께 있었다는 사실이 증명되어야 풀려날 길을 찾을 수 있을 겁니다."

'당신이 왜요?'

석정은 타이요우를 말끄러미 바라보았다.

"곤욕을 당하더라도 제가 당하는 것이니 이치카와 상과는 아무런 관련도 없는 일이에요. 남의 일에 참견하시는 것이 취미인 모양…… 흡!"

문밖에서 여러 개의 발걸음 소리가 나자 타이요우가 그녀의 입술을 재빨리 손으로 틀어막았다. 그는 자신의 품속에 갇힌 석정을 흔들리는 눈길로 바라보았다.

"미안해요."

희미한 소리로 중얼거린 그가 그녀의 어깨에 둘러져 있던 케이프를 풀어서 떨어트리더니 날씬한 몸을 감싸고 있던 보랏빛 드레스를 가슴 밑까지 확 끌어내렸다.

"헉!"

둥글게 부푼 가슴이 자유롭게 풀어져 완전히 노출되자 석정은 숨을 삼키지도, 뱉어 내지도 못하고 얼어붙었다. 타이요우는 벌어진 그녀의 입술 위로 자신의 입술을 눌렀다. 그와 동시에 문이 발칵 열리고 1개 소대쯤 되어 보이는 군인들이 우르르 들어왔다.

"당신들 지금 뭐하는 겁니까!"

타이요우가 군인들을 향해 고함을 쳤다. 군인들이 주춤거리고 소대장이 나서서 궁 안에 있는 모든 수상한 자들을 찾아내는 중이라고 말했다. 타이요우의 눈이 더욱 매서워졌다.

"뭔가?"

헌병 특수 수사대 소속의 소위 오하시 데루오는 마침 자신의 연대를 이끌고 주변을 수색하던 중이었다. 어느 연대 소속인지는 모르지만 밖에서 들으니 남자 한 명에게 황군이라는 자들이 꼼짝 못하고 벌벌 떠는 것 같아 그냥 지나치지 못하고 안으로 들어선 참이었다.

옆으로 쭉 째진 그의 눈에 자신만만해 보이는 남자와 상체를 거의 드러내다시피 하고서 남자 뒤에 숨어 있는 여자의 모습이 들어왔다. 남자가 이치카와 타이요우란 사실 정도는 금세 알 수 있었다. 일본에서 가장 유명한 남성 중 하나인 아름다운 서양 인형을 모르기가 더 어려웠다. 그리고 그의 뒤에 숨어 있는 여자 또한 아는 얼굴이었다. 경축 공연장을 호위한 덕택에 멀리서 밖에 보지 못했지만 그녀는 '빈사의 백조'라는 춤을 췄던 인상 깊은 무용수였다. 또한 조센징이었다.

"이치카와 타이요우 상, 헌병 특수 수사대 소속의 오하시 데루오 소위입니다."

"소위, 무슨 일인지 설명을 들을 수 있겠습니까?"

타이요우는 영문을 모르겠다는 듯 한쪽 눈썹을 치켜 올렸다.

"밖이 저토록 소란스러운데도 정말 무슨 일인지 모르시는 겁니까?"

데루오가 되물었다.

어깨를 으쓱이며 고개를 갸웃한 타이요우는 흘러내린 석정의 드레스를 올바로 추슬러 주고 바닥에 떨어진 케이프까지 탈탈 털어 어깨에 둘러 주었다. 어떤 일이 있었더라도 이 여인 앞에서는 하찮은 일이라는 식이다. 영락없이 연애 놀음에 빠져 정신 못 차리는 인사의 모습이었다.

"경연에서 진 아름다운 무희가 속상해하는 것을 달래주기에 정신이 없던 터라 말입니다. 밖이 소란스럽긴 했습니다만 설마 천황 폐하의 즉위식 날에 무슨 험한 일이라도 있을까 싶어 별일 아닌 줄 알았습니다. 대체 무슨 일이 일어난 겁니까?"

"감히 천황 폐하를 향해 폭탄이 투척된 사건입니다. 현재 궁내에 있는 모든 수상쩍은 자들을 잡아들이는 중입니다."

"이런."

타이요우는 까맣게 몰랐던 것처럼 눈 사이를 심각하게 찌푸렸다.

"폐하는 무사하십니까?"

"군인과 화족들은 사상자가 있었지만 밀착해 있던 근위부대의 빠른 대응으로 폐하와 황후께서는 가까스로 무사하십니다."

"다행이군요."

"뒤에 계신 여성분은 저희 측에서 연행하도록 하겠습니다."

타이요우가 석정을 꽉 껴안았다.

"이 숙녀분을 함부로 연행할 수는 없습니다. 이제껏 나와 함께 있었어요."

"가스카노 무용 연구소의 모석정 양으로 알고 있습니다. 아, 공연은 잘 봤습니다."

데루오가 석정을 향해 간단히 고개를 숙여 보였다.

"회당의 호위를 맡아서 운 좋게도 멋진 공연을 감상할 수 있었습니다."

석정은 비릿하게 비어지는 헌병 소위라는 자의 미소에 속이 메스꺼워졌다. 그녀는 자신이 겁을 먹지 않았다는 것을 보이기 위해 턱을 들어 올리고 아랫사람을 대하듯 그를 내려다보았다.

"죄가 없다면 조사만 받고 풀려날 것입니다. 오늘같이 성스러운 날 감히 대일본 제국의 천황 폐하를 해하려 하다니 반드시 그 잔학한 놈을 검거해야 합니다. 그러기 위해서는 어쩔 수 없는 조치이니 협조하지 않으시면 강제 연행을 하겠습니다."

데루오의 말을 신호로 군인들의 총구가 일제히 석정을 향했다.

"연행에 응하도록 하겠어요. 그러니 그 살벌한 총구나 좀 치워 주시죠?"

타이요우를 밀어내며 그녀가 말했다.

"내내 나와 함께 있었는데 가기는 어디를 간다는 겁니까!"

이해할 수 없다는 듯 타이요우가 소리를 질렀지만 석정을 말릴 수는 없었다.

"그저 조사 차원일 거예요."

그를 겨우 떨어트려 놓자 군인들이 득달같이 달려들었다. 죄인처럼 석정의 몸을 포승줄로 묶으려는 것을 타이요우가 제지하면서 노려보았다. 데루오가 군인들을 뒤로 물렸다.

"걱정 말아요. 금방 나올 겁니다!"

뒤에 남은 타이요우의 외침이 들리자 석정은 실소하며 하늘을 올려다보았다.

그 많던 별들이 잠깐 사이 꽁꽁 숨어 버린 것인지 그저 까만 밤하늘이었다.

석정이 연행되고 타이요우는 곧장 궁원으로 향했다. 갑갑증에 목을 옥죄고 있던 보타이의 매듭을 신경질적으로 잡아챘다. 걸음을 재촉해 궁원에 도착해서 보니 사람들은 벌써 자리를 피하고 엉망이 되어 버린 연회장을 군이 통제하고 있었다.

히로히토와 나가코의 자리가 있던 단상은 완전히 무너져 내렸고 호화로운 음식들과 술은 바닥에 나동그라져 그것이 사람이 먹는 것인지 짐승이 먹는 것인지 구분되지 않았다. 폭탄이 터질 때 히로히토를 비호해 몸을 던졌다가 육체의 형태도 알 수 없을 만큼 산산조각이 나 버린 군인들과 미처 피하지 못하고 화를 당해 혐오스럽게 일그러진 몇 구의 시체들이 방치되어 피 비린내가 진동을 하고 있었다. 폭발 당시에 자욱했을 연기가 지금까지도 매캐했다.

"사람들은 모두 어떻게 되었습니까?"

코를 틀어막고 근처를 지나가던 군인을 붙잡아 물었다.

"연회장 하객들과 교토 시민들은 모두 헌병에게 인계되어 간단한 심문을 받고 귀가 조치 하는 중이고 화족과 황족들은 천황 폐하께서 계시는 내궁으로 이동했다는 것 같습니다."

"혐의자들은 어디로 끌려갔습니까?"

군인은 귀찮은 기색을 비치면서도 대답해 주었다.

"혐의자라고 해 봐야 몇 안 될 겁니다. 구경 온 교토인들 사이에서도 그다지 수상쩍은 놈들을 발견하지 못했다고 하니까요. 대신 이번에 회당에서 축하 공연을 한 여자 무용수 하나가 조선인이라고 들었는데 아마 특수 수사대에서 연행했을 겁니다."

군인의 답변이 미처 다 끝나기도 전에 타이요우의 발이 내궁으로 향했다.

내궁 전에 도착하자 화족들이 오합지졸처럼 무리를 지어 서성이며 웅성거리는 것이 보였다. 작금의 사태를 어찌 다뤄야 할지 몰라 흐르는 식은땀만 연신 닦아 내는 꼬락서니들이 퍽이나 한심했다. 사색이 되어 비대한 몸에 땀을 삐질삐질 흘리는 모습들이 영락없이 도살장에 끌려온 돼지처럼 보였다. 평소에는 말도 잘하던 양반들이 막상 일이 닥치자 허둥대는 꼴들이 가관이었다.

한 무리의 귀부인들이 눈물을 글썽이며 서로 간에 놀란 마음을 달래는 사이에 세쓰코가 있었다. 그녀에게 다가가려는데 그를 불러 세우는 목소리가 있었다.

"어디에 있다 이제 나타나는 게냐?"

이치카와 요시히로였다.

"쯧쯧. 즉위식 경비를 어찌하였기에 이런 중대한 자리에서 폭탄이 터져. 안팎으로 망신을 톡톡히 당하게 생겼구나."

그는 내궁을 향해 혀를 끌끌 찼다.

"밝혀진 것이 있습니까?"

요시히로의 눈이 실처럼 가느다래졌다.

"네가 어쩐 일이냐? 오늘은 방관자가 아니구나?"

무슨 일에도 관심을 두지 않고 철저히 주변인이 되기를 원하던 아들을 향한 타박이었다. 그는 가문에서도 사교계에서도 언제나 겉돌기만 하는 타이요우가 못마땅하기만 했다.

무엇하나 부족할 것이 없는 아들이었다. 유려한 외모는 어디에 있든지 그 빛을 가감 없이 발했고, 비록 말수는 많지 않으나 언변이 누구에게도 뒤지지 않을 만큼 논리 정연하면서도 사리에 밝았다. 영국과 일본을 오가면서 몸에 익힌 예의범절은 어디 한 군데 모난 곳 없이 바르고 세련되었으며 발전된 서양의 문물을 보고 느끼며 배워 온 인재 중의 인재인 이치카와 가문의 후계자였다.

그런 하나밖에 없는 아들이 옥스퍼드를 졸업하고 돌아온 후

계속해서 무위도식하고 있으니 애가 타는 일이었다. 가문에서 운영하는 군수공장에 자리를 하나 비워준대도 싫다하고 정치에 마음을 두었다면 황후인 나가코가 후견인이 되어줄 거라 해도 콧방귀만 뀌었다.

하는 일이라고는 시정잡배와 다름없는 방탕아들을 모아 놓고 술 파티나 열고 계집이나 품는 것이 타이요우의 하루 일과였다. 억지로 사교 모임에라도 끌려나온 날이면 한쪽 구석에 처박혀 술이나 홀짝이기 일쑤였다. 퇴폐주의 데카당스 놈들과 다를 바 없고 니힐리즘에 빠져 무기력했으며 꿈도 야망도 보이지 않았다.

예장을 한 타이요우의 모습을 새삼 꼼꼼히 살피던 요시히로는 별수 없이 마음이 슬쩍 풀어졌다. 눈가에 난 잔주름들이 더욱 깊이 파였고 새어 나오던 한숨이 굳게 다문 입술에 막혀 도로 쏙 들어가 버렸다. 비록 자식이지만 태산처럼 커다랗고 단단하기만 한 아들의 육체를 보노라면 실망이 자리하던 가슴 구석에 다시금 기대감이 들었다.

'저놈은 뭘 해도 할 놈이야. 암. 저 사내다운 어깨하며 들판처럼 넓은 등을 한번 보라고. 젊어 한때 방황하는 것이야 외려 훈장 같은 것이지.'

그는 아들의 황금빛 머리칼을 자랑스러운 듯 바라보았다. 제 어미와 똑같은 빛을 가진 보석 같은 머리칼이었다. 이제는 아주 오래전이 되어 버린 자신의 유학 시절, 커다란 키에 하얀 피부를 가진 백인들의 화사한 머리칼이 부러웠던 적이 있었다. 아직도 미개하기만 했던 일본이나 다른 동아시아 사람들과는 거죽에 흐르는 윤기부터가 달라 보였다. 자신의 작은 키와 누리끼리한 피부색이 싫었던 그에게 앤과 타이요우의 존재는 자부심 그 자체였다.

"아버님?"

초조해진 타이요우의 목소리가 그의 사념을 비집고 들어왔다.

"지금 다나카 수상이 각료들과 함께 천황 폐하를 알현 중이다. 곧 조치가 취해지겠지."

평소의 차분함과 달리 허둥대는 아들의 태도가 석연찮은 듯 요시히로가 인상을 썼다.

"범인을 찾기가 쉽지 않을 것 같다는군."

막 내궁에서 나오던 야스히토가 끼어들었다. 사사로이는 친형 내외요, 공적으로는 천황과 황후의 암살 시도가 일어난 후이지만 그의 표정은 느긋하기만 했다. 요시히로의 목례를 받으며 턱을 문지르는 그의 눈에 이채가 띠었다.

"용의자가 너무 많아. 궁 안에 있던 모든 자들이 용의자 아니겠나?"

"대체 왜 그런 짓을 한 걸까요? 정말 조선인들이 한 짓이라면 어떻게 일을 꾸민 거죠? 이번 즉위식에는 그 무용수 말고는 조선인들은 아예 초대도 받지 못했잖아요?"

귀부인들 틈에서 어느새 빠져나온 세쓰코가 고개를 갸웃거리며 의아해했다.

"꼭 조선인이 아닌 일본인이라도 일부 과격한 사회주의자들과 무정부주의자들을 충분히 의심해 볼 수 있지."

"즉위식에 초청된 사람들 중에 그런 일을 할 만한 사람들은 보이지 않았는걸요?"

세쓰코가 불가능한 일이라는 듯 고개를 좌우로 흔들었다.

"조선 속담 중에 열 길 물속은 알아도 한 길 사람 속은 모른다는 말이 있더군. 타고난 신분으로 부와 권력을 양손에 쥐었더라도 그 한 길 속을 숨겨 놓은 자가 없으리란 법도 없으니 충분히 가능한 일이야."

"폭탄은 어떻게 터진 겁니까?"

타이요우가 성마르게 물었다.

"불꽃놀이 도중에 터졌다네. 화려한 불꽃이 연신 터져서 다들 정신없이 그것만 올려다보느라 누가 폐하께 폭탄을 던졌는지 본 사람이 아무도 없다는군."

야스히토의 말에 세쓰코가 동조를 하며 고개를 끄덕거렸다.

"목격자가 쉽게 나타나진 않을 거예요. 불꽃을 더 화려하고 아름답게 보이게 한다며 궁원의 불빛을 거의 꺼버린 상태였으니까 말이죠."

"연행된 자들은 어떻게 되는 겁니까?"

요시히로와 야스히토 내외가 미심쩍은 눈길로 바라보는 것을 개의치 않고 타이요우는 집요하게 물었다. 당국은 수단 방법 가리지 않고 범인을 색출하려고 할 것이 틀림없었다. 요주 인물들을 마구잡이로 잡아들여 족치는 것은 물론이요, 당장 연행된 자들에게는 가혹한 심문이 가해질 터였다.

타이요우는 퀴퀴한 곰팡내가 진동을 하는 지하 취조실에서 만신창이가 되도록 고문을 받는 석정을 상상하는 것만으로도 구토가 올라올 것만 같았다. 아는 것이 없으면 없는 대로 고통을 당할 것이요, 아는 것이 있다면 그것을 함구하느라 그 고집 센 여자는 끝끝내 이를 악물고 고통을 감내하려고 할 것이 분명했다.

입고 있던 옷이 해지고, 보드랍던 피부가 퍼석퍼석하다 못해 쩍쩍 갈라지며 피고름이 맺힐 만큼 그녀가 고문을 당할지도 모른다는 생각에 그는 불같은 화가 치솟아 오르다가도 종국에는 두려워하는 자신을 발견했다. 평정심을 찾을 수가 없었다. 마음이 몹시도 불안하고 떨리는 것을 남들에게 들키고 싶지 않았지만 그의 얼굴은 이미 푸르게 질려 가고 있었다.

"혹시 연행된 자들 중에 알고 지내는 자라도 있는가?"

"설마하니 그런 자들 중에 이 아이가 안면을 튼 자가 있겠습니까? 전하."

야스히토의 물음에 요시히로가 타이요우 대신 대답했다. 그는 자신의 아들이 그런 불순하고 비국민적인 자들을 알고 지낼 리 없다는 사실을 누누이 강조했다. 그러나 그의 뜻과 달리 타이요우는 야스히토에게 다시 물었다.

"어디로 연행 됐습니까?"

"헌병 쪽에서 특별 수사를 하겠지. 어디로 연행됐는지는 지금으로선 알 길이 없어. 어찌어찌 궁내로는 잠입을 했어도 이곳을 빠져나가기란 거의 불가능할 테니 내 생각에도 용의자는 연행된 자들 중에 있네. 헌병대 특수 수사과로 사건이 넘겨지면 아마 쉽게 나오진 못할 거야. 무슨 일인지는 모르지만 일단은 기다려 보는 수밖에."

머리가 텅 비어 공(空)의 상태가 되었다. 아직 스물도 되지 못한 꽃다운 나이의 여인이 군인들의 가혹한 심문을 이겨 낼 수 있을 거라 생각되지 않았다. 제아무리 고집이 세더라도 강단이 어느 사내 못지않더라도 그녀가 견딜 수 있는 고통과 고난의 한계가 그리 높아 보이지 않았다. 한숨을 내쉬자 하얀 김이 무정한 밤하늘 위로 피어올랐다.

히로히토의 즉위식이 끝난 후 일본은 두 가지 소문으로 술렁거렸다. 하나는 천황의 즉위식 날 교토 궁에서 폭탄이 터졌다는 것이고 또 다른 하나는 일본에서 최고의 남성으로 추앙받는 이치카와 타이요우에게 약혼녀가 생겼다는 사실이었다.

황실은 폭탄 투척 사건에 대해 함구령을 내렸지만 외신 기자들과 사신단의 입까지 막기는 역부족이었다. 결국 바다 건너 외국에서부터 거꾸로 소문이 흘러들어 오거나 즉위식 연회를 구경했던 사람들의 입을 타고 소문은 점점 넓게 퍼져 나갔다. 다만 황실에서 함구령을 내렸기 때문에 대놓고 떠드는 것을 자제할 뿐이었다. 황실은 물론이요 수사 당국에서도 사실관계 확인이나 수사 상황 등에 대해 일언반구도 없었기 때문에 사람들은 수군거리면서도 반신반의했다.

황실이 이번 일을 함구하려 하는 이유는 즉위식 날에 감히 있을 수 없는 사건으로 만약 이 사실을 공개적으로 확인시켜 준다면 전 세계적으로 망신당하는 것은 물론이요, 동아시아 침략에 심혈을 기울이던 차에 부정을 탄 즉위식이라 하여 천황을 향한 국민의 여론이 좋지 못한 방향으로 흐를 수도 있었기 때문이었다. 그렇기에 공공연한 비밀이면서도 폭탄 투척 사건은 철저히 은폐되어 은밀하게 수사하는 중이었다.

그리고 두 번째 소문은 특히 도쿄 상류층의 호사가들에 의해서 꼬리에 꼬리를 물고 점점 더 부풀려지고 있었는데 타이요우와 석정에 관한 낯 뜨거운 소문들이 바로 그것이었다.

교토로 가는 기차 안에서 석정을 다그치던 경비대 소속 오장과 야마나시 미츠오에게서 흘러나온 소문의 시초는 여러 사람의 입에서 입으로 옮겨지면서 대중들의 상상력과 호기심을 날로 자극하고 있었다.

모구연 백작이 반도에서 한자리 차지한 걸로도 모자라 이제는 내지에까지 세력을 뻗치려고 딸을 이용해 이치카와 가문에 선을 댄 것이라는 추측은 그나마 양반이었다. 조선인인 석정이 도쿄에서 무용수로 성공하기 위해 타이요우를 후견인으로 잡고 모종의 음란한 뒷거래가 있었을 거라는 추측 역시 할 일 없이 남의 뒷담화나 일삼는 그들의 저열한 습성으로 볼 때 어느 정도 이해 가능한 것이었다. 이런 소문들이야 본시 여성들에게나 타격이 크지 신체 건강한 남자들에게는 일거리도 아니었으니까. 오히려 그러한 것들을 자랑 삼아 제 입으로 떠들고 다니는 사내들까지 있을 정도였으니 요시히로 역시 아들을 크게 나무랄 생각이 없었다.

다만 추문이 적당한 선에서 멈출 줄 모르고 도를 넘었다는 것이 문제였다. 호사가들의 질 낮은 창의력은 꼬리에 꼬리를 물어 이치카와 가문을 곤혹스럽게 만들고 있었다.

'한낱 반도의 여자 따위가 감히 내 아들과 약혼이라니!'

지팡이와 모자를 지로에게 넘겨주며 저택에 들어선 요시히로는 얼굴을 무섭게 굳혔다. 타이요우의 침실을 향해 계단을 성큼 올라갔다. 손에는 오늘 아침 그의 사무실로 배달된 신문이 들려 있었다.

신문 기사를 확인할 때까지만 해도 요시히로는 그럭저럭 화를 눌러 참고 있었다. 신문의 내용은 이치카와 타이요우와 조선인 무용수 모석정의 약혼 기사로 과연 담장 높은 이치카와가에서 그 약혼을 허락하였는가? 하는 기자의 개인적인 의문과 함께 타이요우의 입에서 나온 내용에서 더한 것도 뺀 것도 없었다. 특종의 욕심과 혹여 기사를 내보낸 뒤 있을지 모를 불미스러운 보복에 대한 두려움이 드러나는 소심한 문체였다.

요시히로가 아들에 관하여 좀 더 적나라한 소문을 들은 곳은 긴자의 고급 요정에서였다. 얼마 전부터 동양의 엘도라도, 조선 최대의 금산지인 미국인 소유의 '운산금광'이 매물로 나왔다는 소문이 심심치 않게 돌고 있었다. 반세기가 지나도록 일 년에 어마어마한 양의 금을 황금 알을 낳는 거위처럼 꼬박꼬박 토해 내면서도 해마다 신맥이 터졌던 운산금광은 그야말로 황금 왕국이었다.

상황이 그렇다 보니 그냥 광산도 아니고 동양의 엘도라도라 불리는 운산금광에 눈독을 들인 자가 비단 요시히로뿐이었겠는가. 일본의 작위를 받은 조선의 화족들과 신흥 사업가들은 물론이고 일본의 재벌들까지 두 팔 걷어붙이고 나선 판국이었다.

그중에서도 미쓰이와 미쓰비시가 운산금광 측에 양도를 요청하면서 가장 발 빠르게 움직이고 있었다. 결국 선점을 빼앗기고 가만히 두고 볼 수만 없었던지라 조선총독부 식산국(殖産局)의 광산과 관리들과 연이 있는 자들을 몇 명 불러 주연을 베풀던 자리였다. 개인이 내놓은 매물이라고는 하나 어차피 총독부 식산국이 개입하게 된다면 매매를 미국인 광주가 마음대로 처리하기가 쉽지만은 않을 테니 말이다.

거나하게 술이 취한 자들은 곧 요시히로에게 자신이 주워들은 이야기들을 토해 내기 시작했다. 남녀 간에 일어날 수 있는 모든 음란한 이야기들이 기름기가 번들거리는 두툼한 입술들을 통해 술술 새어 나왔다. 어떤 이는 타이요우와 석정 사이에 이미 아이가 생겼단 소릴 들었다는 이야기를 하는가 하면 또 어떤 이는 도쿄 시내에 호화로운 집을 하나 얻어 그들이 거기서 밀회를 즐기더라는 이야기도 했다. 그러다가 결국 요시히로의 불같은 화를 돋우는 이야기가 나왔는데 모석정의 오라비인 모정일이 총독부 경무국의 감시를 받고 있는 극렬 사회주의자인데다 독립운동에도 가담하여 헌병 쪽에서도 눈에 불을 켜고 찾는 불순분자라는 것이었다.

그러한 오라비를 두었는데 석정 역시 마찬가지의 사상을 가지지 않았겠느냐며 그녀가 즉위식 때 교토 궁에서 공연을 한 것부터가 계획적이었다는 말이다. 얼핏 들어 보니 맞는 말이다 싶었다. 석정의 오라비가 누구인지 알고 나자 폭탄을 던진 범인이 그녀일 것이라는 심증이 강하게 들었다. 더구나 그녀는 즉위식의 유일한 조선인이지 않았는가! 분명히 제 오라비의 사주를 받았지 싶었다.

얼굴이 분노로 벌겋게 타오르는 요시히로를 향해 또 다른 이가 기름을 붓는 소리를 했다. 타이요우는 만약을 위한 방패막이로 그녀가 일부러 그에게 접근해 유혹했다는 것이다. 증거로 교토 궁에서 폭탄이 터진 후에 석정을 체포한 장소가 가스카노 무용 연구소의 단원들이 쓰던 대기실로 타이요우와 함께 다소 민망한 모습으로 있었다는 말도 했다. 그것은 분명 자신의 무죄를 입증하기 위한 증인으로 미리부터 타이요우를 꼬드겼을 것이 훤하다는 뜻이었다.

　―이치카와 군 정도면 누군가를 지켜줄 힘이 충분히 있
으니까 말입니다.

그 말을 한 자는 제법 호인처럼 웃으며 사내가 계집에게 빠지
면 간혹 실수를 하기도 하는 법 아니겠느냐고 떠들어 댔다. 그
길로 술자리를 작파하고 저택으로 돌아오는 내내 요시히로는
분노를 진정시키기 위해 노력했지만 그다지 효력은 없었다.

'어디 엮일 계집이 없어서 그런 요망하고 불길한 것을!'

교토 궁에서부터 헌병대로 연행된 혐의자들에 대해 집요하
게 캐물을 때부터 알아봤어야 했다. 타이요우는 즉위식 이후로
이삼일 동안 집에 제대로 붙어 있는 날이 없었다. 다행히 지로
의 말에 따르면 지금은 제 침실에 있다 하니 단단히 일러두고
다시는 그 계집의 일에는 관여하지 말 것은 물론 상종도 못 하
도록 다짐을 받을 생각이었다.

창밖을 보던 타이요우는 아까부터 외투를 펼쳐 들고 기다리
던 시종에게로 다가갔다.

뎅! 뎅! 뎅!

괘종시계가 정각을 알리는 소리를 들으며 외투에 팔을 끼어
넣었다. 간소하면서도 남성적인 탁자에는 그가 보다 만 신문이

펼쳐져 있었다. 그 신문 역시 자신과 석정의 약혼 기사가 실려 있었다. 소문은 퍼질 대로 퍼져 집안의 하인들조차 수군거리고 있었다. 설마 진짜 조선 여자와 약혼을 했겠느냐며 믿지 못하겠다는 쪽과 사랑한다는데 조선 여자든 일본 여자든 무슨 상관이냐는 꽤 낭만적인 생각을 가진 쪽이 서로 내기까지 걸었단 사실을 그는 알면서도 모르는 척했다.

외투를 입고 제멋대로 흐트러져 있던 머리를 끈으로 묶는데 방문이 열리고 요시히로가 들어왔다. 두 사람 사이에 흐르는 불편한 침묵에 시종이 지레 긴장해서 서둘러 방문을 닫고 달아났다.

"불쾌한 소문이 돌더구나."

탁자 위에 있던 신문과 자신의 손에 들린 신문을 번갈아 보던 요시히로는 그것이 불결한 것이라도 되는 듯 들고 있던 신문을 탁자 위로 거칠게 던졌다.

그는 까칠해진 아들의 얼굴이 못마땅했다. 면도를 제대로 하지 않아 턱 밑에 듬성듬성 자라난 수염이 눈에 거슬렸다. 얼굴색은 파리했으며 두 눈은 퀭했다. 피곤한 기색이 완연해 보였다. 필시 그 계집의 석방을 위해 이리저리 방도를 찾아다닌 탓이라고 생각하니 한심하기 그지없었다.

"네가 요즘 무척이나 바쁘다지?"

노여움에 희끗희끗한 눈썹이 들썩거리고 입 주변의 살들이 푸르르 떨렸지만 요시히로는 침착성을 잃지는 않았다. 늘 그랬

듯이 냉정한 눈길로 상대를 옴짝달싹 못하게 얽어매는 것이 전부였다.

자신의 어깨에나 겨우 닿을까 싶게 왜소한 초로의 사내를 물끄러미 내려다보던 타이요우의 눈이 흐려졌다. 단 한 번이라도 그가 냉정을 잃고 흥분하는 모습을 보고 싶었다. 요시히로는 비록 작고 볼품없는 체격의 소유자지만 날카롭고 매서운 눈매가 언제나 상대로 하여금 위압감을 느끼도록 만들었다.

"아무려면 아버님만큼이나 제가 바쁘겠습니까?"

부친의 유명한 여성 편력을 꼬집는 말로 비웃음을 되돌려주었다.

"사내가 되었으면 정치를 하든 사업을 하든 혹은 계집질을 하든 바빠야 하는 법이지. 시간이 남아도는 사내는 그만큼 무능력하다는 증거다."

탐욕의 노예. 타이요우는 요시히로를 그렇게 불렀다.

"만족을 하지 말거라. 네가 가진 재산도, 권력도, 그 어떤 것도 만족이란 건 있을 수 없다. 암, 세상은 넓고 네가 가질 수 있는 건 한정이 없는 법이야. 네가 어떻게 하느냐에 달렸지. 여자도 마찬가지다. 하나를 갖든 둘을 갖든 그건 상관치 않으나 좀 더 우아하고 좀 더 품위 있으며 너를 빛내 줄 여자는 많고도 많다. 너는 충분히 그 모든 것을 영위할 수 있는데도 불구하고 어떻게 해야 하는지 모르는 것 같더구나."

"만족을 모르는 자는 부끄러워해야 합니다. 그러한 자들은 자신이 가진 것에 대한 가치를 잘 모르기 때문에 아무리 가져도 부족함을 느낄 테니 불쌍한 영혼들이라 할 수 있지 않겠습니까?"

창가를 향해 뒷짐을 지고 선 요시히로가 타이요우를 차가운 눈길로 돌아보았다.

"아니, 그렇지가 않아. 너는 좀 더 영악해질 필요가 있겠더구나. 네가 여자를 갖는 건 뭐라 하지 않는다. 네가 네 여자의 가치를 알고 그것을 귀중히 여기는 것 또한 비웃지 않으마. 허나 단 하나의 여자라도 그 여자가 네게 합당한지 보거라. 너는 만족을 할 줄 알아야 한다고 하지만 내 보기엔 그 계집은 만족할 만한 여자가 아니다. 오히려 네가 가진 것을 깎아내릴 여자다. 네 사랑은 실속이 없구나."

사랑.

내 아버지의 입에서 스스럼없이 흘러나올 만큼 그것이 그토록 가벼운 단어였을까.

타이요우는 사랑이라는 감정이 순간 몹시도 우습게 느껴졌다. 재물도, 권력도, 또한 여자도 많이, 더 많이를 외치며 자신의 인생에 점점 쌓여가는 그것들의 무게를 느낄 때마다 부끄러운 줄 모르고 자랑스러워하던 아버지라 불리는 사내가 그는 구역질이 났다.

가진 권력을 올바로 이용할 줄도 모르고 가진 돈을 값지게 쓸 줄도 모르며 진정 자신을 사랑해 주는 여인을 옆에 두고도 가치를 몰라 그저 시들어 가도록 방치해 두는, 천박하고도 우둔한 습성을 타고난 신분과 잘 훈련된 우아한 냉정함으로 감쪽같이 속일 수 있는 빼어난 연기력에 경의를 표했다.

"남의 말은 오래가지 못하는 법이다. 네가 좋은 규수를 만나 식을 올리면 가벼운 세 치 혀들이 잠잠해지겠지."

목소리를 묵직하게 내리깔며 말한 요시히로는 입을 꾹 다문 타이요우의 얼굴을 살폈다. 천생 어쩔 수 없는 자신의 아들인지라 타이요우의 표정에서는 아무것도 읽을 수 없었다.

"외출을 하려던 참이었습니다."

고개를 끄덕인 요시히로가 방문을 열었다. 아직은 젊은 혈기라 순진한 면이 있다지만 이 정도로 이야기 했으면 충분히 알아들었을 것이라고 믿었다. 자신의 아들이 분명하다면 제 앞길에 도움 하나 되지 않을 조센징 계집에게 더 이상 목을 매진 않을 것이라 생각했다.

'그래도 저놈의 속을 모르겠으니 지로에게 단단히 일러서 딴 생각하지 못하게 다잡으라고 해야겠어.'

타이요우가 지로를 잘 따른다는 것을 알고 있던 그는 방을 나서면서 속으로 중얼거렸다.

저택을 나선 타이요우는 곧장 야스히토의 궁으로 향했다. 석정이 구금된 장소를 찾기란 쉬운 일이 아니었지만 결국 이번 폭탄 투척 사건으로 연행된 자들은 전부 오사카 육군 형무소에 수

감되어 헌병 특수 수사대의 혹독한 조사를 받고 있다는 것을 알아냈다. 그 즉시 몇 번이나 면회 신청을 했으나 워낙에 중대 사안이라 이치카와 가문의 사람이라도 면회를 허락할 수 없다는 답변만 되돌아오고 있었다.

"어서 오세요. 손님 몇 분을 초대해서 즐기던 중이었답니다."

연락 없이 갑자기 찾아든 그를 제일 먼저 반겨준 이는 세쓰코였다.

"야스히토 전하께 따로 드릴 말씀이 있어서 왔습니다."

살롱으로 안내하던 세쓰코가 의아한 표정으로 그를 돌아보았다.

"무슨 일인지 내게는 말해 주지 않을 건가요?"

"급한 일입니다."

입가에 미소를 띠고 묻던 그녀는 심각하게 굳어 있는 타이요우의 표정을 확인하더니 2층 야스히토의 서재로 올라가 있으라며 시종을 불러 서재까지 그를 안내하도록 지시했다.

타이요우와 석정의 소문은 그녀도 들어서 알고 있었다. 거기다 석정의 행방을 찾아 그가 여기저기 캐고 다닌다는 사실도 여러 사람이 수군거리는 터라 대충 그가 무슨 일로 늦은 시간에 야스히토를 찾아왔는지도 짐작이 갔다.

"자네 요즘 유명세더군. 밑에 살롱에 남 말하기 좋아하는 호사가들이 많이 와 있는데 어찌 된 것이 죄 자네 이야기야."

서재 문을 벌컥 열고 들어온 야스히토는 다짜고짜 소문에 대한 이야기부터 꺼내 놓았다.

"그녀가 오사카 형무소에 있습니다."

술잔에 얼음을 담던 야스히토가 한숨을 쉬더니 스카치위스키를 따랐다.

"천황께 폭탄이 투척됐어. 진범이 누구인지 상관없이 잡혀 들어간 자들 모두 무사히 풀려나진 못할 걸세. 특히 모석정인가 하는 여자는 아무리 내게 부탁을 한다 해도 빼내 줄 수가 없다네."

"그녀는 사건이 있던 시간에 저와 함께 있었습니다. 그건 그녀를 직접 연행했던 자들이 눈으로 확인한 사실입니다. 행적이 확실한 사람을 단지 조선인이라는 이유만으로 잡아 둘 수는 없습니다!"

이치카와의 항변에도 야스히토는 어쩔 수 없는 일이라는 듯 고개를 흔들었다.

"황후가 길길이 날뛰고 있어. 그럴 만도 하지. 도대체 이게 몇 번째인가? 본인의 길례 날도 그렇고 구니노미야 육군 대장의 일도 있지 않은가? 몇 년 전에도 황궁에 있는 이중교까지 저들 손에 산산조각이 난 걸 생각하면 나라도 조선 것들이라면 신물이 나는데 신경쇠약증에 걸린 여자처럼 지나치게 예민하신 황후는 또 어떻겠나? 진범이 아니래도 그 자리에 있었던 것이 죄지. 그 무용수, 운이 나쁜 거야."

"하지만!"

"당장 진범을 찾을 수 없다면 책임자들은 그녀를 희생시키려고 할 거네. 증거야 만들면 그만이고. 황후에게 모든 조선인들은 척결 대상일 테니 딱히 모석정이 진범인지 아닌지는 그리 큰 문제가 아니지. 진범을 찾기 위해 수사는 계속할 테지만 지금은 황후에게 바칠 제물이 필요해."

"면회라도 할 수 있도록 도와주십시오."

"대체 자네에게 그녀는 무엇인가?"

야스히토가 술잔을 내밀며 물었다. 넘겨받은 술잔을 멍하니 바라보던 타이요우는 인상을 쓰며 술을 단숨에 들이켰다. 가슴이 뜨겁게 타올랐다. 끊임없이 그를 괴롭히는 갈망의 근원 따위는 알고 싶지도 않았다. 불안하고 초조해서 정신을 온전히 가누지도 못할 지경이었다.

"오사카 육군 형무소, 지옥이라 들었습니다."

하루에도 몇 구의 시신이 실려 나온다는 곳이다. 항일 시위를 하다 붙잡힌 조선인 유학생들이나 독립 운동가들의 비명 소리가 끊이지 않는다고 했다.

짙은 회색의 벽과 얼음같이 차가운 쇳소리를 내는 고문 기구들이 즐비한 곳에 비릿한 피 냄새 따위와는 어울릴 것 같지 않은 여인이 갇혀 있었다. 지독한 뱃멀미를 했을 때처럼 머리가 빙빙 돌고 뱃속이 울렁거렸다.

"나가코가 나를 못 잡아먹어 안달이지 않은가? 두 눈을 희번 덕거리고 있으니 내가 어떻게 쉽게 움직이겠나? 더구나 이번 일이 어디 보통 일······."

"제게 빚이 있지 않습니까?"

첫 번째 잔의 술을 깨끗이 비우고 두 번째 잔을 따르던 야스히토의 손이 움찔거렸다. 이내 술을 마저 따르고 곤혹스러운 듯 한동안 말이 없었다.

그는 세쓰코와의 혼례식 때 타이요우에게 목숨을 빚진 사실을 한순간도 잊어본 적이 없었다. 언제가 되더라도 꼭 한번은 보답을 해야 한다고 생각하고 있었다. 평소 누구에게 아쉬운 소리 한 번 해 보질 않던 사람이 오죽 급했으면 이리 달려와 치사함을 무릅쓰고 제 공치사까지 들먹일까 싶었다.

"자네는 그녀가 무고하다고 믿는가?"

그는 혀를 차면서 개운치 못한 표정으로 타이요우에게 물었다.

"무고합니다. 절대로 무고합니다. 폭탄이 터지던 순간에 그녀는 저와 함께 있었습니다."

망설임 없는 대답이 흘러나왔다. 난색을 표하던 야스히토는 하는 수 없이 못 이기는 척 한발 물러섰다.

"나는 허울만 좋아서 자네 부친보다도 영향력이 적다네. 면회하는 것까진 내 선에서 해 줄 수 있을지 몰라도 그 이상은 불가능해."

"도와주실 수 있는 데까지만 도와주십시오."

어쩌면 석정은 무고하지 않을지도 모른다. 이해할 수 없었던 그녀의 비밀스러운 눈빛과 행동들이 마음에 걸렸지만 타이요 우는 아무래도 상관없었다.

어스름한 박모(薄暮)의 뒤안길처럼 취조실 안은 완전한 어둠도 그렇다고 완연한 빛도 아니었다. 유일하게 하나 있는 노란 등은 멀리 산 너머 흩어지는 노을인 듯 매가리 없이 가물거렸다.

녹슨 양동이에 담긴 물이, 아무렇게나 구겨져 있는 석정의 몸뚱이 위로 쏟아졌다. 살을 에는 차가운 물에 흠칫 놀란 몸이 부르르 떨며 요동을 쳤다. 축 처진 눈꺼풀을 힘들게 껌벅거리자 누구의 것인지 모를 핏자국이 스며들어 검게 변해 버린 바닥이 흐릿하게 보였다.

"쇠심줄보다도 질긴 년."

소의 성기로 만들어 낭창하게 휘어지는 쇠못 박힌 몽둥이가 새우처럼 웅크린 가녀린 몸을 사정없이 후려쳤다. 비명을 지를 기운도 없는지 석정의 입에서는 붉은 피만 토해져 나왔다.

"뭣들 하는 거야? 당장 매달아!"

오하시 데루오는 짜증스러웠다. 그는 모정일에 대한 기록을 살펴보다가 들고 있던 서류철의 모서리로 자신의 이마를 건드렸다. 모든 정황을 살펴봐도 모석정 이 여자가 가장 의심스러웠다. 헌병대와 총독부 경무국의 감시를 받는 자의 누이인 것도 모자라 교토 궁까지 아무런 제재 없이 들어갈 수 있었다는 점이

절묘하게 맞아 떨어졌다. 하지만 폭탄이 터질 당시에 그녀는 현장에 없었고 자신이 이치카와 타이요우와 밀회를 즐기던 그녀를 직접 연행했으니 무작정 범인으로 몰 수도 없는 노릇이었다.

이등병 둘이서 축 늘어진 석정을 질질 끌어다 천장에 매달았다. 얇은 속옷만 겨우 걸친 몸이 그마저도 피로 붉게 물이 들었다. 걸레짝처럼 너덜너덜하게 찢겨진 그녀의 속옷을 흘깃 돌아본 데루오의 입술이 비열하게 말려 올라갔다.

"연약한 여자를 자비 없이 대하는 것은 신사답지도 군인답지도 못한 치졸한 행위지만, 제국과 천황 폐하의 안위를 위협하는 자는 비록 여인이라 할지라도 취조하고 벌을 줘야 할 죄인 그 이상도 이하도 아니다. 그러니 여기서 더 험한 꼴을 당하기 전에 순순히 자백하는 것이 좋을 거야."

제대로 듣고 있기나 하는 건지 천장에 두 팔이 묶여 대롱대롱 달린 석정은 흡사 실성한 사람처럼 피식거리며 실소를 흘렸다. 데루오의 손이 그녀의 턱을 일그러트릴 듯이 움켜쥐었다. 그 상태로 조금만 더 지속이 된다면 턱뼈가 가루처럼 으스러져 버릴 것이다.

"이봐, 살고 싶지 않아? 밀 해. 네년 오라비가 주범이라고 말만 하란 말이야! 살려 준다잖아. 주모자, 동조자 전부 말하면 너만은 살려 준다고 하잖아!"

"주모자도 또한 동조자도 나는 아는 것이 없어요."

무자비한 고문에 다 죽어가는 마당에도 석정은 고집스레 입을 열지 않았다. 화를 주체하지 못해 길길이 날뛰는 데루오를 여전히 살아 있는 눈빛으로 말없이 쏘아보았다.

"그래서 뭐야? 그럼 넌 한가하게 춤이나 추러 교토 궁으로 들어왔단 말인가! 네 오라비는 나라를 해방시키니 인민을 해방시키니 하면서 사선에서 죽을 똥을 싸는데 넌 너희 조선을 빼앗은 나라의 천황이 즉위식을 치르는 곳에 축하 공연을 하러 왔을 뿐이냐고!"

"당신은 아둔한 사람이군요."

"뭐야?!"

계집 하나 마음대로 어찌지 못하고 휘둘리는 느낌이다. 데루오는 제 분을 이기지 못하고 며칠 새 홀쭉해진 석정의 뺨을 세차게 내리쳤다. 그 힘이 어찌나 세던지 두세 번 반복해서 맞는 동안 그녀의 고개가 사정없이 휘어졌다. 그녀의 몸은 저울에 달린 추처럼 이리저리 흔들거렸다.

"다시 한 번 말해 봐라. 어디 그 오만한 주둥이로 다시 한 번 말해 봐!"

몇 번의 매질만 있으면 쉽게 입을 열 것이라 생각했는데 예상을 빗나가 강하게 버티는 것이 그의 분노를 부채질하고 있었다. 거기다 그녀가 겁에 질리거나 기죽기는커녕 오히려 당당한 눈길로 자신을 보자 천하고 천한 천성에 괜스레 수치심을 느꼈다. 그는 그럴수록 악을 바락바락 쓰며 그녀를 닦달했다. 석정이 비웃으며 말했다.

"내 오라버니는 혁명을 위해 가문도 부모도 버린 사람이에요."

"그래서 그놈이 계획한 이번 일에 네년도 동참을 했다는 거야 안 했다는 거야?! 웅? 묻는 말에만 대답을 해. 이리저리 말 돌리면서 빠져나갈 구멍 찾아봤자 넌 이미 내 손바닥 안이란 말이지."

악을 쓰며 묻는 데루오를 똑바로 쳐다보면서 석정은 한 마디 한 마디에 힘을 주며 말했다.

"내 아버지가 누군 줄 알아요? 동족에게 지탄을 받으면서도 천황 폐하를 위해 충성을 다하는 분이 바로 내 아버지라고요. 같은 피를 나눈 부모 자식 간도 이렇게 다른 것을, 나라고 내 오라버니의 사상을 따르란 법 있어요? 한 배에서 한날한시에 같이 난 쌍둥이들도 그 천성이 제각각이란 걸 아서야죠. 참으로 하나만 알고 둘은 모르는 분이시네요, 소위님은."

"무슨 말을 하고 싶은 거야, 웅? 일본의 발바닥을 핥아 주는 네 아비가 너를 구해 주기라도 한다는 거야? 그래? 미안하지만 네 아비는 궂은일을 맡아 하는 청소 도구일 뿐 우리 대일본 제국에서는 별 볼일 없는 놈이다. 알겠나! 여기서 네 아비를 언급해 봐야 네게 도움 될 건 아무것도 없어!"

"난 사상 따윈 모르는 한낱 무식한 여자라는 걸 말씀드리는 겁니다! 왜 내가 내 오라버니를 따라할 거라고 생각하는 거죠? 난 오라버니와 다르다고요. 나는 그저 무용가로서 성공하고픈 마음밖에 없어요. 오로지 그 목적 하나뿐이죠. 그래요. 실제로 나는 그래요. 내 오라버니가 무엇을 하든 나와는 상관없는 일이라고요! 정말이지 이토록 조악한 추리력이라니요? 황군이 겨우 이 정도였나요? 아무나 데려다 대충 상황만 엇비슷해도 겁박하고 고문해서 거짓 자백이라도 받으면 그것으로 신성한 황군의 의무는 다하는 거냐고요? 동정을 금할 수가 없네요."

"이런 발칙한 년이 감히 천황 폐하의 군인을 모욕해?"

뭉툭하게 생긴 두터운 군화가 석정의 배에 푹 꽂히는 순간 멈췄던 피가 다시 토해져 나왔다. 그녀의 입에서 시뻘겋게 흘러내리는 토혈을 본 데루오는 더욱 이성을 잃었다.

그는 부관에게 넘겨주었던 몽둥이를 다시 뺏어 들고 막무가내로 휘둘렀다. 시간이 얼마나 흘렀을까. 결국 지쳐서 몽둥이를 내려놓은 그의 눈이 살기로 번뜩거렸다. 그는 다시금 자백을 받아내기 위해 피범벅이 된 석정의 머리를 잡고 흔들었다.

"모정일이 네년에게 교토 궁까지 폭탄을 운반시킨 것이 맞지? 너 아니면 대체 누가 무슨 수로 거기까지 폭탄을 운반한단 말인가? 카프 그 새끼들이 네년에게 지령을 내렸을 거 아냐!"

더 이상 '아니다.', '모른다.' 말할 기력도 정신도 고갈된 상태로 석정은 힘없이 고개만 흔들었다. 얻어맞은 눈두덩이 심하게 부어올라 눈도 제대로 떠지지 않았다. 천근 같은 눈꺼풀을 겨우 들어 길길이 날뛰는 데루오를 바라보았다. 그 눈빛이 진정 그를 바라보는 것인지 아니면 그를 뚫어 무형의 어떤 것을 주시하는

지 모를 만큼 기가 질릴 정도로 서늘했다.

사람인지 귀신인지 살아 있는 것인지 죽어 있는 것인지 그녀의 몰골이 섬뜩할 정도로 끔찍했으나 그것이 묘하게도 데루오의 지저분한 육체적 본능을 자극하고 있었다.

부드러운 속옷이 갈기갈기 찢어진 위로 도드라진 여체의 굴곡은 고대 미술에서나 나올 만큼 실제보다 더욱 과장되게 보였다. 그녀의 몸을 타고 흘러내리는 피는 사향처럼 그윽한 향을 풍기며 그를 혼미하게 만들었다.

데루오는 느긋한 동작으로 허리띠를 보란 듯이 풀었다.

"너희 조선 년들은 정조를 가장 중요하게 여긴다지? 아, 너는 예외인가? 그날 교토 궁 대기실에서 이치카와랑 무슨 짓을 하던 중이었나? 말해 봐. 혹시 모르는 일이지 않은가. 내가 너에게 주는 즐거움이 그 자식이 네게 주었던 것보다 훨씬 더 자극적일지 말이다. 그 즐거움이 너무나 커서 네년 오라비와 동료를 한순간에 팔아먹을지 아무도 모르는 거 아냐?"

허리띠를 풀고 상의를 벗어 던진 그는 비열하게 웃으며 셔츠 단추를 하나씩 풀었다.

석정은 차라리 두 눈을 질끈 감았다. 그가 단추 하나를 풀어 내릴 때마다 가슴이 철렁 내려앉았다. 사람은 생각보다 훨씬 연약한 생물이라서 어떤 짐승보다도 비굴해질 수 있었다. 모든 것을 토설하고 정일을 배반한다고 누가 이곳에 잡혀 고통을 당하는 그녀에게 손가락질을 할 것인가.

그러나 그렇게 하기엔 석정의 자존심이 너무나 셌다. 적어도 옷을 벗어 제친 데루오의 역겨운 가슴에 침을 뱉어 줄 용기와 긍지가 아직까지는 남아 있었다.

"퉤!"

"이년이!"

"흐윽!"

억센 힘에 의해 머리가 뒤로 젖혀졌다.

"지금이라도 자백해. 여기서 개꼴 당할 필요 없잖아. 귀한 집 아가씨가 이게 무슨 꼴이야, 응?"

소름 끼치도록 음산하게 어르면서도 데루오의 입술은 석정의 목과 쇄골을 징그럽게 배회했다. 그는 그녀를 힘으로 지배한다는 사실에 희열을 느꼈다.

"모정일 지금 어디 있나? 만주로 갔나? 아니면 쥐새끼처럼 아직 일본에 남아 있는 건가?"

"으윽."

석정의 등 뒤로 자리를 옮긴 그는 손을 뻗어 그녀의 가슴을 움켜쥐었다. 그것이 터트려 버려야 할 무엇이라도 되는 양 그는 상대의 고통스러운 신음 소리를 들으며 자신의 손아귀에 잡힌 가슴을 사납게 비틀었다.

석정은 그의 손아귀에서 빠져나오기 위해 버둥거렸다. 두 팔이 천장에 매달린 데다 얻어맞아 기력이 소진된 상태라 소용이 없었다. 그러다 자신의 그런 움직임이 그를 자극시킨다는 것을 깨닫고 그대로 축 늘어져 버렸다.

"쯧쯧. 벌써 항복하는 거라면 이거 기대 이하군."

그녀의 머리가 그의 손에 의해 다시 거칠게 젖혀졌지만 이번에는 신음 소리를 내지 않았다. 더는 약한 모습을 보이고 싶지 않았다. 찢겨져 나갈 만큼 입술을 꽉 깨물고 고통에 찬 소리가 새어 나가지 못하도록 차단했다.

"어디 마음대로 해 봐. 너랑 나랑 시간은 아주 많으니까. 한번 해 보자고. 단 이건 모두 네가 자초한 일이란 것만 알아 둬라."

"소위님!"

데루오가 막 석정의 속옷을 걷어 올리던 차에 취조실 문이 열리더니 말단 병사 하나가 계단을 뛰어 내려왔다. 난데없는 방해에 데루오가 인상을 험상궂게 찡그리자 당황한 병사가 두려운 듯 멀찍이 부동자세로 섰다.

"죄, 죄송합니다."

"무슨 일이야?"

아쉬운 듯 석정의 몸에서 떨어져 나온 데루오는 벗어 놓았던 셔츠를 다시 입었다. 열린 문틈 사이로 한 줄기 불빛이 들어와 컴컴한 지하 취조실을 밝혔다. 어둠에 익숙해져 버린 석정은 눈을 뜨지 못했다. 겨우 불빛이 눈에 익고 나자 말단 병사가 데루오의 귀에 대고 무언가 긴밀하게 보고하는 모습이 보였다.

지독하다. 내 눈앞에 치워 버려야 할 쓰레기처럼 던져진 저것이 진정 내가 찾던 여인일까?

타이요우는 음침한 면회실 탁자에 죽은 듯이 엎어져 있는 물체를 말없이 바라보았다. 시선을 돌려 데루오를 보았지만 그는 아무런 문제도 없다는 표정으로 여유롭기만 했다. 뇌수를 들끓게 만드는 분노를 참지 못하고 그의 멱살을 움켜잡았다.

"당신 같은 사람은 누이도 없습니까? 천황 폐하의 성스러운 군대라 자부하는 자가 어떻게 하면 이토록 무자비하고 잔인한 폭행을 여인에게 가할 수 있는 겁니까?"

"내 누이는 불온한 사상을 가진 오라비를 두지도 않았을 뿐더러 그 스스로가 거기에 빠져 옳고 그름을 해치는 아이가 아닙니다."

타이요우의 손을 거칠게 뿌리친 데루오는 구겨진 옷깃을 바로잡으며 얄밉도록 태연자약하게 말했다.

'옳고 그름이라니. 대체 무엇이 옳고 그르단 말이야!'

일본인들은 그들이 뺏은 것을 지키고자 하는 것이고 조선인들은 빼앗긴 것을 되찾으려 했다. 자신들의 추한 면은 감쪽같이 숨기면서 빼앗긴 자들에 대한 아량이나 배려는 전혀 없이 잔혹한 탄압만 일삼는 저들 일본인들이 타이요우의 눈에는 웃기는 종자들로 보였다. 힘이 없어 빼앗긴 것은 원죄가 될 수 있지만 잃은 것을 되찾으려 하는 것은 그름이 될 수 없었다.

"대체 이 여자가 무슨 잘못을 했단 말입니까. 아무런 증거도 없이 조선인이라는 이유만으로 사람 몸을 이렇게 망가트려도 된다는 겁니까?"

"그거야 더 조사를 해 보면 알지 않겠습니까? 이치카와 상, 지금 뭔가 대단히 착각하고 계신 모양인데 우린 단순한 경범죄를 저지른 자를 수사하는 것이 아닙니다. 상대는 천황 폐하를 시해하려 했던 극악무도한 놈들입니다. 수사를 방해하려 한다면 이치카와 상이라도 봐 드릴 수가 없습니다."

마치 이곳에서만큼 타이요우가 가진 알량한 권력 따윈 별것 아니라는 듯 데루오는 기세등등했다. 그는 선심 쓰듯 면회 시간이 얼마 남지 않았다는 말을 남기고 석정과 타이요우만 남겨둔 채 면회실을 나갔다.

비로소 둘만 남겨지게 되자 미동도 없이 탁자 위에 엎어져 있던 석정의 몸이 조금씩 꿈틀거렸다. 그녀가 조금이라도 편히 앉을 수 있도록 타이요우가 조심스럽게 자세를 잡아주었다.

그녀의 모습을 자세히 살피던 그는 숨을 멈추고 충격에 휩싸였다. 처리해 버려야 할 쓰레기처럼 미동도 없이 탁자에 엎어져 있는 것이 훨씬 나은 모습이었다는 것을 깨달았다.

고문을 당한 얼굴은 퉁퉁 부어올랐고 울긋불긋한 멍들이 온몸에 퍼져 있으며, 걸치나 마나 한 찢겨진 속옷 차림에 길고 아름다웠던 머리는 산발이 되어 피딱지에 머리카락들이 엉켜 있었다. 의연해 보이려는 듯 두 손을 맞잡고 있으나 앙상해진 손등 위로 튀어나온 핏줄마저 바르르 떨리는 것이 눈에 보일 정도로 그녀는 불안에 떨고 있었다.

"내가 당신을 구할 수 있을지 모르겠어요."

입고 온 외투를 벗어 그녀의 어깨 위에 걸쳐 준 그는 진심으로 안타까워하며 말했다. 그의 손길을 거부하듯 석정이 어깨를 뒤틀었다. 티도 나지 않는 미미한 움직임이었다.

"으윽!"

온몸의 뼈마디가 와해되기라도 한 것처럼 극심한 고통이 한 순간도 놓치지 않고 그녀를 괴롭혔다. 신체 어디에서 오는 통증인지도 모를 찌릿한 아픔에 그녀는 저도 모르게 억눌린 비명을 질러 놓고 얼른 입술을 깨물었다.

"많이 아픈 겁니까?"

다급하게 물어오는 타이요우를 향해 고개를 저었다.

"보이는 것만큼은 아니에요."

말 한 마디 잇기가 힘이 들었지만 석정은 그에게 아프다는 소리를 하고 싶지 않았다. 피투성이 속옷 차림의 꼴도, 미친 여자처럼 제멋대로 뒤엉켜있는 머리카락도, 퉁퉁 부어 울퉁불퉁해졌을 것이 훤한 얼굴도 창피했다. 애써 미소 지었다. 그러면 자신의 형편없을 몰골이 조금이나마 괜찮아 보일 것 같았다.

"거짓말인 거 압니다."

"정말인데. 별로…… 그다지 아픈 건 아니에요."

시도 때도 없이 찾아오는 아픔에 그녀는 인상을 쓰고 말을 더듬으면서도 아프지 않다는 소리만 반복했다.

타이요우는 당장이라도 오하시 데루오를 붙잡아 요절을 내고 싶었다. 실제로 이번 일을 주동했든 하지 않았든 상관없이 불령선인의 누이라는 짐을 석정에게 지운 모정일 역시 찾아내 주먹이라도 한 대 날려 주고 싶었다. 모석정이라는 여자가 무슨 생각으로 사는지 어떤 위험한 행동을 했던지 그런 것은 개의치 않았다. 다만 그녀에게 닥친 고난이 참을 수 없을 만큼 화가 났다.

"내게는 사실대로 말해야 돼요, 호시. 이번 일에 당신이 개입된 겁니까?"

석정은 대답을 거부하며 입을 꽉 다물었다. 타이요우는 피곤에 지친 듯 이마를 문질렀다.

"절대로 당신이 개입됐다는 자백을 하지 말아요. 그러면 안돼요."

"무슨 소리를 하시는 겁니까? 저는 아니에요."

"지금처럼 바로 그렇게 해요. 저들이 무슨 짓을 하더라도 자백해서는 안 됩니다. 자백하면 살려 준다고 하겠지만 모두 새빨간 거짓말이에요. 저들은 호시의 자백을 받는 즉시 사형을 결정할 겁니다."

자신과는 무관한 일이라며 부정을 하는 석정의 말은 들은 체도 하지 않고 그는 빠르게 속삭였다. 그러고는 위로하듯 그녀의 이마에 들러붙은 머리카락을 귀 뒤로 쓸어주었다.

"당신은 춤을 춰야지 여기에 있을 여자가 아니에요. 내가 다시 그렇게 될 수 있도록 도와줄게요."

조금 전까지만 해도 자신의 힘으로 그녀를 도와줄 수 있을지 확신하지 못하던 그는 스스로에게 다짐하듯 힘주어 말했다. 만약 그녀를 구해 내지 못한다면 평생 괴로움에 시달릴 것이라 생각했다. 석정이 그를 향해 어렵사리 시선을 들어 올렸다.

"묻고 싶었어요."

"무엇을 말입니까?"

"왜 항상 저를 도와주시는 거죠? 경성에서도, 기차 안에서도, 지금도…… 왜요? 무엇 때문에요?"

그녀의 질문에 타이요우가 대답할 사이도 없이 데루오가 다시 면회실 안으로 들어왔다. 그는 시간이 되었음을 알리며 병사들에게 석정을 지하 취조실로 끌고 갈 것을 명령했다.

양팔을 붙잡혀 면회실 밖으로 끌려 나가던 그녀가 갑자기 고개를 돌려 타이요우를 바라보았다. 그녀는 한참 동안이나 말을 하지 않고 그를 보기만 했다. 데루오가 인내심을 잃고 얼른 끌고 나가라고 병사들에게 소리를 칠 때까지도 그녀는 말이 없었다.

"그럼 저도 바빠서 이만."

"오하시 소위."

타이요우의 부름에 데루오의 얼굴이 불쾌하게 일그러졌다.

"따로 하실 말씀이라도?"

석정이 흘리고 간 외투를 주워 팔에 걸친 타이요우는 북풍한설보다도 차가운 눈길로 상대를 스윽 쳐다보았다. 그의 음성이 심연처럼 가라앉았다.

"모석정 양은, 나, 이치카와 타이요우의 약혼녀입니다. 그녀는 내가 반드시 석방시켜요. 아시겠습니까? 그러니 이후로는 그녀에게 손끝 하나 대지 말아야 할 거요. 기억해요. 잊어버리면 당신 내 손에 죽습니다."

단순한 협박이 아니었다. 귀신처럼 온기 하나 없이 날카롭게 빛나는 저 눈이 헛소릴 지껄일 리가 없기에 데루오는 털끝이 쭈뼛 서는 느낌이었다.

〈다음 권에 계속〉